I0610198

AMOUR...
SANS HONTE

ANDREW GREY

AMOUR...
SANS
HONTE

ANDREW GREY

REAMSPINNER
PRESS

Publié par
DREAMSPINNER PRESS

5032 Capital Circle SW, Suite 2, PMB# 279, Tallahassee, FL 32305-7886 USA
www.dreamspinnerpress.com

Ceci est une œuvre de fiction. Les noms, les personnages, les lieux et les faits décrits ne sont que le produit de l'imagination de l'auteur, ou utilisés de façon fictive. Toute ressemblance avec des personnes ayant réellement existé, vivantes ou décédées, des établissements commerciaux ou des événements ou des lieux ne serait que le fruit d'une coïncidence.

Amour... sans honte
Copyright de l'édition française © 2012 Dreamspinner Press.
Titre original : Love Means... No Shame
© 2009 Andrew Grey.
Première édition : septembre 2009
Traduit de l'anglais par Judith Strauser.

Illustration de la couverture :
© 2009 Mara McKennen.
Les éléments de la couverture ne sont utilisés qu'à des fins d'illustration et toute personne qui y est représentée est un modèle

Tout droit réservé. Aucune partie de cet e-book ne peut être reproduite ou transférée d'aucune façon que ce soit ni par aucun moyen, électronique ou physique sans la permission écrite de l'éditeur, sauf dans les endroits où la loi le permet. Cela inclut le photocopiage, les enregistrements et tout système de stockage et de retrait d'information. Pour demander une autorisation, et pour toute autre demande d'information, merci de contacter Dreamspinner Press, 5032 Capital Cir. SW, Ste 2 PMB# 279, Tallahassee, FL 32305-7886, USA www.dreamspinnerpress.com.

Édition imprimée en français : 978-1-63477-823-7
Première édition française en version papier : août 2016
Édition ebook en français : 978-1-61372-825-3
Première édition française : mars 2012
v 1.1

Édité aux Etats-Unis d'Amérique.

À tout le monde à DPRW, que je suis tellement heureux d'avoir rencontré.

À Dominic, l'amour de ma vie, sans
le support duquel je ne ferais rien de
tout ceci.

À l'équipe de Dreamspinner Press,
Pour tous les efforts accomplis pour me mettre en valeur :
vous êtes les meilleurs

I

QUAND GEOFF Laughton reprit conscience, il était dans un lit qui n'était pas le sien, pressé contre un corps immense, chaud et suant, la fenêtre laissant entrer le soleil déjà levé.

— Eh bien, quelle sacrée nuit, marmonna-t-il dans sa barbe en faisant l'effort de bouger ses jambes.

Assis au bord du lit, la tête dans les mains, il tenta de se rappeler où il pouvait bien être. Ah oui ! Il était sorti en boîte la veille au soir avec Lonnie et Juan.

Il se tourna vers l'homme allongé sur le ventre sous les draps.

— Mon Dieu…

Il se souvenait maintenant – enfin, partiellement. Il y avait eu des shots de tequila, et ensuite il avait dansé avec un arbre.

— L'arbre, c'est probablement lui.

Comme d'habitude, tout lui revint alors d'un seul coup : il dansait, il se jetait au cou de son partenaire, lui grimpait dessus… Bon dieu, il lui avait même collé une main dans le slip.

Un nouvel élancement douloureux dans le crâne le fit se lever et tituber jusqu'à la salle de bains. Il ne se donna pas la peine d'allumer la lumière, vu qu'il ne trouverait sans doute pas l'interrupteur, et réussit à atteindre le lavabo. Il ouvrit le robinet, plongea les mains sous le jet d'eau fraîche et s'aspergea le visage avec un grognement de soulagement lorsque l'eau lui picota la peau.

— Au moins, je suis vivant.

Il ferma le robinet puis utilisa les toilettes, et c'est d'un pas un peu plus sûr qu'il retourna dans la chambre, où il trouva son compagnon de lit réveillé et en train de gémir.

— Quel jour on est ? ditil en se tenant la tête et en geignant doucement. Oh putain, je déteste la tequila.

Il leva les yeux vers Geoff, ceuxci étant aussi rouges que ceux de Geoff lorsqu'il les avait vus dans le miroir.

— Dieu merci, on est dimanche, répondit Geoff.

1

Puis il se mit à chercher ses vêtements. Il trouva son pantalon au pied du lit et l'enfila.

— Parle pour toi. Moi, je bosse aujourd'hui, dit le colosse en jetant un coup d'œil à l'heure. Merde, il faut que j'y sois dans une demi-heure.

Il se leva péniblement et traîna des pieds vers la salle de bains, fermant la porte derrière lui tout doucement.

Geoff inspecta la pièce et réussit à localiser le reste de ses vêtements. Une fois habillé, il n'avait décidément aucune envie de faire des mouvements brusques. Il se traîna jusqu'à la cuisine.

— Dieu existe !

Il y avait une cafetière, branchée, prête à l'emploi. Geoff la mit en route et elle se chargea du reste ; la pièce s'emplit bientôt de l'arôme paradisiaque du café frais.

Geoff entendit la douche se mettre en route, puis s'arrêter quelques minutes plus tard. Il fouilla dans les placards et en sortit deux tasses. Elles semblaient propres, à la différence du reste de l'appartement. Il attendit que le café finisse de se préparer puis en versa deux tasses et retourna vers la chambre.

La porte était entrouverte et… euh… Gary, oui, c'était bien ça, Gary… s'habillait. Geoff poussa la porte et lui tendit une tasse pleine sans rien dire.

— Oh ! Merci, j'en avais vraiment besoin, dit Gary, puis il en but une gorgée avant de poser sa tasse sur la table. Il faut que je sois parti dans deux minutes.

Geoff hocha la tête, but son café – merde, qu'est-ce qu'il était bon – et fit demi-tour pour laisser Gary s'habiller tranquillement. Quand celui-ci émergea de la chambre, Geoff avait fini sa tasse et se sentait de nouveau humain. Enfin, plus ou moins.

— Merci, Gary. À un de ces jours.

— Ouais, okay… Merci.

Gary finissait son café quand Geoff quitta l'appartement, descendit les escaliers, et franchit la porte de l'immeuble datant des années soixante-dix. Dehors, l'air frais contribua à lui éclaircir les idées. Il parcourut le parking à la recherche de sa voiture, avant de la découvrir de l'autre côté de la rue.

Il fouilla sa poche pour y prendre la clé, s'installa au volant et démarra pour faire le trajet jusque chez lui – enfin, ce qui lui servait de chez lui.

La vieille guimbarde ne lui fit pas défaut, et il se gara sur sa place de parking réservée avant de prendre le chemin pavé qui menait à son immeuble. Il était plus récent que celui de Gary : années quatre-vingt, chic, et non pas soixante-dix. Il y entra, puis gravit l'escalier jusqu'à son appartement.

Il n'y avait pas grand-chose à l'intérieur : un canapé, une télévision sur son meuble télé. Geoff jeta ses clés sur le comptoir et lança un regard plein de convoitise à la porte de la salle de bains. Il fallait absolument qu'il se lave de toute cette sueur, cet alcool, ce sexe. Geoff se rendit directement dans sa chambre, meublée aussi simplement que le reste de son appartement : un lit et une commode. Il se déshabilla puis entra dans la salle de bains.

— Oh merde !

Ses cernes étaient sombres, sa peau pâle et terreuse.

— Le miroir ne ment jamais, hein ?

Geoff entama l'opération nettoyage en se brossant les dents, puis se rasa avant d'ouvrir le robinet de la douche et de se glisser sous le jet d'eau. Le jet lui fit un bien fou – purifiant, rafraîchissant. Il se savonna bien fort et sentit enfin les restes de la nuit s'échapper par la bonde.

Le téléphone sonnait lorsqu'il sortit de la douche. Il se passa une serviette autour des hanches et courut y répondre.

— Geoff ? C'est Raine. Comment va ta gueule de bois ?

Raine faisait exprès de parler si fort, Geoff le savait.

— Salaud.

Un rire lui parvint de l'autre bout de la ligne.

— En fait elle n'est pas si terrible... ça pourrait être pire, en tout cas. Et la tienne, elle est comment ?

Encore un rire.

— Je n'ai jamais la gueule de bois, tu te souviens ?

C'était un de ces tours cruels du destin : Raine pouvait boire comme un trou, il ne semblait jamais en ressentir aucun effet le lendemain matin.

— On va prendre un café ?

— Okay, donne-moi un quart d'heure. Je te retrouve au coin.

Geoff se sécha et se rhabilla, enfilant un sweater parce que le fond de l'air printanier était frais. Il quitta l'appartement à pied pour se rendre au café du coin d'un pas guilleret.

Le café était plein à craquer, mais il avisa la tête de Raine, reconnaissant sa chevelure frisée d'un noir de jais, et se dirigea vers sa table.

— Je n'ai rien pris ; si je vais commander au comptoir, je perds la table, dit Raine.

— Pas de problème, je vais commander pour toi. Un grand crème ?

3

Raine acquiesça en souriant, et Geoff prit position dans la file d'attente. Cela prit un bon moment mais il finit enfin par retourner à leur table, avec deux cafés et deux pains au lait sucrés dans les mains. Il avait besoin de sucre. Absolument.

— Merci, Geoff.

Raine prit la tasse qui lui revenait tandis que Geoff s'asseyait.

— Tu as l'air cadavérique, dit Raine en sirotant son café.

— Merci, sympa. Prends pas de gants surtout.

Raine rit.

— C'est la vérité !

Raine était un type direct, qui n'y allait jamais par quatre chemins. Au moins avec lui on savait toujours à quoi s'en tenir, parce qu'il allait toujours droit au but.

— Tu brûles la chandelle par les deux bouts depuis un petit moment.

— Je sais, concéda Geoff.

C'était vrai. Depuis qu'il était arrivé en ville six mois auparavant, tout frais émoulu de son école, avec un diplôme de comptabilité et une libido à tout casser, il s'était quasiment donné pour mission de voir combien d'hommes il pouvait collectionner… Et ça devenait lassant.

Raine sirotait toujours son café.

— Faudrait que tu te calmes, que tu te détendes un peu. La baise ne fait pas le bonheur.

Et voilà – encore un des dictons de Raine. Il en avait pour toutes les circonstances.

— Non, mais en attendant on s'éclate bien, dirent-ils à l'unisson.

Ils éclatèrent de rire, et l'humeur sombre de Geoff s'évapora. Raine lui mettait du baume à l'âme. Même lorsqu'il était au trente-sixième dessous, il pouvait toujours compter sur l'humour irrévérencieux et le caractère affable de Raine pour l'en sortir.

— Non mais sérieusement, Geoff, tu abuses un peu du buffet "mecs à volonté".

— Je sais.

Ils finirent leurs cafés et pains au lait.

— On devrait aller voir un film, s'amuser un peu. Je crois que ça te ferait du bien, dit Raine.

Geoff fit semblant de consulter un agenda invisible.

— Ah mais c'est que j'ai une journée tellement chargée : ménage de l'appartement, lessive… je ne sais pas si je peux caser ça quelque part.

— Le sarcasme ne te va pas au teint.

Riant tous les deux, ils débarrassèrent leur table avant de quitter le café.

Raine et Geoff passèrent le reste de la journée ensemble, d'abord au cinéma, puis à faire un peu de shopping. Comme ils étaient fauchés tous les deux, ils firent plus de lèche-vitrine que d'achats, et finirent ensuite à l'appartement de Raine pour une soirée passée à regarder des films. Geoff fila tout droit au lit lorsqu'il rentra chez lui.

Geoff devait être au bureau à huit heures lundi matin, et il était presque en retard. À la différence des semaines précédentes, il avait bien dormi cette nuit et n'avait pas passé sa soirée à draguer des mecs. Il arriva pile à l'heure et rangea calmement ses affaires personnelles avant de démarrer son PC pour se mettre au travail. Il avait obtenu ce poste de comptable d'équipe pour une chaîne de magasins directement à la sortie de son école. Le travail lui plaisait, et ses collègues étaient plutôt gentils, mais ils étaient plus vieux, pour la plupart, et ce n'était pas évident de s'en faire des amis. La seule exception était Raine. Geoff l'avait rencontré le premier jour, et ils étaient vite devenus très copains. Malheureusement, c'était le seul véritable ami que Geoff s'était fait. Oh bien sûr, il avait des connaissances et des potes avec qui sortir, mais Raine était son seul véritable ami, et il menait une vie assez solitaire.

Il était plongé dans le registre des comptes fournisseurs, cherchant à corriger une contradiction, lorsqu'une toux discrète l'interrompit.

— Geoff, Kenny voudrait te voir. Il est dans son bureau.

Kenny était le chef du service comptabilité, et lorsqu'il demandait à voir quelqu'un, on ne le faisait pas attendre. Il n'était pas méchant mais exigeait de son équipe une ponctualité parfaite ; arriver en retard à une de ses convocations était un signe de manque de respect.

Une heure plus tard, Geoff revenait à son bureau, chargé de résoudre plusieurs mystères supplémentaires. C'était ça qu'il aimait vraiment, qu'il aimait le plus. Les nombres lui parlaient, et il avait le chic pour creuser et découvrir les erreurs qui se cachaient dans un bilan, aussi petites soient-elles. En un rien de temps, il avait acquis la réputation de mettre le doigt sur les petites boulettes avant qu'elles deviennent de gros problèmes.

La seule chose qu'il n'aimait pas tant que ça dans son travail était sa solitude. Il passait le plus clair de son temps la tête dans les chiffres, et une toute petite fraction de sa journée à travailler avec d'autres personnes. Il aurait préféré pouvoir faire les deux.

À midi, Raine vint le chercher à son bureau, et ils mangèrent ensemble rapidement avant de se rendre à la salle de gym de la boîte pour compenser les excès du weekend. Une fois changés, ils choisirent chacun un tapis de jogging et se mirent en marche. Ils étaient les seuls dans la salle, comme d'habitude.

— J'envisage de chercher un autre boulot, dit Raine.

— Pourquoi ?

Rien que d'y penser, Geoff eut un frisson. Que ferait-il s'il ne voyait plus Raine tous les jours ?

— Je stagnerai toujours, ici. Kenny ne m'aime pas, il ne me filera jamais une promotion.

Raine était entré dans la boîte un an avant que Geoff n'arrive, mais ce dernier semblait décrocher des dossiers plus intéressants ; ses efforts étaient plus reconnus. Ne sachant quoi répondre, Geoff se concentra sur son jogging, accélérant sur le tapis roulant. Raine remarqua sans doute l'air inquiet de Geoff, et lui dit :

— Ne t'inquiète pas, on sera toujours amis.

— Je sais, mais… ça va être mortellement ennuyeux ici, sans toi.

— Ce n'est sûrement pas l'opinion de Kenny, mais… c'est sans doute vrai.

La modestie ne faisait pas partie des qualités de Raine.

— Tu sors ce soir ? demanda Raine.

— Non. J'ai décidé de lever le pied, trouver d'autres trucs à faire.

Geoff buvait beaucoup trop ces temps-ci, son foie et son portefeuille apprécieraient tous les deux une accalmie.

— Mais demain soir, peut-être.

On ne peut pas non plus rester tout le temps à la maison.

Raine se mit à rire.

— Ah, j'ai eu peur !

Geoff rit aussi, et la conversation en resta là jusqu'à la fin de leur jogging.

Le modeste vestiaire était vide quand ils s'y retrouvèrent. Geoff enleva ses vêtements pleins de sueur pour aller prendre une douche rapide. Il avait à peine ouvert le robinet lorsqu'un coup fouetté aux fesses le fit sursauter.

— Holà ! s'exclama-t-il.

Sa peau piquait là où Raine l'avait frappé avec sa serviette. Geoff tordit la sienne pour riposter, mais Raine l'esquiva facilement. Ils riaient de

6

nouveau tous les deux quand Geoff se glissa sous la douche en se massant la fesse douloureuse.

Raine l'attendit patiemment tandis qu'il se séchait et s'habillait, et ils retournèrent ensemble au bureau.

Geoff se remit tout de suite au travail, passant le registre au peigne fin pour localiser l'erreur qu'il savait cachée là. Il remarqua bien une certaine effervescence, des voix qui chuchotaient avec animation, mais il n'y fit pas attention. Les rumeurs se propageaient dans l'entreprise à la vitesse du son, mais il faisait bien attention à ne pas se trouver embarqué dans ces jeux.

Il venait de trouver l'erreur et il se préparait à saisir la correction dans le système lorsqu'on frappa doucement à la paroi de son bureau. C'était Angela, la directrice du service aux comptes fournisseurs.

— Geoff, je voudrais te présenter Garrett Foster, le nouveau manager aux comptes fournisseurs.

Geoff se leva pour saluer son nouveau boss, tendant la main, et le regarda droit dans les yeux. Bon sang... Il retira presque sa main mais se retint, faisant un effort pour garder une expression neutre.

— Enchanté de vous rencontrer, Garrett, le salua Geoff.

Le grand blond lui adressa un large sourire, puis il répondit :

— Je suis impatient de travailler avec vous, Geoff.

Il serra la main de Geoff, la gardant un peu plus longtemps qu'il n'aurait dû avant de lâcher prise. Geoff réprima un frisson. Avec un de ses grands sourires hypocrites, Angela mena Garrett plus loin pour rencontrer le reste de l'équipe.

Geoff s'affala dans sa chaise. Quelques minutes plus tard Raine se tenait à son bureau.

— Est-ce que c'est... ?

Geoff confirma lentement de la tête.

— Monsieur Vaniteux en personne, oui.

Rain se mit à rire et dut se couvrir la bouche de la main pour éviter d'être entendu.

— T'as Monsieur Vaniteux comme patron.

Geoff mit la tête entre ses mains.

— Mon dieu. Je savais bien que ça allait me rattraper un jour.

Raine se pencha plus près.

— Qui aurait pu prévoir que ce serait si tôt ? ditil en le regardant avec sympathie. Désolé, mon pote.

Puis il repartit.

7

Geoff essaya de se concentrer mais il n'y arrivait pas. Il avait passé la soirée avec le nouveau manager, Garrett Foster, environ un mois auparavant. Ça s'était plutôt bien passé, mais Garrett – qui portait à ce moment-là le nom de Phillip – s'était avéré un amant égoïste. Les murs de sa chambre étaient couverts de miroirs ! Raine et Geoff l'appelaient Monsieur Vaniteux parce que la chanson [1] lui allait comme un gant. Cet homme n'avait jamais rencontré un miroir qu'il n'aimait pas. Geoff n'avait pas eu la moindre envie de le revoir, et que Garrett soit devenu son boss était une complication dont il se serait bien passé.

À l'heure de quitter le bureau, Raine le rejoignit sans tarder, et Geoff rassembla rapidement ses affaires pour qu'ils puissent partir au plus vite.

— On dîne dehors ?

Geoff n'avait pas vraiment envie de sortir.

— Non, je vais rentrer.

On récolte ce que l'on sème.

— Alors on commande une pizza, et on se pose devant la télé.

Raine savait ce dont Geoff avait besoin même quand Geoff lui-même l'ignorait.

— Okay.

Ils quittèrent les bureaux de la boîte pour se rendre chez Geoff, d'où ils commandèrent une pizza. Ils venaient de la finir quand le téléphone sonna.

— Geoff, c'est Len.

Il semblait tendu, au bord des larmes. Geoff se raidit.

— C'est ton père, continua-t-il.

Son père se battait contre le cancer depuis un moment, mais la dernière fois que Geoff lui avait parlé, il avait dit qu'il se sentait bien, vraiment bien.

— Tu veux que je rentre à la maison ? demanda Geoff.

— Oui, dit Len, sa voix se brisant. Geoff, il est mort.

Les larmes coulaient clairement à l'autre bout du fil, et Geoff sentit ses propres larmes monter, sa gorge se serrer.

— Je serai là au plus vite.

Geoff raccrocha et se tourna vers Raine, lèvres tremblantes, tentant de se contrôler.

— C'est mon père. Il est mort cet après-midi.

---

1 En anglais, "Mr. Vain", qui est un titre chanté par le groupe Culture Beat.

Raine l'attira contre sa poitrine et le serra fort, lui prêtant son épaule pour pleurer.

Quand les larmes se furent taries, Raine passa à l'action.

— Il faut que tu y ailles. Tu prends la voiture ou l'avion ?

Geoff s'essuya les yeux à l'aide de sa manche.

— Je ferais mieux de conduire. Ça ira aussi vite.

— Il faut qu'on prépare tes bagages. Ne t'en fais pas pour le boulot ; demain matin, j'expliquerai à Kenny ce qui s'est passé, et tu l'appelleras quand tu auras le temps.

Quand Raine le quitta pour rentrer chez lui, les bagages étaient prêts, la voiture déjà chargée. Il ne lui restait plus qu'à rappeler Len et à se mettre en route dès le lendemain matin.

II

LORSQU'IL ARRIVA au sommet de la colline qui offrait une vue directe sur la maison, les silos et la grange, rien à la ferme ne lui sembla différent. Ici, dans le Midwest, c'était une ferme. Dans le Far West on aurait appelé ça un ranch. Geoff arrêta la voiture et en sortit pour profiter de la vue. Non, rien ne paraissait différent. Les champs étaient pointillés de bétail, et il apercevait même quelques chevaux dans les corrals autour de l'écurie.

Mais il ressentait la différence. Il savait que son père ne se précipiterait pas à sa rencontre, comme toujours, pour le serrer dans ses bras. Il savait que la cuisine ne fleurerait pas le pain frais, que la salle de bains n'embaumerait pas l'eau de Cologne de son père.

— Eh ben, murmura Geoff dans sa barbe, contemplant la ferme familiale avec une intense tristesse.

Il respira profondément puis remonta en voiture pour finir la route, passant entre les deux colonnes de brique carrées surmontées de lampes pour prendre la grande allée qui menait à la maison. Il se gara et éteignit le moteur. Dès qu'il ouvrit la portière, trois chiens, galopant aussi vite que leurs vieux os le leur permettaien, se précipitèrent sur lui depuis le porche.

— Bonjour les gars, comment ça va ? Geoff s'agenouilla pour mieux distribuer caresses et grattouilles, et recevoir en échange bisous mouillés de chiens et battements de queue. Il eut beaucoup de mal à ne pas éclater en sanglots.

La porte moustiquaire claqua.

— Ton père aimait ces bêtes presque autant que toi.

Geoff se redressa tandis que Len descendait les marches pour le rejoindre. Il se trouva enveloppé dans une étreinte familière, aimante et réconfortante qui vainquit ce qui restait de sa résistance, et le barrage céda. De grosses larmes roulaient sur ses joues, allant se perdre dans la chemise de Len pendant qu'il sanglotait contre son épaule.

Quand les grandes eaux furent calmées, ils se séparèrent, s'essuyant tous les deux les yeux de la main, puis montèrent les marches jusqu'au large porche de la maison.

10

— Qu'est-ce qui s'est passé, Len ? Il avait l'air d'aller si bien la dernière fois que je suis venu.

— Entre donc. J'ai préparé le déjeuner ; on va causer.

Len ouvrit la porte pour laisser entrer Geoff.

Comme d'habitude, ils traversèrent le porche et le salon pour se rendre immédiatement dans la cuisine. Geoff prit place à la table où il s'était autrefois assis, étant enfant.

— Ça sent divinement bon, Len.

— J'ai préparé tes pancakes préférés. Pas aussi bons que ceux de ton père, mais ils ne sont pas trop mal.

Len posa devant lui une pile de pancakes sur une assiette, ainsi que du café fort, du beurre, du vrai sirop d'érable, ainsi que tout ce qui faisait de cette table celle de sa famille. C'était de loin le repas favori de Geoff.

Il fit un effort pour ne penser à rien et se mettre à manger. Aussitôt qu'il prit une première bouchée avalée, que le sirop descendit le long de sa gorge, il se détendit un peu : il était bien à la maison. C'était le goût même de chez lui. La douleur manqua de le submerger, mais il la repoussa. Il ne s'était pas rendu compte qu'il avait faim avant d'entamer le repas, mais son appétit revint au galop. Len posa sa propre assiette sur la table et ils mangèrent ensemble, en silence, chacun plongé dans ses pensées.

— Nous avons rendez-vous aux pompes funèbres cet après-midi, à deux heures.

Geoff continua de manger.

— D'accord.

Ce fut tout ce que Len dit de tout le repas, et c'était tant mieux ; ils étaient toujours perdus dans leurs pensées respectives. Quand il eut fini son assiette, Geoff se sentit mieux, un peu plus résistant, un peu plus capable de maîtriser ses émotions, même si le chagrin était toujours là, juste sous la surface.

Il se leva, mit son couvert dans l'évier et ouvrit le robinet pour commencer la vaisselle.

— Je vais le faire.

Geoff sourit, et imita son père :

— Règle numéro un de cette maison : qui fait à manger ne fait pas la vaisselle.

À ces mots familiers, Len et Geoff eurent tous les deux un petit sourire. Len finit son repas et apporta son couvert à l'évier.

— Je vais voir si tout va bien dehors, et après il faut qu'on parle. Je reviens tout de suite.

Il sortit par la porte de derrière, et Geoff le regarda traverser la pelouse en direction des granges.

Len et son père étaient en couple depuis aussi longtemps que Geoff se souvenait. La mère de Geoff était morte quand il avait six mois, un an et demi plus tard son père avait rencontré Len, et voilà. Ils étaient en couple depuis vingt ans. Étant enfant, Geoff l'avait toujours appelé Len, mais il était un vrai père pour lui, tout autant que son propre père l'avait été. C'était Len qui lui avait appris à monter son premier cheval, Len qui avait soigné ses genoux écorchés. Geoff soupira longuement.

— J'ai vraiment eu de la chance.

Il se remit à sa tâche et finit la vaisselle, qu'il mit à sécher dans l'égouttoir. Len étant toujours à l'écurie, Geoff parcourut la maison. Le salon était confortable, les murs couverts de photos encadrées. Geoff s'arrêta devant une photo de lui, enfant, monté sur son premier poney, Len et son père de part et d'autre irradiant de fierté. À côté, une photo de Len et son père ensemble, jeunes et beaux, les bras sur l'épaule l'un de l'autre.

La voix de Len ramena Geoff au présent.

— Celle-ci date quasiment du moment de notre rencontre.

Geoff décrocha la photo du mur.

— On y voit clairement de l'amour.

Il ne l'avait jamais remarqué avant, mais c'était indéniable.

Len lui prit la photo des mains et traça du doigt la silhouette du père de Geoff.

— Cliff était tellement spécial. Je l'ai aimé au premier regard.

Une larme roula sur sa joue tannée.

— Cette photo a été prise le même jour où nous avons fait l'amour pour la première fois, sous un arbre au bord du ruisseau.

Quelques années plus tôt, le jeune Geoff avait trouvé désagréable l'idée que ses parents faisaient l'amour, mais il avait mûri et grandi, aidé son père dans l'élevage du bétail, et son attitude avait évolué. Il y avait eu des nuits d'été, dans son adolescence, toutes fenêtres ouvertes, où il avait entendu Len et son père dans leur grand lit. Ils avaient toujours fait de leur mieux pour ne pas faire de bruit, mais il les avait entendus quand même.

Len raccrocha la photo au mur et s'assit dans son fauteuil.

— J'ai des choses à te dire.

Geoff prit place dans le fauteuil voisin.

— Que s'est-il passé ?

— Le cancer continuait d'évoluer, et les médicaments ne faisaient pas grand-chose, alors ton père a cessé tout traitement, juste après ta dernière visite.

La voix de Len ne tremblait pas, et Geoff se demanda comment il faisait.

— Au fil des semaines, la maladie empirait. Il s'affaiblissait, et la douleur empirait ; la plupart du temps il pouvait à peine sortir du lit. Et puis avant-hier, quand je me suis réveillé, il était levé, habillé, dans la cuisine, en train de faire du pain.

Len se tut un instant, et Geoff attendit la suite.

— C'est là que j'ai compris.

— Compris quoi ?

Len ne répondit pas.

— Len ?

— Ton père et moi, on en avait parlé, dès qu'il a eu son diagnostic.

Len parlait d'un ton si détaché…

— Qu'est-ce qui s'est passé ?

— On a passé la journée ensemble, assis là, à parler, à se rappeler, rien que tous les deux. Il était de nouveau lui-même, mais je savais bien que c'était son dernier gros effort, comme un été indien. Cette nuit-là, nous nous sommes couchés ensemble, et quand je me suis réveillé il pouvait à peine soulever la tête.

Len renifla discrètement.

— Je l'ai laissé dormir, et un peu plus tard il a réussi à se lever et s'installer sur le canapé dans le petit salon à l'étage. C'est là que je l'ai trouvé quand je lui ai apporté ses médicaments.

Len avait toujours l'air détaché, et Geoff sentait bien qu'il y avait quelque chose.

— Len, qu'est-ce que mon père ne voulait pas me dire ?

Len jeta un coup d'œil rapide à Geoff, et eut un faible sourire.

— Il ne voulait pas que je te le dise.

C'était bien son père, toujours à le protéger.

— Mais que s'est-il passé d'autre ?

Geoff savait que Len ne lui mentirait pas, mais il pouvait ne pas tout lui dire, s'il pensait que l'entière vérité causerait de la peine à Geoff.

Len se redressa sur sa chaise.

— On en a parlé dès qu'il a été diagnostiqué.

— Parlé de quoi ?

Geoff connaissait bien son père mais il ne voyait pas où Len voulait en venir.

— Geoff… Vers la fin, la douleur était devenue insupportable. Les médicaments n'y faisaient presque rien.

Ses larmes coulaient sur ses joues, à présent.

— Ton père en pleurait ; il m'a supplié de faire cesser la douleur. Je l'ai aidé à se remettre au lit, et j'ai laissé les médicaments sur sa table de nuit. Pendant que je préparais le petit-déjeuner, il a avalé tout le flacon.

Geoff était stupéfait.

— Pourquoi ne m'a-t-il pas… ?

— Il savait bien qu'il ne serait pas capable de passer à l'acte si tu étais là. Est-ce que tu pourras un jour me pardonner ?

Len éclata en sanglots et enfouit le visage dans ses mains.

— Il n'y a rien à pardonner.

Geoff se leva pour venir s'agenouiller près de Len, et prit dans ses bras cet homme qui l'avait élevé.

— Qu'est-ce qu'il aurait gagné ? Quelques semaines en plus de souffrance atroce ? Pourquoi est-ce qu'on te demanderait de le traiter avec moins d'humanité et de compassion qu'un cheval ?

Geoff pleurait, lui aussi, mais il était important qu'il arrive à s'exprimer là-dessus.

— Ce que tu as fait est une preuve d'amour, le véritable amour, et je ne suis pas sûr que j'aurais eu la force de faire ce que tu as fais pour lui.

— Tu ne m'en veux pas ?

Geoff fit non de la tête.

— Non. Il est mort du cancer, tout simplement. Si je devais accuser qui ce soit ce serait la maladie. C'est tout.

Geoff tendit un mouchoir à Len.

Len s'essuya les yeux et se moucha.

— Le certificat de décès dira qu'il est mort des suites du cancer. Doc George m'a dit de ne pas m'inquiéter, qu'il s'en occupe.

— J'aurais juste voulu pouvoir lui parler une dernière fois.

Geoff se releva pour retourner s'asseoir.

— La dernière fois que tu es venu, il était encore capable de faire des choses, de profiter de ta compagnie. C'est mieux que tu te souviennes de lui comme ça, heureux, vif, aimant comme il l'était encore. Plutôt que ce qu'il était devenu à la fin.

Chacun enfoncé dans son fauteuil, Geoff laissa son esprit assimiler ce qu'il venait de découvrir. En voulait-il à Len? Non, il ne pouvait pas lui en vouloir. Len avait agi avec la plus grande humanité. Évidemment, son père lui manquait énormément, et ça allait durer un long moment, mais à présent, il fallait qu'ils tiennent le coup des jours à venir : les visites et condoléances, les funérailles, l'inévitable buffet du deuil apporté par voisins et connaissances qui emplirait la cuisine de gratins de légumes et dieu sait quoi d'autre.

— Len, tu m'as dit qu'on avait rendez-vous à deux heures ?

— Oui.

Len avait l'air fatigué, épuisé.

— Alors c'est l'heure d'y aller.

Len se leva avec effort, et ils quittèrent ensemble la maison. Ils prirent place dans le camion de Len et firent le trajet en silence, Geoff au volant.

Ils passèrent les heures qui suivirent à choisir un cercueil et régler les détails des funérailles. Le directeur des pompes funèbres les guida dans ce processus et leur fut d'une aide très précieuse.

— Est-ce que vous voulez quelque chose de particulier pour le service ?

— Oui. Cliff voulait tout particulièrement que ce soit Geoff qui fasse son éloge funèbre. Il ne voulait pas que ce soit un prêtre.

Geoff tombait des nues. Serait-il capable de faire l'éloge public de son père ?

— Est-ce que vous voulez le faire, jeune homme ? dit le directeur, semblant lui aussi surpris.

— Oui.

Imaginer qu'un étranger, quelqu'un qui connaissait à peine son père, puisse venir parler de lui à ses funérailles… Ce ne serait pas juste.

— Oui, je le ferai.

Enfin, tout fut arrangé, et ils purent rentrer à la ferme. Geoff fut surpris de trouver une voiture garée devant, au contraire de Len qui semblait s'y attendre. À l'intérieur, Geoff fut ravi de découvrir sa tante Mari, la sœur de son père. Elle le prit dans ses bras et le serra très fort avant de se remettre à s'affairer.

— Assieds-toi donc, Mari, ça me rend nerveux.

Elle se laissa tomber sur le canapé.

— Vous avez tout arrangé ?

15

— Oui. Si les gens veulent aller le voir, c'est à six heures demain, et l'enterrement sera jeudi, à quatre heures.

— Est-ce que Cliff a fait un testament ?

Len opina.

— Oui, pas de problème de ce côté-là. Il faut juste tenir le coup des prochains jours.

Geoff se leva, lassé d'être assis à se morfondre.

— Len, viens, allons faire un tour a cheval. Je crois qu'on a besoin de s'éclaircir les idées.

Il se tourna vers sa tante et lui dit :

— On revient dans un petit moment.

— Je garde la maison.

Et elle le ferait. Tante Mari était exceptionnelle. Le père de Geoff avait deux autres sœurs, deux emmerdeuses qui ne manqueraient pas de pointer leur nez bientôt, mais Mari saurait bien s'en dépêtrer.

Geoff et Len se rendirent ensemble à la grange, et admirèrent les majestueuses têtes des chevaux émergeant des stalles. Geoff distribua à chacun une petite gâterie et une caresse pour dire bonjour. La stalle du fond lui serra la cœur ; c'était celle de Kirpatrick, la monture de son père. Geoff lui tapota le nez gentiment et lui donna quelques carottes.

— Tu veux faire une promenade, petit père ?

Geoff était la seule personne en dehors de son père que le cheval acceptait de porter.

— Je vais le seller pour vous.

Geoff se retourna ; un des garçons d'écurie se tenait près de la porte avec la couverture, la selle et la bride de Kirk.

— Merci…

— Joey, précisa le jeune homme.

Il posa la couverture et la selle sur la paroi de la stalle et s'avança pour étriller le cheval.

— Il adore qu'on l'étrille.

C'était vrai, Kirk semblait accompagner les mouvements de la brosse. Le geste du palefrenier était sûr, efficace, et très vite le cheval fut pansé, sellé, et prêt pour la promenade.

Geoff remercia le jeune homme et mena Kirk par la bride hors de l'écurie en compagnie de Len, qui menait sa propre monture.

— Allons jusqu'à la rivière, dit Len en enfourchant son hongre alezan.

16

Geoff acquiesça d'un geste, enfourcha l'étalon noir de jais de son père, et ils se mirent en route, contournant la grange pour traverser le pré.

Chevaucher donna à Geoff un sentiment de légèreté et de liberté. Enfant, monter à cheval avait été son plus grand bonheur. Une fois dans la prairie, il laissa Kirk galoper librement, le vent fouettant ses cheveux et sa chemise tandis que l'animal cavalait. Une partie du chagrin de la journée se dissipa, et le moral de Geoff remonta un peu, emporté par la joie du cheval.

Il retint le cheval à l'approche de la limite du pré. Kirk ralentit au trot, puis finalement au pas.

— Tu es un bon cheval, tu le sais ça ?

Geoff flatta le cou du cheval en attendant Len.

— Ça fait du bien, dit Geoff.

— Je n'en doute pas.

Len avait un petit sourire, lui aussi. Puis il continua :

— Il voudrait qu'on soit heureux.

— Je le sais bien. C'est juste que c'est dur, là, maintenant.

— Allez, viens. J'ai quelque chose à te montrer.

Len ouvrit la marche et descendit le long du chemin boisé qui menait à la rivière, serpentant entre les grands arbres et les buissons plus bas. Une fois au bord de l'eau, il bifurqua pour suivre un chemin plus étroit sur cinquante mètres environ avant de descendre de cheval.

— C'est là.

Geoff regarda autour de lui. L'eau scintillante faisait danser des étincelles parmi les feuilles.

— C'est là que papa et toi– ?

— Oui. C'est ici que nous avons partagé des tas de premières fois, et que nous venions discuter quand nous ne voulions pas être entendus par certaines petites oreilles.

Len contempla l'endroit.

— Je ressens sa présence, ici, c'est comme s'il était là, avec nous.

Il secoua la tête pour disperser son chagrin et regarda Geoff avec une expression grave.

— Tu as une décision à prendre. Ton père a mis les terres, la ferme, et tous les comptes bancaires à son nom et au tien, il y a environ cinq ans de ça.

Geoff ouvrit la bouche pour parler mais Len l'arrêta.

— Ça t'appartient, maintenant, et il va falloir que tu décides. Tu pourrais tout vendre – et ça te rapporterait un bon paquet – mais tu n'aurais plus rien, rien de ton patrimoine et de ton héritage. Ces terres ont appartenu à ton arrière-grand-père, et elles sont à toi maintenant.

— C'est pour me dire ça que tu voulais me faire venir ici ?

— Non. Je t'ai amené ici pour te dire que je sais bien que tu n'es pas heureux. Et ne va pas t'imaginer un instant que ton père et moi ne nous sommes pas rendu compte que tu couchais avec tous les hommes qui croisent ton chemin.

Geoff s'indigna.

— Comment– ?

Len le fit taire.

— Je sais ce que c'est, j'ai fait la même chose avant de rencontrer ton père. C'est une grande solitude, un vide, et ce n'est pas du tout satisfaisant, surtout quand on compare avec ce que c'est que se réveiller aux côtés de quelqu'un qu'on aime.

La colère de Geoff retomba comme un soufflé en entendant la vérité des mots de Len.

— Je sais que tu aimes ton boulot, mais est-ce que c'est vraiment comparable à monter Kirk et galoper dans le pré comme tu viens de le faire ?

Geoff avait l'impression que Len cherchait à lire quelque chose sur son visage.

— Ton père voulait que tu reprennes les rênes ici. Seulement il n'imaginait pas que ça se présenterait si tôt. Ni lui, ni moi.

— Je ne sais pas quoi répondre.

Len se rapprocha et le serra fort dans ses bras.

— Tu n'as pas besoin de répondre tout de suite. Il faut juste que tu décides ce que tu désires vraiment.

— Mais je suis comptable.

Len éclata de rire, un vrai rire, le seul depuis que Geoff était arrivé.

— Et la ferme est avant tout une entreprise ; une entreprise très prospère, d'ailleurs. Geoff n'y avait encore jamais pensé sous cet angle – à ses yeux, c'était chez lui, tout simplement.

— Allez, viens. Rentrons avant que les vautours n'encerclent ta pauvre tante.

— Vas-y, toi. Je vous rejoins dans une minute.

Len enfourcha son cheval et reprit le chemin dans l'autre sens, abandonnant Geoff à ses pensées.

— Et toi, Kirk, tu en penses quoi ?

18

Le cheval secoua la tête de haut en bas, puis de gauche à droite.

— Ouais. Moi aussi.

Geoff remonta à cheval et ils retournèrent à la ferme. Dès qu'ils furent dans le pré, Kirk se remit au galop, encouragé par Geoff.

Ils étaient tous les deux hors d'haleine quand Geoff mena Kirk dans sa stalle. Il lui ôta la selle et le brossa de nouveau, puis vérifia qu'il avait bien de l'avoine et de l'eau avant de ranger la bride et la selle. Joey était dans la pièce où on rangeait les selles, en train de nettoyer et de ranger.

— Tu travailles ici depuis combien de temps ? lui demanda Geoff.

Joey se retourna avec un sursaut.

— Euh… Depuis un mois environ. Len m'apprend à monter à cheval en échange de mon travail à l'écurie.

— Je m'appelle Geoff, dit-il en tendant la main et le jeune homme la lui serra. Enchanté de te rencontrer.

— Je suis désolé, pour votre père. Il était très gentil.

— Merci. As-tu bientôt fini ce que tu fais ici ?

— Oui, j'ai presque fini.

— Alors tu devrais nous rejoindre à la maison et dîner avec nous, qu'en penses-tu ? Je suis sûr qu'il y a de quoi nourrir une armée.

— Merci. Je finis juste de ranger. Len m'a demandé de bien nettoyer cette pièce.

Geoff se souvint d'avoir eu tout autant d'énergie lorsqu'il avait appris à monter à cheval ; Len était le centre de son monde, à l'époque.

— D'accord, mais ne traîne pas trop.

À la maison, c'était le tumulte. Les deux autres sœurs de son père, Janelle et Victoria, étaient arrivées, et elles s'affairaient en tout sens. Len était assis dans son fauteuil, visiblement fatigué et complètement débordé par les événements.

— Geoff ! s'exclama tante Vicki.

Elle le serra brièvement dans ses bras et retourna à la cuisine.

Sa tante Janelle apparut dans l'escalier avec à la main un sac clairement bourré à craquer.

— Geoff.

Elle descendit le reste des marches et déposa son sac près de la porte d'entrée avant de le prendre dans ses bras. Len ne prêtait pas attention à ce qui se passait, et Geoff lut le chagrin sur son visage.

— Qu'y a-t-il là-dedans ? demanda Geoff, en désignant le sac du doigt.

— Rien d'important.

En soupirant, Geoff alla jusqu'à la porte et se saisit du sac, qu'il renversa sur le canapé. Comme il l'avait deviné, il contenait la courtepointe en patchwork de sa grand-mère. D'aussi loin qu'il s'en souvienne, sa tante et son père s'étaient toujours disputés à son propos.

Il souleva la courtepointe et la lui tendit.

— Va la remettre à sa place.

Elle ouvrit des grands yeux, puis tout son visage s'adoucit de larmes.

— Ton père m'a dit qu'elle–

Geoff sourit, puis se mit à rire.

— Arrête avec tes larmes de crocodile, et va ranger ça.

Il la lui mit dans les bras et la regarda remonter l'escalier bruyamment. Elle revint quelques minutes plus tard, les mains vides.

— Si tu veux quoi que ce soit, demande-le. J'y réfléchirais.

Elle ouvrit la bouche pour répondre… et la referma sans rien dire.

Sans un mot de plus, Geoff se rendit dans la cuisine, où il trouva sa tante Mari en train de préparer le dîner.

— Merci, dit-il, et il l'embrassa sur la joue.

— Combien serons-nous pour le dîner ?

Geoff lut dans ses yeux une lueur d'espoir.

— Quatre, dit-il avec un sourire en coin. Joey nous rejoint pour manger dès qu'il a fini à l'écurie.

— Et elles ? demanda Mari en faisant un signe en direction du salon et de ses deux sœurs assises sur le canapé.

Geoff fit non de la tête. Il avait besoin de tranquillité, et Len aussi. Ces deux-là étaient capable de le faire repartir en courant à Chicago, heureux de leur échapper. Son père avait toujours réussi à tolérer ses deux sœurs aînées, mais Geoff ne les avait jamais aimées.

Mari sourit, et commença à mettre la table. Geoff retourna dans le salon, où ses deux tantes le fusillaient du regard, Len affalé, misérable, dans son fauteuil.

— Len, on va dîner dans quelques minutes.

Sans attendre de réponse, Geoff se dirigea vers le placard de l'entrée pour en sortir les manteaux de ses tantes.

— Merci d'être venues, dit-il, avant de les embrasser sur les joues. On se voit demain.

Il les aida à enfiler leurs manteaux, et elles partirent en silence.

Len se redressa sur sa chaise et fit claquer sa main sur son genou.

— Nom de dieu ! Ça fait une éternité que j'essaye de trouver un moyen de les faire partir, ces emmerdeuses, dit Len, puis il se rencogna dans son fauteuil, l'air bien plus détendu. Tu sais que tu n'as encore rien vu...

— Je sais. Mais ça m'a fait du bien. Elle est toujours...

Geoff n'arrivait pas à mettre le doigt dessus, mais sa tante Janelle lui avait toujours semblé fausse. Oh, elle faisait et disait tout comme il faut, mais dans ces yeux se cachait une grande froideur.

— Avant, je croyais qu'elle nous détestait parce qu'on était homos, mais je n'en suis plus si convaincu. Je pense que c'est peut-être bien le fait que Cliff et moi avons réussi à être heureux ensemble ; Dieu sait qu'elle n'y est jamais arrivée, dit-il en hochant la tête. Je ne sais pas pourquoi ta tante Vicki la supporte ; elles ont toujours été complices comme cochon.

Janelle ne s'était jamais mariée ; selon Geoff, c'était parce que personne ne pouvait la supporter bien longtemps. Mais tante Vicki était plutôt gentille, en général. Tant que Janelle n'était pas là, elle était même super. Cependant, à la minute où Janelle pointait son nez, Vicki se métamorphosait en emmerdeuse. Il ne pouvait s'empêcher de se demander comment son oncle Dan et ses deux cousins, Jill et Christopher, pouvait supporter ça.

Quelques minutes plus tard, Joey les rejoignit et tira Geoff de ses pensées familiales, Dieu merci. On se lava les mains avant de passer à table, et la discussion au cours du dîner porta sur les chevaux d'abord, puis d'autres sujets, mais jamais sur son père.

Len commenta, entre deux bouchées :

— On dirait que tu as pris une décision.

En face de lui, Geoff le regarda droit dans les yeux, et il aurait juré sur la Bible qu'il avait aperçu un petit sourire en coin, comme si Len avait toujours su quelle serait sa réponse.

— Oui, dit Geoff en se levant et en portant son assiette à l'évier. Je vais revenir m'installer ici. C'est chez moi.

III

Deux semaines plus tard, Geoff avait chargé toutes ses possessions à l'arrière du camion emprunté à la ferme. Dieu soit loué, il ne pleuvait pas. Les obsèques de son père s'étaient bien déroulées, avec beaucoup de larmes et encore plus de souvenirs et de déambulations dans le passé. Geoff avait effectivement prononcé l'éloge funèbre, et été surpris de découvrir qu'il faisait pleurer la plus grande partie de l'assistance. Heureusement, il s'était débrouillé pour retenir ses propres larmes jusqu'à la fin de son discours. Après être retourné à son siège il s'était épanché sur l'épaule de Len.

Quelques jours plus tard, il était revenu à Chicago pour démissionner et vider son appartement. Monsieur Vaniteux avait exprimé sa surprise et insinué qu'il ne serait pas contre revoir Geoff un de ces jours, mais Geoff l'ignora complètement, et passa le plus gros des deux semaines qu'il lui restait à transmettre ses dossiers à ses collègues.

Raine était très déçu que Geoff s'en aille, mais il avait fait contre mauvaise fortune bon cœur.

— Tu pourrais venir avec moi, lui dit Geoff.

— Et qu'est-ce que je ferais dans une ferme ? avait raillé Raine.

Ils avaient ri tous les deux, et décidé de sortir ensemble boire un dernier verre avant le départ de Geoff. Ils partageaient une vraie amitié, et Geoff avait fait promettre à Raine de venir lui rendre visite un de ces jours.

Le trajet de retour fut agréable ; Geoff conduisit paisiblement, fenêtres ouvertes, écoutant de la musique à la radio. Il arriva juste avant midi, et se gara dans l'allée. Len étant sorti travailler, la maison était entièrement silencieuse. Geoff déchargea partiellement le camion. Le reste pouvait attendre. Lorsque Len revint, Geoff avait préparé le déjeuner et l'attendait pour manger.

— Qu'est ce tu vas faire du reste de ta journée ? demanda-t-il en s'asseyant.

— Je vais finir de décharger, et m'occuper des chevaux. Je voudrais préparer une stalle pour Princesse. Elle ne devrait pas tarder à mettre bas maintenant, à moins que ça n'aie eu lieu pendant mon absence ?

— Non, on dirait que ça va arriver dans les prochains jours. Je serai avec les garçons dans la prairie ouest, pour contrôler les clôtures. J'ai l'intention d'y mettre une centaine de bêtes bientôt.

Ils se mirent à table.

— Comment ça s'est passé, là-bas, ton boulot, ton ami Raine ? demanda Len.

— Au boulot pas de problème, mais c'était plus dur de dire au revoir à Raine. C'est le meilleur ami que j'aie eu depuis longtemps.

Geoff mangeait vite ; il avait beaucoup à faire et voulait s'y mettre le plus vite possible.

— J'ai pensé que je regarderais les comptes, ce soir, pour en prendre connaissance, dit-il.

Avant de partir, il avait découvert que la ferme employait trois hommes à temps plein, plus quelques temps partiels pour aider aux corvées de maintenance comme nettoyer les stalles ou rentrer le foin.

— Est-ce que tu peux remettre ça à demain ? Il y a quelque chose dont je voudrais te parler, ce soir, lui dit Len.

— Bien sûr, répondit Geoff, puis il débarrassa la table et mit les assiettes dans l'évier. Je ferai la vaisselle plus tard.

Il retourna dehors pour finir de décharger le camion. Une fois toutes ses affaires dans la maison, il alla en camion jusqu'à l'écurie et se mit au travail pour préparer la plus grande stalle afin qu'elle puisse accueillir la mise bas imminente de Princesse. Après ça, il nettoya plusieurs autres stalles, abreuva tous les chevaux, remplit leurs mangeoires de foin et d'avoine. Joey arriva tandis qu'il finissait, et il descendit du foin du haut de la grange avant de balayer le sol.

— Tu te joins à nous pour dîner, Joey ?

— Je ne peux pas ce soir. Ma mère prépare un dîner bien spécial pour mon anniversaire, dit-il paraissant très excité.

— Alors rentre chez toi, va faire la fête !

Geoff le chassa gentiment de l'écurie et le regarda courir, enfourcher son vélo et pédaler comme un dératé en direction de chez lui. Len et ses hommes arrivaient justement à la maison, et Geoff se demanda un instant ce qui se passait avant de se souvenir que c'était vendredi, jour de la partie de poker organisée par Len.

Le poker hebdomadaire était une tradition à la ferme depuis... toujours. Geoff se souvenait encore d'avoir, enfant, passé des soirées assis auprès de Len à le regarder jouer, apprenant du même coup.

— Geoffy... tu viens te prendre ta raclée, ce soir ? l'interpella l'un des gars.

— J'arrive tout de suite ! répondit-il avec un grand sourire.

Fred l'avait toujours appelé Geoffy – il était bien la seule personne sur terre qui pouvait se le permettre. C'était bon d'être à la maison. La vie en ville avait été chouette, mais les gens d'ici le connaissaient depuis toujours, ils avaient de l'affection pour lui.

Les choses avaient changé, cependant. Avant, c'était son père le patron. C'était lui qui prenait les décisions pénibles. Geoff n'était pas impliqué à l'époque, il n'avait pas besoin de se préoccuper des conséquences. Mais à présent il était lui-même le boss, et tous à la ferme allaient se tourner vers lui, et attendre de lui qu'il prenne toutes les décisions.

Ça le rendait nerveux. Bien sûr, il avait Len pour lui donner des conseils et l'épauler, mais la ferme, les bêtes, et les gens qui y travaillaient, tous dépendaient maintenant de lui pour leur subsistance ; ils étaient maintenant sous sa responsabilité.

D'un seul coup, l'énormité de ce qu'il venait d'endosser lui apparaissait.

— Nom de dieu, qu'est-ce que je vais faire ?

Il s'appuya au mur de la grange et se força à respirer profondément.

— Tu vas mettre un pied devant l'autre, et faire les choses une par une. Voilà ce que dirait papa, poursuivit-il et il inspira de nouveau. Oh putain, et maintenant voilà que je parle tout seul. Mais reprends-toi donc, ne fais pas l'enfant. Tu as grandi ici. Tu sais très bien quoi faire.

Son sentiment de panique diminua, et il se sentit moins oppressé.

Reprenant ses esprits, il retourna dans la grange, vers la stalle de Kirk. Sa majestueuse tête noire pointa au dessus de la paroi dès qu'il s'approcha. Geoff prit une carotte et la tendit au cheval, lui caressa le nez. Les grands yeux profonds le scrutaient.

— T'es quelque chose, toi.

Len avait tenté pendant des années de convaincre le père de Geoff de faire castrer son cheval, mais Cliff n'avait rien voulu savoir, et Geoff n'avait pas l'intention de le faire non plus. Après une dernière caresse aux naseaux, Geoff quitta l'écurie pour rentrer à la maison.

Dans la cuisine retentissaient les voix et rires des quatre hommes en pleine partie, qui discutaient et plaisantaient librement.

— Allez, Geoff, prends donc une chaise.

Il prit place sur la chaise que lui offrait Fred, et Len l'inclut dans la distribution des cartes du nouveau tour. Simon continua ses plaisanteries.

— Pete, est-ce que tu as vu Joey étriller Kirk cet après-midi ?

Pete, un petit mec râblé, ne pouvait jamais s'approcher de Kirk sans que le cheval ne tente de le mordre. Non qu'il laisse Simon, surnommé Bosselé, s'approcher de lui non plus, mais Pete, lui, se vantait depuis toujours de son bon rapport avec les chevaux.

Une chips au fromage vola par-dessus la table.

— Ferme-la donc, Bosselé.

Il avait visé juste, et la chips fit une trace de poudre orange sur la chemise de Simon.

— Est-ce qu'on va finir par jouer ? grommela Pete, le nez dans ses cartes.

L'ambiance se calma tandis que les mises s'accumulaient sur la table. Il n'y avait pas de sommes mirobolantes en jeu, oh non. Geoff croyait se souvenir que quelqu'un avait un jour gagné la somme incroyable de cinq dollars, il y avait de cela des années. Ces mecs là ne jouaient que pour le plaisir du bluff.

Geoff ne put se retenir, et il se joignit aux taquineries.

— Enfin, les gars, Kirk est doux comme un bébé.

Fred ricana.

— Seulement parce qu'il t'aime bien, toi.

— Et Joey, apparemment.

Que l'adolescent soit dans les petits papiers de l'étalon amusait énormément Geoff. Il avait toujours pensé que les chevaux ont la capacité de sentir ce qu'il y a dans le cœur des hommes, et Kirk était une bête particulièrement perspicace. Qu'il apprécie Joey en disait long sur le jeune homme, à son avis. Et en plus il était joli garçon comme tout. S'il avait été un peu plus vieux… Geoff se força à penser à autre chose et misa posément, un full à la main.

Bosselé enchérit gros, comme souvent, ce qui voulait dire qu'il bluffait sans doute. Geoff demanda à le voir.

— Brelan de neufs, annonça le grand homme tout en nerfs en posant ses cartes en souriant, l'air satisfait.

Geoff sourit à son tour et dévoila sa main.

— Full.

Bosselé grogna et jeta le reste de ses cartes sur la table pendant que Geoff ramassait le pot.

25

— Joey a l'air d'être un bon gars, dit-il, et la conversation autour de la table cessa d'un coup. Quoi ?

Il ne s'attendait pas à ce qu'un simple commentaire provoque un tel effet. Len se pencha sur la table, parlant bas, d'un ton sérieux.

— Il a perdu son père il y a un an, et sa mère fait ce qu'elle peut, mais ce n'est pas facile. Joey traînait autour de l'écurie depuis un bout de temps, et il m'a enfin demandé combien ça lui coûterait de prendre des leçons d'équitation. Je lui ai dit que s'il était prêt à aider dans l'écurie, je lui donnerais les leçons gratuitement. Tu aurais dû voir son visage, on aurait dit un sapin de Noël tellement il s'est illuminé. Rien que ça, ça valait au moins un an de leçons.

Geoff le croyait bien volontiers.

— Qu'est-ce que tu mijotes ?

Len voyait bien qu'une idée prenait forme dans sa tête, mais Geoff secoua la tête ; il n'était pas encore prêt à en parler.

Geoff tapota l'épaule de Len en passant près de lui.

— Grand tendre, va, dit-il en se dirigeant vers le frigo. Quelqu'un veut une boisson ?

La conversation autour de la table reprit.

— Je prendrais bien une bière.

Geoff en sortit deux, tendant une des bouteilles à Len avant de se rasseoir. Fred ramassa les cartes et se mit à les battre pendant que les mises de départ s'accumulaient.

— Il paraît que ta tante Janelle est complètement enragée après toi.

Pete sortait avec Jill, la cousine de Geoff. Leur relation était sérieuse, et Janelle partageait toujours ses humeurs avec Vicki et ses enfants. Len grommela quelque chose – on aurait dit "vieille sorcière" – mais Geoff ne s'émut pas.

— Elle a essayé de piquer un truc dans la maison quand elle est venue nous voir à la mort de papa. Je l'ai prise la main dans le sac et je l'ai obligée à le rendre, évidemment qu'elle est furieuse. *Vieille sournoise.*

Fred intervint.

— Cette femme est la créature la plus rancunière et revancharde qui soit.

La donne étant faite, la partie commença.

— Je m'en fiche. Elle peut bien aller se faire voir avec sa rancune. Je ne vais pas la laisser me voler quoi que ce soit sans rien dire. Merde, elle a de la chance que je n'aie pas appelé la police après son départ.

Geoff trouvait qu'il était grand temps de changer de sujet.

— Alors, Pete, comment ça va avec Jill ?

Les enchères progressaient en même temps que la conversation.

Pete rougit immédiatement. Il était le plus jeune du groupe, sans compter Geoff, et il était amoureux de Jill depuis le lycée. Deux ans plus tôt il avait enfin réussi à se décider à lui demander de sortir avec lui. Ils étaient devenus inséparables.

— Tout va bien.

Fred en dit plus :

— Pete va la demander en mariage, dès qu'il aura de quoi acheter une bague.

Pete avait toujours l'air gêné.

— Ce qui ne devrait plus tarder, dit-il.

Geoff lui sourit.

— Tant mieux pour toi ! C'est une gentille fille, elle mérite quelqu'un de bien.

Sa cousine était, effectivement, gentille, pas très intelligente mais elle avait les pieds sur terre, et elle était très douce et maternelle. Ils formeraient sans doute un couple solide et feraient de bons parents.

— Qu'est-ce que ça fait d'être le Boss ? Bosselé demanda, compliquant les choses, comme d'habitude.

Geoff réfléchit très vite pour trouver une bonne répartie.

— Je ne sais pas encore ; on verra ce que ça me fait de signer ton chèque.

Un chœur de "Ooooooh" retentit, puis tout le monde se mit à rire. Geoff connaissait ces gars depuis longtemps ; pas un ne lui était inconnu, mais il sentait bien que ça avait un petit peu changé. D'habitude, ils le taquinaient et se moquaient un peu de lui. Maintenant, mis à part Fred, personne ne le faisait vraiment. Geoff en connaissait la raison et savait que c'était inévitable, mais il ne savait pas ce qu'il en pensait.

Geoff passa son tour et posa ses cartes, se contentant d'observer le reste du tour et la conversation confortable, taquineries comprises, de la table. Rumeurs et cancans circulaient.

— Bosselé, t'es au courant que le vieux Jones dit qu'il a vu un ours sur ses terres ? demanda Len.

Bosselé rit.

— Ouais. Comme quand il avait vu un gorille il y a deux ans, et que c'était juste un gros corbeau et beaucoup trop de whisky.

Tous rirent sauf Len.

— Oui, bon, restez quand même sur vos gardes.

— On n'a pas vu un ours dans le comté en vingt ans. Je parie que c'était un des ours mascottes de la marque de bière qu'il a vu au fond de son verre, conclut Bosselé.

La partie s'arrêta vers neuf heures, comme d'habitude. Les gars donnèrent un coup de main pour débarrasser avant de se mettre en route. La plupart vivait à quelques kilomètres de la ferme.

— Len, tu savais que c'était l'anniversaire de Joey aujourd'hui ? demanda Geoff.

Len fit non de la tête.

— Je l'ai vu à l'écurie avec ses vieilles baskets, son jean complètement rapiécé.

— Où veux-tu en venir ? le questionna Len en lui lançant un regard noir. Tu ne veux plus le voir ici, c'est ça ? continua-t-il en fronçant les sourcils. Je t'ai élevé mieux que ça.

— T'énerves pas, le calma Geoff.

Qu'est-ce qui rendait Len aussi furieux, tout d'un coup ?

— Je me disais que demain, je pourrais l'emmener en ville, et on lui ferait un cadeau d'anniversaire. Je pensais à, disons, une paire de bottes, un bon jean tout neuf, peut-être un chapeau. S'il se retrouve dehors, au soleil, il lui en faudra un.

Len lui tourna le dos, et Geoff comprit qu'il tentait de cacher son émotion.

— J'oublie parfois à quel point tu ressembles à ton père.

— Je suis tout autant ton fils que le sien. Ne l'oublie pas.

Geoff lui tapota l'épaule avant de se retirer dans l'ancien bureau de son père pour le laisser seul. Jetant un œil, il trouva les registres et les comptes sur le bureau et commença à les feuilleter. Il fut bientôt clair qu'ils n'étaient pas à jour, ce qui n'était pas étonnant, et Geoff s'assit au bureau et se mit au travail.

Une heure plus tard, il avait reconstitué ce que son père faisait et compris ce qu'il fallait faire pour mettre les livres de comptes à jour. Il prit aussi note qu'il lui faudrait aller à la banque pour discuter des comptes de la ferme, se renseigner sur l'état des comptes personnels de son père, et découvrir ce qui se cachait derrière ce compte que son père avait marqué "en cas d'urgence".

Len frappa au chambranle de la porte.

— Est-ce qu'on peut discuter ?

Geoff referma les registres et éteignit la lumière.

— Au salon ?

Len fit oui de la tête et Geoff se leva pour lui emboîter le pas.

Len s'installa dans son fauteuil.

— J'ai décidé de déménager.

— Quoi ? Pour aller où ?

Ce n'était pas une bonne nouvelle. Geoff ne voulait pas que Len s'en aille.

— Non, pardon… Je voulais dire que je veux changer de chambre. La maison t'appartient, et tu dois pouvoir te servir de la chambre principale, et…

Geoff le laissa continuer sans l'interrompre.

— Dormir dans cette chambre sans Cliff… Je croyais que je pourrais y rester, mais je ne peux pas. Elle comporte trop de souvenirs, finit Len.

Geoff n'était pas sûr de pouvoir utiliser cette chambre non plus, mais il comprenait ce que Len ressentait.

— Je t'aiderai à déménager, quand tu voudras.

— Merci.

Len plongea sa main dans l'une de ses poches et en retira une enveloppe.

— Ton père m'a demandé de te donner ça quand tu aurais pris une décision au sujet de la ferme.

Il lui tendit l'enveloppe et se leva.

— On se voit demain matin, dit-il, et il se retira à l'étage.

Geoff fixa du regard l'enveloppe qu'il avait à la main. Son nom était inscrit dessus, dans l'écriture bien reconnaissable de son père. Puis il l'ouvrit enfin, et en sortit une lettre manuscrite.

Mon fils chéri,

À l'heure qu'il est je suis sûr que Len t'a raconté ce que j'ai fait, et pourquoi. Je sais que tu es sans doute en colère, mais il s'agissait de mes volontés. Ces derniers mois n'étaient que douleurs constantes causées par le cancer et examens médicaux. Je suis désolé de ne t'avoir rien dit, mais je sais bien que tu aurais essayé de me dissuader, et je n'ai jamais pu te refuser quoi que ce soit.

J'ai demandé à Len de te donner cette lettre une fois que tu aurais pris la décision de garder ou de vendre la ferme. Au cas où tu te poserais la question, je sais déjà ce que tu as décidé de faire, et je suis fier de ton choix de conserver la ferme. Tu représentes la quatrième génération qui s'en occupe, et je sais que tu la laisseras à ton tour à la génération d'après, aussi saine et prospère que je te la laisse. Tu aimes ces terres autant que moi ; c'est dans tes veines.

Il y a des choses que je vais te demander de faire pour moi. Prends soin de Len, je t'en prie. C'est l'amour de ma vie. J'ai eu la chance incroyable de vous avoir, toi et lui. J'espère qu'il trouvera quelqu'un avec qui être heureux, et il ne faut pas que tu l'en empêches. Il mérite tout le bonheur possible ici-bas, tout comme toi. La vie d'un fermier peut être très solitaire, alors trouves-toi quelqu'un à chérir, qui t'aime en retour. Ça change tout.

Et finalement, je voudrais te dire à quel point je t'aime, et comme je suis fier de t'avoir pour fils. Tu as illuminé mes jours. La première fois que je t'ai pris dans mes bras, je ne concevais même pas qu'on puisse me voler mon cœur en un instant, mais il a suffi d'un regard de tes grands yeux bleus et j'étais conquis. En grandissant, tu es devenu un homme extraordinaire, avec une énorme capacité à aimer, à te soucier des autres. Tu rencontreras bien des épreuves dans les années à venir, mais quoi qu'il arrive, s'il te plaît, reste le même homme aimant et généreux que tu es aujourd'hui.

Je t'aime, toujours,

Papa.

Les yeux de Geoff le piquaient et sa gorge se serra pendant qu'il finissait la lettre puis la repliait dans son enveloppe. Il retourna dans le bureau pour la ranger dans le plus haut tiroir, éteignit les lumières et monta à l'étage, les mots de son père sonnant à ses oreilles.

IV

GEOFF N'AVAIT jamais eu besoin d'un réveil pour se lever le matin – enfin, pas quand il n'avait rien bu – et ce matin-là ne fut pas une exception. Il faisait encore nuit mais Geoff était déjà levé, douché, habillé, et en train de petit-déjeuner à la cuisine avant d'aller à l'écurie pour sa promenade à cheval matinale. On frappa doucement, et il ouvrit la porte, découvrant Bosselé sur les marches, l'air inquiet.

— Il y a un truc que tu devrais venir voir.

Geoff était dubitatif, mais il suivit Bosselé qui traversa la cour, entra dans l'écurie et alla jusqu'à la dernière stalle, de laquelle dépassait une paire de bottes noires. Il jeta un œil dans la stalle et fut surpris d'y voir une paire de jambes, et, en se penchant, la silhouette d'un garçon endormi. Il faisait encore très sombre dans l'écurie, la faible lumière de l'aube entrant par les fenêtres et la porte ouverte, mais c'était assez pour que Geoff note qu'il ne s'agissait pas d'un garçon ordinaire. Après son visage endormi, il remarqua le pantalon noir qui dépassait du manteau, noir aussi, qui lui tenait lieu de couverture, et le chapeau à large bord, noir, qu'il avait soigneusement posé sur la mangeoire vide. Mais que pouvait bien faire un jeune homme Amish à dormir dans son écurie ?

Geoff n'eut pas le temps de s'attarder sur la question car quelques secondes plus tard, le garçon ouvrit les yeux, et ils s'emplirent immédiatement de peur. Il se leva d'un bond et s'enfuit en courant dans la cour comme un lapin de garenne. Bosselé jeta un regard à Geoff et lui courut après, mais Geoff le rappela.

— J'y vais. Toi, tu te mets au travail.

Bosselé acquiesça, et Geoff ramassa le chapeau et les bottes avant de sortir. Le soleil se levait à peine, et il aperçut le jeune homme, debout au bord de la route, qui regardait en direction de l'écurie. Geoff se dirigea lentement vers lui, agissant avec lui comme avec un cheval effrayé, évitant les gestes soudain.

— Tu as oublié tes bottes et ton chapeau.

Geoff les lui tendit, et comme le garçon ne s'approchait pas, il se pencha lentement pour les poser par terre.

— Tout va bien, je ne te veux aucun mal, dit-il, puis il recula et le jeune homme s'avança, enfila ses bottes et prit son chapeau. Pourquoi dormais-tu à l'écurie ? Où est ta famille ?

— *Rumpspringa*.

Geoff ne connaissait pas ce mot, qui semblait provenir d'une langue étrangère.

— Je ne sais pas ce que ça veut dire.

Le jeune homme – Geoff voyait bien maintenant que ce n'était définitivement pas un petit garçon – se redressait et le regardait droit dans les yeux de ses yeux bleus intenses.

— C'est le temps que je dois passer hors de ma communauté.

Geoff hocha la tête sans vraiment comprendre, ne sachant pas grand-chose du mode de vie Amish hormis quelques on-dits. Mais si ce jeune homme était censé vivre hors de sa communauté et qu'il dormait dans sa grange, il était clair qu'il n'habitait nulle part.

— Est-ce que tu as faim ?

Le jeune homme se tendit, immobile, comme s'il hésitait à partir en courant, oscillant entre écouter sa peur et écouter son ventre.

— Oui.

Geoff sourit, et lui tendit la main.

— Je m'appelle Geoff, et ceci est ma ferme.

Le jeune Amish regarda autour de lui, son regard englobant la maison et les granges, et son visage s'émerveilla progressivement.

— Je m'appelle Elijah, Elijah Henninger.

Il serra la main de Geoff avec hésitation.

— Eh bien Elijah, suis-moi, on va te trouver de quoi petit-déjeuner, dit Geoff, puis il fit demi-tour et se dirigea vers la maison, non sans vérifier qu'Elijah le suivait. Ne t'inquiète pas. On va entrer dans la maison, c'est tout.

Il les mena dans la cuisine par la porte de derrière. Elijah le suivit, et ôta son chapeau dès qu'il mit le pied à l'intérieur, ne sachant ni où se mettre ni quoi faire.

La surprise sur le visage de Len lorsqu'il avisa le jeune Amish qui se tenait dans sa cuisine était immanquable, mais heureusement Elijah inspectait le décor du regard, et il ne vit rien. Geoff fit semblant de ne pas l'avoir remarqué non plus, et prit la parole comme si de rien n'était.

— Est-ce que le petit-déjeuner est bientôt prêt ?

32

L'espace d'un instant, Len le dévisagea comme s'il lui avait poussé une nouvelle tête, puis ses manières reprirent le dessus.

— Encore dix minutes environ.

— Bien, dit Geoff, puis il fit signe à Elijah de s'approcher. Len, voici Elijah ; il va se joindre à nous pour le petit-déjeuner. Elijah, je te présente Leonard – Len. C'est le contremaître de cette ferme.

Geoff n'allait surtout pas essayer d'expliquer leur relation, et apparemment Len le comprit, prêt à se mettre sur la même longueur d'ondes.

Geoff indiqua à Elijah une chaise et ce dernier s'assit, déposant son chapeau sous son siège.

— Merci, monsieur.

Len se remit à ses préparations et mit la table pour trois pendant que Geoff servait trois verres de jus d'orange.

— Qu'est-ce que c'est ? demanda Elijah en pointant son verre du doigt.

Nom de dieu… Quelle découverte.

— C'est du jus d'orange. Goûte, vas-y.

Elijah eut l'air dubitatif mais il avala une gorgée, sourit, et en reprit une autre avant de reposer son verre. Puis il attaqua sa nourriture sans hésitation : les œufs, pancakes, et pain grillé disparurent rapidement, suivi du jus d'orange. Il avait vraiment très faim. Geoff le regarda du coin de l'œil, mangeant son petit-déjeuner et buvant son café. Il en avait servi une tasse à Elijah, qui l'avait goûté, avait eu un frisson, et ne l'avait pas touché depuis.

Len regardait Elijah avec une drôle d'expression.

— Je te connais… dit-il, puis la mémoire lui revint. Je te vois à la boulangerie quand j'achète du pain.

Un claquement dehors les surprit, faisant sursauter Elijah, et Fred entra précipitamment dans la cuisine. Il fit de grands yeux en découvrant le jeune homme.

— Len, c'est Princesse ; elle a du mal avec le poulain. J'ai appelé le véto, mais elle est déjà en visite. Son secrétariat dit qu'elle viendra aussi vite que possible.

— Bordel de merde, jura Len avant de bondir de sa chaise, d'attraper sa veste et de quitter la maison, Fred sur les talons.

Geoff avala le reste de son café cul sec, comme un alcool fort, et prit lui aussi sa veste. Il ne voyait pas ce qu'il pouvait faire pour aider, mais il n'allait sûrement pas rester assis là pendant qu'une de ses juments souffrait.

— Viens, on y va ! dit-il en tendant à Elijah son manteau et il sortit en courant, Elijah lui emboîtant le pas.

— Est-ce que vous vous y connaissez en mise bas de poulains ? lui demanda Elijah derrière lui.

Geoff avait assisté à plusieurs naissances et connaissait le déroulement des événements, mais il n'avait jamais prêté main forte, et n'avait jamais été témoin d'une naissance difficile. Il répondit sans ralentir.

— Pas vraiment.

Dans l'écurie, les chevaux étaient très agités. Geoff s'adressa aux hommes rassemblés autour de la stalle de Princesse.

— Sortez les autres chevaux d'ici.

Ils réagirent rapidement, ouvrant les stalles, mettant les licols aux bêtes pour les mener hors de l'écurie. Progressivement, le bruit et l'agitation cessèrent, et Geoff dirigea son attention vers Princesse. C'était déchirant. Elle était couchée sur le flanc, couverte de sueur, haletant comme à l'issue d'une course. Elle secouait la tête en tout sens et ses yeux suppliaient qu'on l'aide. Geoff recula d'un pas et se cogna contre Elijah.

— Pardon, s'excusa-t-il.

Il priait de tout son cœur que la véto arrive vite.

Elijah jeta un œil dans la stalle ; Geoff se poussa. Elijah regarda un moment puis se tourna vers Geoff et lui tendit son chapeau et son manteau, remontant ses manches. Sans un mot, il entra dans la stalle. Il palpa le ventre de la jument paniquée tout en lui murmurant des paroles rassurantes.

— Le poulain est à l'envers. Ce n'est pas trop grave, mais il faudrait le retourner, déclara-t-il, puis il se releva. Y a-t-il un endroit où je peux me laver les mains ?

Geoff lui indiqua la pièce d'eau à côté de la sellerie, et le regarda entrer à l'intérieur. Il entendit l'eau couler, et Elijah en ressortit en maillot de corps, retournant immédiatement dans la stalle. Geoff n'en revenait pas de sa transformation. Le garçon hésitant qui avait fui en les voyant plus tôt dans la matinée avait disparu, remplacé par un grand jeune homme sûr de lui qui semblait savoir ce qu'il faisait.

Elijah se remit à parler tout bas, apaisant de la voix la jument qu'il palpait de nouveau.

— Je vais avoir besoin d'aide.

Geoff et Len le rejoignirent dans la stalle, attendant ses instructions.

— Je vais essayer de retourner le poulain. Il faut que vous fassiez le maximum pour qu'elle reste le plus calme possible.

34

Geoff s'assit près de la tête de Princesse et lui flatta le cou en murmurant, sans perdre des yeux ce que faisait Elijah. Len s'agenouilla dans le dos de la jument, lui aussi dispensant caresses et murmures pour l'apaiser.

Elijah se positionna derrière Princesse et, lentement, il inséra d'abord une main puis l'autre. La jument se mit à bouger, mais Geoff réussit à la calmer.

— J'y suis presque ; faites juste en sorte qu'elle reste immobile.

Princesse tressauta comme si elle essayait de se relever ; Len et Geoff firent de leur mieux pour la calmer et la garder immobile. Elijah recula, les mains libres.

Une minute plus tard, un petit sabot émergea, puis un autre, suivi de la tête, des épaules, et – zoum – tout le reste du poulain. Elijah se fit discret et Len prit les devants, vérifiant que tout allait bien, tirant le poulain à l'écart pour que Princesse aie la place de se relever, ce qu'elle fit immédiatement. Alors Len sortit de la stalle lui aussi, et tous contemplèrent le petit poulain, allongé sur la paille. En quelques minutes il avait déjà tendu les jambes et essayé de se lever. Après plusieurs essais il se retrouva debout sur des jambes tremblotantes, retomba, se releva. Cette fois il réussit à faire quelques pas hésitants en direction de sa mère et se mit à téter.

Toute l'écurie soupira de soulagement, les hommes souriants, félicitant Elijah. Il se contenta de sourire, et retourna dans la pièce d'eau pour se laver les mains.

La porte de l'écurie s'ouvrit puis se referma, laissant entrer Jane Grove, la vétérinaire, qui se précipita vers eux.

— Où est Princesse ?

Geoff désigna du doigt la stalle et la regarda entrer, puis s'arrêter net sous le choc de la surprise. Elle s'attendait à tout sauf à voir un poulain déjà né, debout, en plein tétée.

— Je croyais qu'il y avait un problème.

— Il y en avait un. Le poulain était à l'envers et il fallait le retourner.

— Qui l'a fait ?

Elle dévisagea les hommes un par un. La porte de la pièce d'eau s'ouvrit et Elijah en sortit, revenant vers Geoff qui lui tendit son manteau et son chapeau.

— Elijah.

Elle sourit et lui demanda :

— Comment as-tu su ce qu'il fallait faire ?

35

Elijah lança un regard à Geoff, l'air incertain. Puis il répondit enfin, s'adressant à Geoff.

— Une des juments de Papa a eu le même problème il y a environ un an, et j'ai aidé Papa à retourner le poulain. Il m'a dit ce qu'il fallait faire, à quoi il faut faire attention.

— Je vais les examiner, juste par précaution.

Jane retourna dans la stalle et Len resta avec elle ; Geoff et Elijah quittèrent l'écurie.

— Merci. Le temps qu'elle arrive, ç'aurait probablement été trop tard et nous aurions perdu soit Princesse soit le poulain. Je te dois beaucoup.

Le visage d'Elijah afficha de la surprise, puis il fit un grand sourire.

— Vous ne me devez rien.

Il enfila son manteau et son chapeau, et se dirigea vers la route.

— Où vas-tu ?

Elijah haussa les épaules

— C'est mon année hors de la communauté, je dois subvenir à mes besoins et faire mon chemin dans le monde.

— Est-ce que tu serais intéressé par un job ?

Geoff jugeait qu'Elijah possédait des compétences utiles à la ferme ; il savait s'y prendre avec les animaux, et ne rechignerait pas au travail agricole. Geoff était certain qu'Elijah saurait se rendre utile.

— J'ai besoin d'un homme de plus pour nous aider, et il faut que tu gagnes ta vie dans le monde. Est-ce que ça pourrait être ici ?

Elijah avait l'air déchiré.

— Vous êtes sérieux ? Et je vivrais parmi les Anglais ?

Geoff ne comprit pas le sens de sa dernière phrase.

— Je suis sérieux, mais je ne suis pas anglais.

Elijah rit et s'expliqua :

— "Les Anglais", c'est comme ça que nous appelons ceux de l'extérieur, qui ne sont pas Amish.

— Oh.

Geoff lui sourit. Il ne pouvait pas s'en empêcher ; le sourire d'Elijah était éclatant, contagieux. Il était beau quand il souriait. Geoff s'en voulut d'avoir de telles pensées, et il se força à revenir sur le sujet du travail.

— Eh bien… Veux-tu travailler ici ? Parmi les Anglais ?

Le terme l'amusait beaucoup.

Elijah regarda la ferme, ses bâtiments, la maison ; il était clairement intrigué.

— D'accord.

Cela fit plaisir à Geoff.

— Alors allons te trouver un endroit où vivre.

Geoff mena le jeune homme dans la maison, à l'étage. La vieille ferme avait quatre chambres, et Geoff ouvrit la porte de celle qui se trouvait le plus loin de la chambre de Len et de la sienne, pour donner à Elijah un peu plus d'intimité. C'était aussi la pièce que son père utilisait comme chambre d'ami, et en tant que telle elle disposait de son propre cabinet de toilette, ce qui serait plus simple pour le jeune homme. La chambre était petite, simple, et ne contenait pas grand-chose d'autre que le lit et la commode que Geoff avait ramenés de Chicago.

— Vous voulez que j'habite ici, dans votre maison ?

Geoff ne savait pas quoi répondre. Ils n'avaient pas de dépendance habitable ou de dortoir ; les hommes vivaient chez eux, soit seuls soit en famille, et un dortoir n'avait jamais été nécessaire.

— Tu ne peux pas vivre dans l'écurie, et il va bien falloir que tu habites quelque part si tu travailles ici.

— Sans doute… Mais je ne voudrais pas déranger.

Geoff secoua la tête.

— Il n'y a que Len et moi dans cette grande maison. Ce n'est pas la place qui manque.

Il montra à Elijah où se trouvaient les toilettes, puis ils redescendirent dans la cuisine, où il prépara le café. Len arriva au moment où il le café finissait de s'écouler.

— C'était quelque chose, hein ? dit Len.

— Oui. Elijah savait exactement quoi faire.

— Où est-il ?

Geoff le chercha du regard et aperçut un mouvement.

— Dans le salon. Je l'ai embauché dans la matinée.

Les yeux de Len s'écarquillèrent.

— C'est son année hors de la communauté, et il doit se débrouiller, gagner sa vie. Et Dieu sait qu'on a bien besoin d'aide ici ; il s'y connaît en travaux de la ferme.

Len lui jeta un drôle de regard, mais ne dit rien.

— Je l'ai installé dans la chambre du fond, ajouta Geoff.

— Il lui faudra des vêtements, dit Len. Il n'a probablement rien de plus que ce qu'il a sur le dos.

— J'allais emmener Joey en ville pour lui offrir son cadeau d'anniversaire. Je vais demander à Elijah s'il veut venir avec nous.

Geoff partit à sa recherche et le trouva sur le porche de devant, entouré de chiens qui se grimpaient les uns sur les autres pour mieux recevoir les caresses et grattouilles qu'il distribuait. Elijah riait à gorge déployée tandis que les chiens lui donnaient des bisous baveux au visage et le léchaient avec enthousiasme.

Geoff rappela les chiens :

— Allez les gars, lâchez-le. Il sera là pour un bout de temps.

Elijah se releva et rentra dans la maison avec l'air heureux, toujours souriant. Il s'assit sur la même chaise qu'au petit-déjeuner pendant que les autres se servaient un café.

— Tu travailles bien à la boulangerie, n'est-ce pas ? demanda Len.

— Oui monsieur. Je travaille auprès de mon oncle lorsqu'il a besoin d'aide, généralement le samedi, quand il y a du monde.

Len hocha la tête.

— Je savais bien que tu me disais quelque chose.

Elijah baissa les yeux.

— Je suis désolé de ne pas vous reconnaître, monsieur.

Geoff eut l'impression qu'Elijah avait voulu ajouter quelque chose, mais qu'il s'était retenu.

— Oh, je ne m'attendais pas à ce que tu le fasses.

Geoff finit rapidement son café et posa sa tasse dans l'évier.

— Je vais en ville cet après-midi et je me demandais si tu voudrais m'accompagner. Il te faudra d'autres vêtements, pour travailler.

Elijah regarda sa tenue.

— Je n'ai pas beaucoup d'argent, sûrement pas assez pour acheter des vêtements dans un magasin.

— Ne t'inquiète pas pour ça.

Elijah releva brusquement la tête et s'exclama :

— Non ! Je ne peux pas vous laisser m'acheter des choses. Ce ne serait pas juste.

— Et bien tu peux me rembourser en travaillant pour moi, proposa Geoff et la flamme dans les yeux d'Elijah diminua à ces mots. Je t'achèterai les vêtements, et on retiendra leur prix sur ta paye.

Geoff comprenait le désir d'éviter d'avoir une dette envers qui que ce soit, et encore plus envers un étranger.

— Ça te va ?

38

Elijah hocha la tête ; il avait l'air content.

On frappa à la porte de derrière et Len alla ouvrir, revenant avec Joey derrière lui qui portait un plat enveloppé d'aluminium.

— Bosselé m'a dit que vous vouliez me voir, dit-il, déposant son plat sur le comptoir. Maman m'a donné du gâteau pour vous.

— Joey, je sais que c'était ton anniversaire hier, et pour ton cadeau je vais t'emmener en ville. Len me dit que tu deviens un cavalier émérite, et je crois qu'il est temps que tu en aies l'apparence. Il te faut des bottes, un chapeau, et un jean pour monter. Ça te dit ?

Le garçon le regarda avec une joie pure ; la surprise l'avait rendu sans voix. Geoff lui sourit.

— Tiens-toi prêt à partir dans une demi-heure.

Joey fit oui de la tête, souriant toujours, et repartit. Len et Geoff le regardèrent traverser la cour au galop.

Len finit son café et se mit à faire la vaisselle, demandant :

— Tu vas aller à Ludington ou à Scottville ?

La ferme était située entre les deux bourgs.

— Il nous faudrait deux trois trucs du magasin de bricolage, si tu vas à Scottville, poursuivit-il.

— Alors ce sera Scottville.

Len mit la main à la poche et en sortit une liste qu'il tendit à Geoff. Il avait triste mine.

— Ça va ?

— Ça ira. Il me manque, c'est tout.

Geoff hocha la tête et se retira, laissant Len à ses pensées.

Il trouva Elijah de nouveau sur le porche à jouer avec les chiens ; le jeune homme se releva dès qu'il vit son employeur.

— Est-ce que vous achetez des cadeaux d'anniversaire à tous ceux qui travaillent ici ?

— Non, répondit Geoff, surpris de la question, puis il comprit. Oh… le père de Joey est mort l'an dernier, et sa mère a du mal à joindre les deux bouts.

Elijah médita là-dessus quelques minutes.

— Donc vous vous servez de son anniversaire comme excuse pour lui acheter ce dont il a besoin sans le mettre dans l'embarras ?

— En quelque sorte, oui.

Geoff réfléchit pour trouver un moyen d'aider Elijah à comprendre.

— Dans votre communauté, quand quelqu'un a besoin de quelque chose, tout le monde l'aide, n'est-ce pas ?

Elijah fit oui de la tête.

— Eh bien c'est plus ou moins pareil à la ferme. Joey a besoin de quelque chose, et il travaille dur pour nous. Si Len et moi lui procurons ce qu'il lui faut, ça lui fait plaisir et ça l'aide en même temps.

— Papa dit toujours que les Anglais ne font jamais rien sans attendre quelque chose en retour.

Ça ne surprit pas Geoff. La plupart des gens ont des préjugés sur ceux qui ne sont pas comme eux.

— Parfois, le bonheur est la seule récompense que l'on cherche à obtenir. L'expression sur le visage de Joey quand je lui ai annoncé ce qu'on allait faire a bien plus de valeur que l'argent.

Ils traversèrent la cour. Joey était à l'écurie, il épandait du foin dans une stalle fraîchement nettoyée.

— Tu es prêt ? demanda Geoff.

Joey hocha la tête tout en défaisant une meule de foin qu'il étala au sol. Puis il déclara :

— Je suis prêt.

Il était évident, à le voir marcher jusqu'au camion, que Joey était excité. Ils s'installèrent tous les trois dans le véhicule, Joey au milieu et Elijah contre la porte. Au démarrage, Geoff vit qu'Elijah saisissait la poignée au-dessus de la porte.

— Joey, je te présente Elijah. Il va travailler à la ferme.

— Salut, Eli.

Ils se serrèrent la main, Elijah tendant celle qui n'était pas crispée sur la poignée.

— Moi c'est Joey. Ravi de faire ta connaissance.

Geoff pensait qu'Elijah réagirait mal à ce qu'on l'appelle Eli, mais il ne dit pas un mot là-dessus. Ils suivirent les routes de campagne en direction du petit bourg rural de Scottville. Geoff se gara devant l'épicerie dans la Grand Rue, et ils descendirent du camion, Eli avec l'air un peu nauséeux.

— Ça va, Eli ?

Joey le tint par le bras jusqu'à ce qu'il ait retrouvé son équilibre.

Eli se tenait bien droit, et ses couleurs commencèrent à revenir.

— Je n'ai pas l'habitude de rouler en voiture… Papa ne le permet pas. Quand Maman est tombée malade, il a insisté pour l'emmener chez le docteur dans la carriole, même lorsque le fermier du bout de la route a proposé de les conduire en voiture.

Geoff ne trouvait pas ça très prudent et un peu trop borné, mais il ne dit rien. De toute évidence, le père d'Eli avait des croyances très fortes, et n'était pas partisan du compromis.

— Entrons à l'intérieur, dit Geoff, menant sa troupe dans le magasin, au rayon vêtements qui se trouvait au sous-sol. Eli, prends ce dont tu penses avoir besoin.

Eli acquiesça et se mit à chercher parmi les vêtements tandis que Geoff amenait Joey vers les chaussures. Il essaya des bottes jusqu'à ce qu'on ait défini sa pointure, et choisit ensuite une paire de bottes de moto noires. Après quoi ils lui trouvèrent un chapeau de cow-boy à sa taille, et un jean boot cut. Joey souriait de toutes ses dents, serrant ses cadeaux dans les bras comme s'ils étaient faits d'or pur. Geoff partit à la recherche d'Eli. Il le trouva debout devant un étalage de jeans, le regard fixe. Le jeune homme ne bougea pas lorsque Geoff s'approcha.

— J'en ai toujours voulu un comme ça, mais comme je savais que Papa ne le permettrait jamais, je n'en ai jamais demandé.

Geoff fouilla dans l'étalage et en extrait un jean à la taille qu'il estimait être celle d'Elijah.

— Essaye-le donc, pour voir s'il te va.

Elijah le regarda comme si on lui faisait une blague.

— Un jean est idéal à la ferme ; ça dure longtemps, ça protège bien les jambes.

Geoff lui montra du doigt les cabines d'essayage et Eli s'y dirigea lentement, comme s'il marchait dans un rêve. Il en ressortit quelques minutes plus tard. Geoff ne s'était pas trompé, c'était bien sa taille.

— Il te faudrait sans doute trois jeans pour commencer, ainsi que plusieurs chemises.

Eli choisit les jeans les plus simples et trois chemises unies, de couleurs sombres. Geoff lui fit aussi prendre une deuxième paire de chaussures et des sous-vêtements. Il demanda au jeune homme s'il voulait un autre couvre-chef, mais Eli dit qu'il se contenterait de celui qu'il avait. Content de lui, Geoff mena Joey et Eli à la caisse.

— Geoff ? C'est moi, Ginny ! Ginny Rogers.

— Oh, salut Ginny, dit-il après un instant d'hésitation, se rappelant qu'elle avait été au lycée en même temps que lui. Ça fait longtemps.

Elle était devenue jolie, alors qu'elle était plutôt disgracieuse à l'époque.

— Oui, un bon moment. Eh bien. Vous prenez tout ça ?

Son sourire était plus appuyé que nécessaire. Elle flirtait avec lui. Il manqua presque de lui signaler qu'elle n'avait vraiment aucune chance, mais il se retint.

— Voici Joey et Eli, dit-il en lui souriant en retour. Les garçons, je vous présente Ginny. On était au lycée ensemble.

Elle s'affaira à encaisser leurs achats, puis il lui tendit sa carte de crédit, signa le reçu, tout cela pendant que Ginny gigotait et souriait continuellement.

Elle mit leurs achats dans des sacs et lui lança un "Reviens bientôt !", avec un sourire plus large encore et un signe de la main tandis qu'ils remontaient l'escalier… et se retrouvaient nez à nez avec tante Janelle.

— Geoff, le salua-t-elle, se forçant à prendre l'air ravi, mais n'ayant pas l'air naturel du tout.

— Bonjour, tante Janelle.

Geoff avait décidé de s'en tenir à une politesse et une gentillesse impeccables ; c'était tout ce qu'elle obtiendrait de lui.

Elle inspecta du regard Joey et Eli, et ses yeux s'écarquillèrent lorsqu'elle remarqua la tenue d'Eli.

Geoff leur demanda tout bas :

— Attendez-moi dans le camion. J'arrive dans une minute.

En aucun cas il ne voulait leur faire subir le venin de sa tante, quelle que soit la mouche qui l'avait piquée cette fois-ci.

Les yeux de sa tante s'étaient assombris.

— Tu corromps les Amish, maintenant ?

Si ç'avait été un homme, Geoff lui aurait fichu son poing dans la figure au beau milieu du magasin.

— Ton père et Len qui vivent ensemble, c'était déjà déplorable, et j'avais espéré que malgré tout tu serais normal. Mais corrompre des enfants…

Ah, le voilà son problème. Il avait toujours pensé que ça participait à son inimitié, mais qu'elle se montre si cruelle… Geoff se reprit en main avant de prononcer des paroles qu'il regretterait plus tard.

— Écoute-moi bien. Len et mon père s'aimaient, ce qui est une chose que tu ne pourras jamais comprendre. Je te suggère de garder ton poison pour toi, ainsi que les idées tordues que tu te fais de leur couple.

Elle fit mine de prendre l'air offensé, au bénéfice des quelques personnes présentes dans le magasin, mais elle ne bernait personne. On la connaissait bien en ville ; Geoff reçut plusieurs regards compatissants.

— Je ne vois vraiment pas ce que tu cherches, et je doute que tu fasses tout ça pour une simple courtepointe en patchwork, mais laisse-moi te dire une chose : tu ne l'obtiendras pas.

Elle prit un air outragé.

— Je ne te demande rien !

— Bien, parfait, alors donne-moi ta clé. Je sais que tu as une clé de la maison depuis des années. Maintenant, tu vas me la rendre.

Elle se mit à bafouiller d'indignation.

— J'ai grandi dans cette maison ! Tu ne peux pas–

— Je peux tout à fait. C'est ma maison, c'est ma ferme.

Il tendit la main, paume ouverte, et attendit. Elle continua de postillonner avec outrage, mais finit par fouiller dans son sac pour en extraire son porte-clés. Après un moment passé à maladroitement la séparer des autres, elle lui tendit enfin la clé. Sans un mot de plus, Geoff fit demi-tour, quitta le magasin et remonta dans son camion, où il posa la tête sur le volant.

— Quelle femme diabolique.

— En effet, Eli… En effet.

Geoff se redressa et mit le contact, puis prit la direction du magasin de bricolage en faisant de son mieux pour se sortir sa tante de la tête. Acheter ce qu'il fallait à Len ne prit pas longtemps.

— Qu'est-ce que vous diriez d'une visite à Dairy Barn ?

Les sourires des garçons lui répondirent, et les dernières traces de la rencontre avec tante Janelle s'évanouirent.

V

LES SEMAINES qui suivirent furent chargées – très chargées – et surtout pour Geoff, qui faisait de son mieux pour mettre à jour les comptes de la ferme ainsi que les registres du bétail. Sans compter que la première quinzaine de mai était en général une période bien remplie, juste avant le moment des semailles. Passant en revue tous les registres de l'exploitation, Geoff fut d'ailleurs surpris de constater le volume de semailles.

Il était assis au bureau en train de vérifier certains papiers lorsqu'il mit la main sur les titres de la ferme et des terres. Apparemment, quelques années plus tôt, le père de Geoff avait acheté un bon paquet de terres quand les prix du marché étaient bas, qu'il avait ensuite conservées. Pour diversifier l'exploitation, il s'était mis à planter du maïs et de la luzerne pour nourrir le bétail, et à vendre le surplus.

— Nom de Dieu.

Geoff vérifia les chiffres une nouvelle fois, n'en croyant pas ses yeux ; la décision de son père s'était avérée bonne, voire très bonne. La moitié de leurs bénéfices provenait du surplus des cultures, et la ferme était maintenant diversifiée. Tout ne reposait plus désormais sur une seule source de revenu.

— Bravo, Papa.

— Qu'est-ce que tu dis ? demanda Len, qui passa la tête dans l'embrasure de la porte, en chemin vers la cuisine.

— Non, rien, je regarde juste les comptes pour tout mettre à jour, je me demande si je vais pouvoir faire aussi bien que mon père.

Geoff continuait à douter de lui-même de temps en temps.

Len s'appuya contre le chambranle. Il n'était encore jamais entré dans le bureau ; il s'appuyait au chambranle mais n'allait pas plus loin.

— Ton père était très fort pour dénicher une bonne affaire et pour en tirer profit, c'est sûr. La ferme était quatre fois plus petite quand il en a hérité. Mais ne te laisse pas démonter par ça, pas du tout. Il n'avait pas ton talent avec les chevaux, et il ne s'entendait pas aussi bien que toi avec les employés. Si je n'avais pas servi de tampon, ils auraient tous démissionné.

— Merci, Len. Parfois je me dis que j'ai accepté une charge trop importante pour moi. Tant de choses dépendent des décisions que je prends… Je ne veux pas me tromper.

— Je suis là ; Fred, Bosselé et Pete sont là ; on aime tous cette ferme autant que toi. On y a tous laissé du sang, de la sueur et des larmes, et on est là pour te soutenir. On va t'aider, et si quelque chose ne va pas, on te le dira, le rassura Len, puis il le dévisagea un moment. Qu'est-ce qui te soucie tant que ça ?

— Je ne comprends pas comment on va pouvoir labourer toute cette terre et semer à temps.

— Mais c'est là que tu te trompes ; on ne laboure pas. En automne on moissonne et on laisse ce qui reste dans les champs. Ça se décompose en majorité au cours de l'hiver, et au printemps on se contente se semer par-dessus. C'est meilleur pour le sol, et ça évite l'érosion de la couche arable. S'il ne pleut pas, on commencera les semailles dans deux ou trois semaines. J'ai déjà demandé à Bosselé de graisser le matériel et de tout préparer.

Geoff se leva et contourna le bureau pour venir prendre Len dans ses bras et le serrer fort.

— Merci.

— Il n'y a pas de quoi avoir peur. Je suis là.

Len le serrait fort en retour, comme toujours.

— Quand tu étais petit, j'ai toujours fait bien attention, parce que je ne voulais pas que tu sois troublé : Cliff était ton père et tu étais son fils, et moi je t'appelais Geoff et tu m'appelais Len. Mais je t'ai toujours considéré comme mon fils.

— Je t'appelais peut-être Len, mais je t'ai toujours considéré comme un père, tout autant que lui.

Et voilà que ça recommençait ; Geoff sentait le chagrin qui menaçait de le submerger. Puis il dit :

— Merde, on dirait des filles.

Ils rirent tous les deux et se séparèrent. Cette phrase était devenue le slogan de leurs moments trop larmoyants. Geoff s'essuya les yeux et retourna au bureau. Il avait des questions à poser à Len, mais elles lui échappèrent quand le téléphone sonna.

— Âllo.

— Geoff, c'est toi ? Alors, enfin prêt à revenir à la ville ?

La voix sonnait haut et clair à l'autre bout de la ligne.

45

— Raine ! Comment vas-tu ? Ça fait plaisir d'avoir de tes nouvelles. Je t'ai appelé, mais tu étais sans doute de sortie…

Geoff referma les registres et les livres de comptes, faisant place nette sur le bureau pendant qu'ils discutaient.

— Oui, j'ai bien eu ton message. J'étais au Spank. C'était bondé comme pas permis. Je parie que les sorties te manquent.

Geoff imaginait très bien Raine en train de danser au Spank, à s'amuser comme un fou.

— Je n'ai pas vraiment le temps d'y penser. Je suis bien trop occupé à planifier, faire les comptes, apprendre tout ce que mon père faisait à la ferme. Mais je fais une promenade à cheval tous les jours, et les mecs ici sont vraiment sympas, et j'ai même revu des anciens camarades du lycée.

— Ça doit être bien morne… mais bon, en même temps, c'est aussi morne au bureau depuis que tu es parti.

— Avant que je parte tu pensais quitter la boîte, lui rappela Geoff.

— Je cherche. En tout cas, ce n'est pas Monsieur Vaniteux qui rend ce job plus fun, loin de là. Tout ce qu'il veut c'est qu'on le fasse mousser, et il est d'une bêtise…

Raine se lança dans une série de bruitages pour illustrer cette bêtise extrême, et Geoff éclata de rire. Cela faisait du bien de rire, de vraiment rire.

— Au fait, je suis obligé de te le demander… T'as rencontré des beaux cowboys sexy ? Comme on en voit sur les calendriers, ce genre-là.

Geoff ricana.

— Non. Je n'ai pas vraiment rencontré de mecs du tout, d'ailleurs. Les seuls types ici sont ceux qui bossent pour moi, et la plupart sont mariés. De toute façon, je n'ai pas eu le temps.

Ce qui était vrai. Ses journées commençaient très tôt, et à l'heure du coucher il était épuisé.

— Tu dis que la plupart sont mariés. Mais qu'en est-il des autres ?

On pouvait faire confiance à Raine pour ne rien laisser passer.

Geoff entendit la télévision se mettre en route au salon : Len regardait une sitcom, et les rires en boîte parvenaient jusqu'au bureau.

— Raine, bon Dieu, tu ne voudrais pas non plus que je les prenne au berceau ?

— Et ce gars que tu as découvert dans ton écurie, qui dormait dans le foin ? Il n'avait pas l'air si jeune que ça.

— Eli ?

— Il est bien majeur, n'est-ce pas ? Il est mignon ?

Geoff allait lui répondre quand il se rendit compte de quelque chose. Eli était mignon, c'est vrai… Il était même… Geoff stoppa ses pensées. Il ne fallait pas qu'il pense à Eli de cette façon.

— Alors ? demanda Raine avec insistance.

Geoff refusait catégoriquement de s'avancer sur ce terrain.

— Raine, Eli est Amish.

Il espérait que Raine entendrait à quel point l'idée même était ridicule, et qu'il lâcherait le morceau.

— Tu veux dire… Amish… *Amish*, les vrais qui ont des carrioles à cheval et tout ?

Geoff ne put se retenir de rire. Le ton incrédule de Raine était à se tordre. Pour un type comme Raine, qui ne pouvait pas vivre sans son téléphone portable, son micro-ondes, ses jeux vidéos et toute sorte d'autres gadgets électroniques, l'idée même de se passer de tout ça évoquait un enfer sans nom.

— Oui, Amish "pas d'électricité pas de voiture pas de télé".

— Bon, d'accord, il est un peu handicapé au niveau électronique, mais est-ce qu'il est mignon ?

Geoff refusait d'entrer dans cette discussion. Il baissa la voix, pour éviter que Len ne l'entende, parce qu'il savait quelle impression cela pourrait lui donner.

— Il bosse pour moi. Qu'il soit mignon, super beau, juste sexy, ou un véritable étalon, n'a aucune importance. Je ne peux pas me permettre de penser à lui ou à aucun autre gars qui bosse pour moi de cette façon-là. Ce serait mal.

— Ce serait mal si tu faisais quoi que ce soit, mais tu as quand même des yeux pour voir. Tu peux toujours regarder, non ?

— Raine ! Est-ce qu'on pourrait, s'il te plaît, passer à autre chose ?

— Et de quoi d'autre peut-on causer ? Tu as déménagé pour devenir un pauvre agriculteur, nous abandonnant nous autres à notre triste sort dans la grande métropole.

Raine le plaisantin. Tsk. Geoff était loin d'être un pauvre agriculteur… Après avoir vérifié tous les livres de comptes il était même allé voir à la banque s'ils n'étaient pas erronés. La ferme, en l'état des choses, était prospère, et de plus, son père avait depuis des années mis de côté dix pour cent du bénéfice annuel dans un fonds de roulement pour les cas d'urgence ou les années de vaches maigres. Ces fonds étaient maintenant suffisants pour faire tourner la ferme pendant cinq ans. Ce que Raine n'avait pas besoin de savoir, d'ailleurs. Il sauterait dans sa voiture pour venir immédiatement "aider" Geoff à les dépenser.

— Tu peux toujours venir me voir. J'aimerais bien te voir chevaucher.

Raine à cheval, quelle image.

— Chevaucher quoi ? Je ne chevauche qu'une seule chose, tu le sais bien.

— Si tu n'es jamais monté à cheval, tu ne sais pas ce que tu rates. Une tonne et demi de muscles chauds et trépidants entre tes cuisses. Que demander de plus ?

Ils ricanèrent à cœur joie. Geoff entendit la sonnette de chez Raine à l'autre bout de la ligne, et ce dernier dit :

— Il faut que j'y aille.

— Okay, amuse-toi bien. On se reparle bientôt.

Après avoir raccroché, Geoff se joignit à Len dans le salon.

— Où est Eli ? demanda-t-il.

— Sans doute encore à l'écurie. Tu sais bien qu'il n'en sort jamais avant qu'il fasse nuit noire.

— Je dois reconnaître que ce type bosse dur. Vraiment dur.

Len se redressa dans sa chaise.

— C'est vrai, mais je crois aussi qu'il ne sait pas quoi faire de son temps. Je pense que la vie au sein de sa communauté était très réglementée, très occupée, et maintenant, quand il a du temps libre, il l'occupe en travaillant encore plus.

Geoff hocha la tête, se demandant où Len voulait en venir.

— Tu fais un tour à cheval le matin – emmène-le donc avec toi, suggéra-t-il. Je parie qu'il aimerait ça ; ça te ferait de la compagnie, et ça lui ferait une activité en dehors du boulot.

Sa conversation avec Raine encore fraîche dans son esprit, Geoff déglutit. Mais Len avait raison, ça leur ferait sans doute du bien à tous les deux.

— Merci, Len.

Au lieu de regarder l'écran de télé, Geoff jeta un œil par la fenêtre. La lumière de l'écurie brillait encore. Il quitta le salon puis sortit dehors ; les chiens vinrent immédiatement à sa rencontre.

— Allez, venez, on va voir ce que fait Eli.

Il se dirigea vers l'écurie, les chiens remuant la queue sur les talons.

À l'écurie, il trouva Eli devant la stalle de Princesse en train d'observer mère et fils. Quand les chiens accoururent à lui, il leur sourit et se pencha pour distribuer des caresses.

— Quoi de neuf, Eli ?

Elijah leva les yeux vers Geoff.

— Je regarde juste le poulain.

— Tu sais que tu n'es pas obligé de rester ici. Tu peux entrer dans la maison.

Eli haussa les épaules

— Je sais–

— Qu'est-ce qu'il y a ? *Bon sang, mais bien sûr*. Tu as le mal du pays, c'est ça ?

Pourquoi n'y avait-il pas pensé plus tôt ? C'était probablement la première fois de sa vie qu'Eli était séparé de sa famille. Évidemment que sa maison lui manquait.

— Qu'est-ce que c'est, le mal du pays ? demanda Eli en dévisageant Geoff de ses grands yeux bleus pleins de vague à l'âme.

— C'est quand notre famille nous manque.

— Oui, j'ai le mal du pays, dit-il en baissant les yeux. C'est pas que vous n'êtes pas gentil avec moi…

— C'est parfaitement normal que ta famille te manque.

Geoff s'assit sur une meule de foin.

— La première fois que j'ai quitté la maison, c'était pour aller en camp de vacances à Stony Lake. Je ne partais qu'une semaine, mais dès que mon père m'a déposé et est reparti, je ne pensais plus qu'à rentrer chez moi. Je ne connaissais pas les autres enfants, et tout était différent, même les repas.

— Que s'est-il passé ?

— Au bout de deux heures j'ai fait la connaissance de Matt. Une heure plus tard je m'amusais tellement à nager avec les autres que j'avais oublié que ma famille me manquait. En un clin d'œil, la semaine était finie.

— Et vous étiez content quand votre père est venu vous chercher ?

— J'ai demandé si je pourrais rester une semaine de plus.

Geoff fut amusé de la surprise d'Eli.

— En fait, en une semaine, j'avais mûri un petit peu… j'avais compris que je pouvais m'en sortir tout seul, et m'amuser en même temps.

— Qu'est-ce que vous essayez de me dire ?

— Ce que je veux dire, c'est que tu devrais peut-être essayer d'introduire un peu de divertissement dans ta journée. Faire quelque chose que tu aimes… par exemple, du cheval.

Le visage d'Eli s'illumina, et Geoff ajouta :

— Je fais une promenade chaque matin. C'est une des choses que je fais par plaisir, et je me demandais si tu aimerais te joindre à moi ?

— Aller faire du cheval avec vous ?

— Ouais. Les bêtes ont besoin de bouger, et nous avons besoin de nous amuser. Rien ne t'oblige à venir si tu ne le veux pas. J'ai juste pensé que ça pourrait t'intéresser.

— Tout à fait, oui, merci.

Les chiens s'étaient installés par terre, affalés à leurs pieds les uns sur les autres.

— Est-ce qu'il y a autre chose que tu aimerais faire ? demanda Geoff.

— Mon oncle me permet de l'aider à faire le pain, d'habitude, mais je ne sais pas comment faire avec le four que vous avez ici. Le nôtre est un four à bois.

— Ce n'est pas très difficile. Tu pourrais préparer la pâte, et je t'aiderais pour la cuisson. Mon père faisait très souvent du pain, je sais qu'on a ce qu'il faut. On pourrait faire ça demain soir si ça te dit.

— C'est très gentil à vous.

Eli le gratifia d'un de ses grands sourires. Geoff se surprit à le dévisager – ses grands yeux brillants, ses lèvres voluptueuses, ses cheveux noirs qui bouclaient presque. Geoff cligna des yeux et se leva un peu trop vite, ce qui fit sursauter les chiens. Merde, merde… merde. Il allait étrangler Raine la prochaine fois qu'il le voyait.

— Rentrons à la maison. Il se fait tard, et nous devons nous lever tôt pour notre promenade à cheval.

Il fit demi-tour et quitta l'écurie. Eli le rattrapa dans la cour, et ils entrèrent ensemble dans la maison. Len était endormi dans son fauteuil. Geoff éteignit la télévision, et il se réveilla presque immédiatement.

— Et si tu allais te coucher ? lui suggéra Geoff.

Len acquiesça et se leva, lui dit bonsoir et monta à l'étage.

Ils avaient fini de déménager les affaires de Len dans l'une des autres chambres quelques jours plus tôt, et ils avaient terminé de transférer les affaires de Geoff dans la chambre principale durant l'après-midi. Geoff entendit Len entrer dans sa chambre et fermer sa porte. Eli lui dit bonsoir et monta l'escalier lui aussi ; Geoff le regarda monter puis il se tança intérieurement, et éteignit les lumières. Une fois qu'il eut bien vérifié que tout était fermé, il monta dans sa nouvelle chambre. Ses meubles y étaient, le placard était rempli de ses affaires, mais le lit était celui qui avait toujours occupé cette pièce d'aussi loin qu'il s'en souvienne, d'aussi loin que tout le monde s'en souvienne.

Debout dans l'embrasure de la porte, dans la maison silencieuse, Geoff regarda ce lit, perdu dans ses pensées. *Len et Papa avaient passé leur dernière nuit ensemble dans ce lit, en sachant que Papa n'en pouvait plus et que ce serait probablement leur dernière nuit ensemble. Que s'étaient-ils dit ? Merci pour ces vingt années d'amour – de m'aimer assez pour me laisser partir ? Est-ce qu'ils s'étaient enlacés sans ne rien dire du tout ?* Geoff ne le saurait jamais, et il ne voulait pas vraiment le savoir. *J'espère qu'un jour je trouverais un amour comme le leur.* Avec un petit soupir, il entra dans la chambre et referma la porte.

Il avait émis des réserves à l'idée de dormir dans ce lit, mais Len l'avait rassuré.

— Ce lit porte chance. Ce lit porte chance, je te le dis ! Tes grands-parents et tes arrière-grands-parents s'en sont servi, et ton père et moi nous y sommes aimés pendant vingt ans. Il y a beaucoup d'amour dans le bois de ce lit.

Geoff se déshabilla, ouvrit le robinet et avança sous le jet d'eau chaude. C'était si bon, relaxant ses muscles, délassant après une journée de travail ; son esprit se calmait enfin, et partait en vagabondages. Ses mains aussi vagabondaient, se promenaient partout. Cela faisait un moment qu'il n'avait pas fait ça, et son corps répondait à son toucher. Avec un soupir de bien-être il se pinça les tétons, puis glissa ses mains plus bas, pesant ses bourses de l'une tandis que l'autre se refermait lentement sur son sexe dans une caresse. Dieu que c'était bon. Cela faisait des semaines qu'il n'avait couché avec personne, et tout son corps fourmillait, ses bourses si pleines, si prêtes…

— Oh oui….

Il laissa son imagination conjurer des images d'hommes qu'il avait toujours trouvés sexy : des mecs grands, baraqués, musclés, aux pectoraux bien renflés, aux biceps arrondis. L'eau le martelait sans cesse pendant qu'il se titillait lentement, sensuel : doigts qui glissent de bas en haut, qui tordent ses tétons, qui s'insinuent entre ses fesses…

— Mon Dieu…

Il accéléra, mais rien ne changea vraiment. Quelque chose n'allait pas. Il n'était... pas encore... tout à fait... au point de... Puis soudain, son cerveau visualisa un corps long et fin, une peau lisse, de grands yeux bleus, une chevelure sombre...

— Oh putain...

L'orgasme le traversa avec le fracas d'un train qui s'emballe et, tout tremblant, il déchargea sa semence sur la paroi carrelée.

Geoff s'appuya contre le mur réchauffé par l'eau, pantelant, pendant qu'il se remettait de cette extase incroyable. Quand il eut repris ses esprits, il se savonna entièrement, se rinça, ainsi que la paroi carrelée, avant de fermer le robinet et de s'essuyer. Puis il retourna dans la chambre et se glissa sous les couvertures.

— Nom de Dieu, Raine, je vais te tuer pour ça.

Le diable était sorti de la boîte, cependant, et il allait bien falloir qu'il s'y fasse.

VI

GEOFF AIMAIT le matin à la ferme : le soleil entr'aperçu par la fenêtre, les odeurs de chevaux et de foin, le calme quand tout le monde est encore au lit. Repoussant les couvertures, Geoff regarda autour de lui et, l'espace d'un instant, il essaya de se rappeler où il était, ou plus précisément, pourquoi il se trouvait dans la chambre de Len et de son père. *Ah oui !* – maintenant, c'était la sienne.

Il sortit du lit et passa en vitesse à la salle de bains pour ses ablutions matinales, puis s'habilla rapidement et descendit en silence au rez de chaussée. Len n'était pas encore levé, et Geoff ne voulait pas le réveiller. Il petit-déjeuna rapidement puis sortit de la maison pour aller à l'écurie. Il fut surpris, en ouvrant la porte, d'y trouver Eli qui était déjà en train d'étriller et de préparer les chevaux pour la promenade.

— Waouh, tu n'étais pas obligé de faire ça.

Geoff attrapa les couvertures et en tendit une à Eli pour son cheval, puis il alla chercher les selles.

— Ce n'est rien. J'aime m'occuper des chevaux, et il aime vraiment qu'on l'étrille, dit Eli en désignant Kirk du menton.

Geoff posa la selle sur le dos de Kirk.

— Ça c'est sûr. Il aime qu'on s'occupe de lui.

Geoff mit le licol au cheval, puis le fit sortir de sa stalle et de l'écurie.

— J'ai pensé qu'on pourrait descendre vers la rivière, suggéra Geoff.

— Je vous suis.

Eli enfourcha son cheval et lui fit faire quelques pas dans le pré. Geoff lui emboîta le pas quelques secondes plus tard.

Kirk était nerveux, piaffant d'impatience.

— On se retrouve à l'autre bout !

Geoff éperonna Kirk et l'étalon bondit en avant, traversant la prairie comme un lièvre. Sous lui, Kirk galopait à la vitesse d'une flèche, et Geoff sentait leurs esprits se mêler, leurs corps pris par le même effort. Il le retint à l'approche de l'extrémité du pré, et se retourna pour attendre Eli, qui arrivait au galop un instant plus tard. Cela donna à Geoff l'occasion de le regarder chevaucher Twilight ; on aurait dit qu'ils volaient. Waouh, il était beau en selle… Sexy, même.

Avant qu'il ne puisse se faire lui-même des remontrances pour cette pensée, Eli s'approcha, retenant Twilight. Arborant un grand sourire, il haleta :

— Ça fait du bien !

— N'est-ce pas ? Et ce qu'il y a de mieux, c'est qu'on va pouvoir le refaire au retour.

Geoff ne pouvait s'empêcher de sourire à son tour. L'excitation d'Eli était contagieuse.

— On va les mener par la bride jusqu'à la rivière, et puis on chevauchera vers l'est un petit moment.

Geoff ouvrit la marche le long du chemin. Ils avancèrent en silence, chacun perdu dans ses pensées sous la voûte feuillue, marchant sur un tapis de petites fleurs printanières. En bas, ils s'arrêtèrent quelques minutes à écouter le bruit de l'eau, puis ils prirent le chemin qui longeait la rivière.

— L'été, quand j'étais petit, je jouais tout le temps dans la rivière.

— Elle n'était pas trop froide ?

— Si, mais j'étais un gamin. J'y restais des heures, jusqu'à ce que j'en claque des dents, poursuivit-il, le souvenir le faisant sourire. Avec Len et mon père, on descendait à cheval les jours de grande chaleur, et on se faisait un pique-nique dans la clairière là-bas. Ils bavardaient, et moi je jouais dans l'eau.

Ces souvenirs comptaient parmi les meilleurs de son enfance.

— Je donnerai tout pour pouvoir faire une dernière promenade à cheval en sa compagnie.

— Quand est-ce qu'il est décédé ?

— Il y a un mois environ. Ça faisait un moment qu'il luttait contre le cancer. Il n'avait que quarante-neuf ans.

Geoff ravala l'émotion qui menaçait de le submerger. Il regarda Eli et pouvait quasiment voir les questions qui tournaient dans son crâne.

— Je suis désolé, pour votre père. Et qu'est-il arrivé à votre mère ?

— Elle est morte quand j'étais bébé. Je n'ai aucun souvenir d'elle, rien que les quelques photos accrochées au mur du salon.

Ils arrivèrent à la clairière, et Geoff mit pied à terre. Kirk se mit à brouter flegmatiquement l'herbe fraîche, se déplaçant çà et là.

— On peut s'asseoir un peu, si tu veux.

Eli descendit de cheval, regardant autour de lui, tenant toujours les rênes.

— Ils n'iront nulle part, ils sont bien ici.

Eli avait l'air sceptique mais reposa les rênes sur la selle, et Twilight se mit à brouter, satisfaite, tout comme Kirk.

Geoff s'assit sur un rondin de bois, regardant l'eau, et Eli prit place à côté de lui.

— Je ne voudrais pas être indiscret, mais est-ce que je peux vous poser une question ?

Lentement, Geoff fit oui de la tête.

— Est-ce que Len est votre oncle ?

C'était la question que Geoff redoutait depuis un certain temps. Il avait déjà décidé qu'il dirait la vérité à Eli, mais il ne savait pas comment lui faire comprendre. Il avait fait quelques recherches sur Internet, donc il savait ce que les Amish inculquaient à leurs semblables au sujet de l'homosexualité. Pour être honnête, Geoff craignait que sa réponse ne provoque le départ d'Eli.

— Non. Len était le compagnon de mon père.

Eli ouvrit la bouche pour parler mais Geoff l'arrêta.

— Il y a une chose qu'il faut comprendre, et je vais te demander de garder l'esprit ouvert.

Eli hocha la tête.

— Len et mon père étaient ensemble. Ils s'aimaient, ils prenaient soin l'un de l'autre, et ils m'ont élevé ensemble durant presque toute ma vie.

La mâchoire d'Eli lui en tomba.

— Vous voulez dire que Len et votre père étaient des sodomites ?

— Nous utilisons le mot "gay", mais sinon, oui.

Geoff observa Eli pendant qu'il déglutissait, sans rien dire, le visage indéchiffrable.

— Je sais ce que la Bible dit là-dessus, mais il y a une autre chose qu'il faut savoir. Len et mon père se sont aimés profondément pendant plus de vingt ans. Ils se sont entraidés, se sont portés assistance quand l'un d'eux était malade, ont pris soin de moi – je ne vois tout simplement pas comment un amour tel que le leur peut être considéré comme quelque chose de mal.

— J'ai entendu parler de gens comme eux, mais je n'en avais jamais rencontré auparavant. Len semble si gentil, je…

Eli ne finit pas sa phrase. La confusion se lisait clairement sur sa figure.

— Eli, je sais que c'est difficile pour toi de concilier ça avec ce que l'on t'a toujours inculqué, mais je voudrais que tu réfléchisses à une chose.

Ces incroyables yeux bleus se relevèrent et le fixèrent d'un regard puissant comme un ouragan.

— La Bible dit beaucoup de choses sur tout un tas de sujets, mais la chose principale qui revient tout le temps, c'est que Dieu est amour. Mon père et Len s'aimaient très fort, et en définitive, le reste n'a pas grande importance.

Geoff se releva pour faire les cents pas dans la clairière, flattant le cou de Kirk au passage, tout en attendant la réaction d'Eli.

— Est-ce que ça veut dire que vous êtes… comme eux ?

— Eli, le bon mot est "gay", et, oui, je suis gay, mais ce n'est pas à cause d'eux. Ce n'est pas une chose qu'ils m'ont inculquée. C'est simplement ce que je suis, tout comme j'ai les cheveux bruns et les yeux marron. Ça fait partie de ma personne, j'ai été conçu comme ça.

Eli restait assis, l'expression de son visage indéchiffrable.

— Si ça te met mal à l'aise, je suis désolé, et si tu veux partir, je ferais en sorte que tu reçoives ta paie dès que nous serons de retour à la ferme. Je ne te le reprocherais pas. Je sais que c'est beaucoup te demander.

Geoff voyait bien le trouble dans les yeux d'Eli. Il attendit sa décision.

— Len et vous avez été bons envers moi, tous les deux. Et une des raisons pour lesquelles je passe un an loin de ma communauté est que certains de nos enseignements me posent problème. Papa dit que je me montre rebelle, et que mes pensées ne sont pas correctes.

— Que veux-tu dire par là ?

— Vous avez été honnête avec moi, je me dois d'être honnête avec vous.

Geoff se rassit pour l'écouter parler.

— Papa est très attaché aux coutumes d'antan. Certains dans la communauté ont le téléphone, ils prennent la voiture, mais pas mon père. Même pas pour son travail, ce qui est pourtant acceptable, selon les Aînés.

Eli baissa la tête, l'air honteux.

— Eli, tu n'as pas de quoi avoir honte. L'un des avantages d'être gay, c'est qu'on apprend à prendre et à accepter les personnes telles qu'elles sont. Je ne vais pas te juger, je te le promets.

— J'ai toujours eu des différences d'opinion avec mon père. Il dit que le téléphone, c'est mal, et qu'il ne faut jamais l'utiliser, donc il gère toutes ses affaires en personne, face à face. Je lui ai rappelé qu'il est permis d'utiliser le téléphone pour les affaires et qu'il aurait peut-être plus de travail s'il l'utilisait. Pas besoin d'en avoir un à la maison, il pourrait utiliser le téléphone commun, mais il s'est mis à crier et m'a dit de ne pas lui répondre. Comme je ne me suis pas détourné, il m'a frappé à la tête et m'a dit ne plus jamais en reparler.

— Il t'a frappé ?

— Pas fort. C'était seulement pour bien me faire comprendre que je ne devais pas discuter avec lui. Ce que je veux dire c'est que j'ai trop tendance à réfléchir, et souvent, je ne pense pas la même chose que les autres membres de la communauté. Mon père et mon oncle, celui de la boulangerie, ont décidé que je devrais passer un an au-dehors. Ils veulent que je découvre que la vie est dure en dehors de notre communauté, et que je revienne, prêt à me marier, à faire des enfants, et à reprendre l'affaire de mon père.

— Et ta mère ? Qu'en pense-t-elle ?

— Je ne sais pas. Papa régit la famille, et ma mère se plie à ce qu'il décide. Elle n'oserait pas s'opposer à lui. Elle serait traduite devant l'église et humiliée devant tout le monde.

Ça avait l'air terrible.

— Humiliée, c'est à dire ?

— Quand quelqu'un transgresse une des règles de la communauté, on le traduit devant toute la communauté, à l'église, et on expose à tous la transgression. Si la personne le refait ensuite, elle risque d'être chassée.

— Chassée de quoi ? demanda Geoff qui avait un peu de mal à le suivre.

— La communauté exclut cette personne – on fait comme si elle n'existait pas. On l'ignore complètement. J'ai vu ça une fois, il y a cinq ans. Une femme a accusé son mari de rapports conjugaux impropres.

Geoff ne voyait pas bien ce que ça voulait dire, mais il décida de ne pas l'interrompre. Eli développa :

— Elle l'avait surpris dans la grange, il se prenait en main.

— C'est interdit ?

Bon Dieu, Geoff était bien content de ne pas être Amish ; il avait fait ça si souvent, adolescent, qu'il aurait sûrement été exclu.

Eli fit oui de la tête.

— D'abord ils l'ont humilié à l'église, ils ont dit à tout le monde ce qu'il avait fait, mais il a recommencé. Cette fois, la communauté entière l'a exclu. Ils refusaient d'avoir quoi que ce soit à faire avec lui, sa femme ou ses enfants. Au final, ils ont quitté la communauté, enfin je crois… En tout cas je ne les ai jamais revus. Il y avait aussi des rumeurs dans la communauté, à propos d'un homme, disant qu'il était…

Eli mit du temps à choisir le mot.

— … comme Len. Certains l'ont rejeté juste à cause de la rumeur.

— Sévère, dis donc.

En fait, Geoff trouvait ça pire que sévère. Pour les gens qui s'intégraient bien c'était sans doute facile, mais pour ceux qui ne rentraient pas dans le moule, ça devait être très difficile.

— N'allez pas croire que nous sommes tous si durs. Nous savons aussi nous amuser, et ma famille m'aime beaucoup. C'est pour ça qu'ils m'ont offert cette année loin d'eux, pour que je puisse revenir et mieux m'insérer au sein de la communauté.

Geoff regarda sa montre. Ils parlaient depuis un bon bout de temps, et ils avaient du pain sur la planche.

— On devrait rentrer.

Il se leva, attrapa les rênes de Kirk et se hissa aisément sur le dos du cheval, puis attendit qu'Eli enfourche Twilight.

— Quoi que tu décides, je respecterais ton choix.

Eli approcha son cheval du sien.

— J'aimerais rester, si c'est possible. Vous et Len avez été très bons à mon endroit… et l'un des objectifs en restant loin des nôtres pendant un an est de passer du temps auprès de gens qui sont différents de nous.

— J'en suis ravi.

Geoff l'était vraiment. Il s'était demandé comment il allait aborder le sujet avec Eli, mais apparemment le jeune homme avait bien pris la nouvelle, et désirait véritablement rester.

— Hier vous avez dit que vous pourriez me montrer comment faire marcher le four pour que je puisse faire du pain. Est-ce qu'on pourrait faire ça aujourd'hui ? proposa Eli, le regard brillant d'espoir et d'enthousiasme.

— Bien sûr. Quand on aura fini nos corvées.

Ils rebroussèrent chemin en direction de la prairie. Le soleil brillait, chaud, lorsqu'ils sortirent du bois. En arrivant au pré, Geoff regarda Eli lâcher la bride à Twilight ; le cheval partit au galop. Kirk piaffait d'envie de les suivre, et il partit en flèche lorsque Geoff lui donna le signal.

De retour à l'écurie, ils desselèrent leurs montures et les étrillèrent, puis s'assurèrent qu'elles avaient suffisamment d'eau et d'avoine. Ils retournèrent ensuite à la maison, où Len les attendait, le petit-déjeuner prêt. Eli mangea rapidement, et repartit à l'écurie pour s'atteler à ses corvées.

Len débarrassa son assiette.

— On dirait que votre promenade de ce matin s'est bien passée. Il est si heureux qu'il ne tient plus en place.

— Il m'a demandé de lui montrer comment le four fonctionne, pour pouvoir faire du pain. Je crois qu'il a le mal du pays. C'est vrai que la promenade était exaltante… On est allés jusqu'à la clairière où papa et toi m'emmeniez enfant, pour les pique-niques.

— Je n'y suis pas retourné depuis un moment.

— Il m'a demandé si tu étais mon oncle.

— Qu'est-ce que tu lui as dit ?

— La vérité. J'avais un peu peur de sa réaction, mais je n'ai pas honte de toi, ni de mon père, dit Geoff, puis il sourit. On dirait que notre Eli est un peu rebelle. Il a très bien pris la nouvelle, et il m'a parlé un peu de lui.

— Tu l'aimes bien, hein ?

— Oui, c'est un bon gars, et il est travailleur.

— On ne me la fait pas. J'ai bien vu la façon dont tu le regardes, et les regards qu'il te lance.

Le mouvement de surprise de Geoff fut si soudain qu'il faillit se faire mal, mais Len se contenta de sourire.

— Tu ne vas pas me dire que tu n'as pas flashé sur ce jeune homme si beau, au sourire angélique… et quant à lui, il t'observe.

— Len, écoute… commença Geoff en s'apprêtant à nier fermement, mais il changea d'avis. Il fait partie de mes employés, il travaille pour moi. Je ne peux pas me permettre de penser à lui comme ça, tu le sais très bien. Et pour ce qui est de ses regards à lui, je crois que tu te fais des idées.

— Possible, mais je te connais bien. Sois prudent.

Len se leva. Sa main ferme se posa un instant sur l'épaule de Geoff, puis il sortit, appelant les ouvriers à se rassembler pour se mettre au travail.

Geoff nettoya la cuisine puis s'installa au bureau, et passa sa journée entouré de livres de comptes, qui n'étaient pas encore tous mis à jour. Len lui apporta un sandwich à l'heure du déjeuner, et il le mangea sur place, sans s'arrêter de travailler, décidé à en finir avec cette tâche. Cela lui avait pris plusieurs semaines, mais à la fin de la journée, il avait enfin tout rassemblé et saisi dans l'ordinateur. Il allait pouvoir passer plus de temps à travailler et moins de temps la tête dans les registres.

Il entendit la porte de derrière s'ouvrir tandis qu'il finissait, puis Eli qui l'appelait.

— Je suis dans le bureau.

Le chapeau à la main, Eli apparut.

— Je me demandais si c'était le bon moment...

Eli était capable de travailler jusqu'à l'épuisement mais se retrouvait tout hésitant dès qu'il demandait quoi que ce soit. Geoff savait que cela découlait de son éducation, mais à chaque fois qu'il en était témoin ça le mettait un peu en colère. Il gardait ça pour lui – en faire la remarque à Eli n'aurait servi qu'à le bouleverser, et pourrait être ressenti comme une attaque envers sa communauté.

— C'est le moment parfait. À force de passer tout mon temps dans cette pièce, j'en loucherais presque.

Il referma les livres de comptes, éteignit l'ordinateur et la lumière.

— Allons faire du pain !

Geoff mena Eli dans la cuisine, où il ouvrit des placards pour en sortir des bols, des cuillères et des verres doseur.

— Je sais que ces objets sont sans doute différents ce ceux que tu utilises. J'espère que tu y arriveras quand même.

— Oui, probablement.

Eli le regarda sortir la farine de blé complète. Ça, au moins, lui serait familier : son père l'avait achetée à la boulangerie Amish.

— Que te faut-il d'autre ?

— De la levure, du sel, du lait, un peu de sucre et de l'eau.

Geoff rassembla les ingrédients pendant qu'Eli installait tout de la façon qui lui convenait.

— Il me faut aussi une planche.

Geoff lui en sortit une du placard. Eli se mit au travail, à commencer par mesurer ses ingrédients. Levant les yeux, il sourit.

— Est-ce que vous voulez m'aider ?

Geoff lui sourit, et vint s'installer près de lui.

— Vous pouvez mesurer la farine.

Eli lui indiqua la quantité, et Geoff mesura et versa la farine dans le bol. Il avait presque fini lorsque soudain le sac lui glissa entre les doigts et répandit une poignée de farine sur le comptoir, projetant un nuage blanc qui les enveloppa tous les deux. Au soulagement de Geoff, Eli se mit à rire, et il rit aussi. Ils secouèrent leurs vêtements, mais cela ne fit que répandre de nouveau la farine dans l'air, et elle leur retomba aussitôt dessus, les poudrant de blanc.

— On dirait un fantôme, lui dit Eli en rigolant.

— Et toi, on dirait un bonhomme de neige fou.

Le rire étant contagieux, à chaque fois que l'un arrivait à s'arrêter c'était l'autre qui repartait, faisant de nouveau voler la farine. Len, qui passait par là, entra dans la cuisine, regarda autour de lui, puis ressortit immédiatement, sans dire un mot, secouant la tête.

Ils se calmèrent enfin, et la farine retomba. Les yeux d'Eli étincelaient de joie, et Geoff en eut le souffle coupé ; il se retint pour ne pas se détourner. Ce serait presque sacrilège de ne pas contempler un visage qui rayonnait tant le bonheur.

— Il faut que je débarrasse ma chemise de toute cette farine, finit-il par dire.

Ça commençait à le démanger. Geoff se déboutonna et ôta sa chemise, puis il ouvrit la porte de derrière pour la secouer dehors. Il rentra en se rhabillant, tout en regardant Eli. Len ne se trompait peut-être pas… Eli semblait le regarder de près. Une fois rhabillé, il se remit au travail et finit de mesurer la farine, tout en observant du coin de l'œil Eli, qui à son tour enlevait sa chemise pour en secouer la farine dehors. Geoff ne put l'apercevoir que quelques secondes, mais ce qu'il vit de son torse nu était parfait. *Eh bien…*

Après ça, Geoff se concentra sur sa tâche. Ils finirent de préparer la pâte et la mirent de côté pour la laisser lever. La demi-heure qui suivit fut consacrée au nettoyage de la farine qui avait volé partout, mais Geoff mit beaucoup plus longtemps que ça à se sortir de la tête l'image du torse d'Eli ainsi que son sourire éclatant.

VII

— Nom de Dieu, je suis bien content que ce soit terminé, s'exclama Geoff en entrant dans la cuisine d'un pas raide, accrochant son chapeau au crochet prévu à cet effet, près de la porte. Je vous jure, j'ai bien dû ensemencer la moitié du county de Mason dans la semaine.

Ses jambes et le bas de son dos lui faisaient mal, mais il continuait de bouger, pour éviter les crampes. Len se leva pour lui apporter une tasse de café.

— Tu t'es très bien débrouillé, le félicita Len. Après la pluie de la semaine dernière, j'ai cru qu'on n'arriverait pas à tout planter à temps, mais tu as réussi.

Geoff ébaucha le geste de s'asseoir, puis se ravisa.

— J'ai l'impression d'avoir le siège du tracteur fixé à mes fesses, mais au moins c'est fait.

En fait, il se sentait vraiment bien, comme s'il avait accompli une tâche extraordinaire. Tous les champs étaient ensemencés, et il restait encore une semaine avant le Memorial Day. Bon d'accord, il avait presque failli y rester, mais tout était prêt.

— Est-ce qu'Eli a aimé conduire le tracteur ? demanda Len.

Geoff le regarda, l'air de demander : *Et comment tu sais ça ?*

— Je vous ai vus ensemble en passant quand je suis allé en ville cet après-midi.

— Oui, je pense qu'il a apprécié. Il était nerveux au début, mais petit à petit il s'est laissé aller. Je pense qu'il aime faire des nouvelles expériences.

Eli était bel et bien un Amish rebelle.

— Tu devrais aller te mettre au lit, lui suggéra Len.

Geoff opina et se dirigea vers sa chambre. En chemin, il croisa Eli.

— Tout va bien, Geoff ? demanda-t-il, sa voix pleine d'inquiétude.

Geoff s'arrêta et se tourna vers Eli en lui souriant. Son visage angélique était visiblement tendu, ce qui le toucha.

— Je vais bien, je suis juste épuisé.

— Tu peux à peine marcher.

Eli le prit par le bras pour l'aider à atteindre sa chambre et le fit asseoir au bord de son lit.

— Tu es sûr que ça va ?

— Oui, juste une très, très grosse fatigue.

L'inquiétude sur le visage d'Eli donnait envie à Geoff de tendre la main et de l'embrasser jusqu'à ce qu'un sourire la remplace. D'ailleurs il remarqua qu'il se penchait légèrement en avant… Il se redressa. Il ne pouvait tout simplement pas prendre ce risque. Il avait passé deux semaines à faire de son mieux pour ne pas penser à Eli autrement que comme à un ouvrier agricole, et c'était de plus en plus difficile. De toute façon, il ne savait pas si Eli serait intéressé ou non, et même s'il l'était… Geoff se devait de mettre court à ces pensées. Eli n'était qu'un employé parmi d'autres, et il devait être traité comme les autres gars.

— Merci de ton aide. Tu peux y aller.

Eli se détourna pour partir et lui dit :

— À demain matin.

Lorsqu'il fut parti, Geoff sollicita de nouveau ses muscles douloureux et engourdis. Il se déshabilla et passa à la salle de bains pour se glisser sous le jet brûlant de la douche. L'eau chaude fit des merveilles pour son corps mais ne calma en rien son esprit, et ne chassa pas les pensées qui le hantaient. Il savait qu'il fallait qu'il se reprenne avant de faire quelque chose qu'il regretterait.

— Il faut que j'arrive à garder ça pour moi ; je ne peux pas passer à l'acte, quoi qu'il arrive.

Geoff sentait bien que des sentiments à l'égard du jeune Amish, angélique et innocent, étaient en train de se développer en lui – des sentiments qu'il n'aurait pas dû éprouver, et qui ne devaient en aucun cas guider ses actions.

En soupirant, il ferma le robinet et sortit de la douche pour se sécher. Pour combattre la douleur qui n'allait pas manquer d'arriver il prit un peu d'ibuprofène, puis il se mit au lit et s'endormit immédiatement, la tête à peine posée sur l'oreiller.

Il se réveilla à l'heure habituelle, son corps protestant de façon véhémente au moindre mouvement. Il ne s'était pas senti aussi mal depuis la dernière fois où il avait passé la nuit dehors à boire… et cette fois-là, au moins, il avait baisé. Il força ses jambes à bouger et se rendit à la salle de bains pour reprendre des antalgiques. Sans trop savoir comment, il réussit à s'habiller et se rendre présentable avant de se traîner jusqu'à la cuisine où,

Dieu merci, l'attendait un pot de café frais. Il s'en servit une tasse qu'il but en faisant les cents pas pour se dégourdir les muscles.

Une fois sa tasse finie, il la mit dans l'évier et marcha précautionneusement jusqu'à l'écurie pour se remettre dans le bain. Il n'avait aucune intention de faire du cheval – l'idée même de tenter d'enfourcher une monture lui faisait mal aux jambes. Il aperçut un mouvement du coin de l'œil en ouvrant la porte et se dit que ce devait être Eli, s'occupant de Twilight.

C'était bien ça. Eli était dans la stalle de la jument, en train de serrer la sangle de sa selle.

— Bonjour, Eli.

Le sourire d'Eli était si éclatant qu'il illuminait toute l'écurie.

— Bonjour, Geoff. Tu te sens mieux ?

— Oui. Merci de m'avoir aidé.

Eli hocha la tête en souriant, reprenant sa tâche. Geoff approcha la stalle de Kirk, dont la majestueuse tête noire apparut dès qu'il entendit le bruit des pas.

— Bonjour, toi.

Geoff lui flatta le nez, et il s'apprêtait à lui donner une carotte lorsqu'il remarqua son mors et son licol. Jetant un œil plus loin dans le box, il vit que Kirk avait été étrillé jusqu'à ce que sa robe luise, et qu'il avait sa selle sur le dos. Comme tous les matins de cette semaine, où Kirk était déjà sellé et prêt pour sa promenade matinale lorsque Geoff arrivait à l'écurie.

— Eh bien mon gars, apparemment, on va se promener.

Il entendit Eli sortir Twilight de l'écurie, et il ouvrit la stalle de Kirk pour faire de même.

— Merci, Eli, mais tu n'étais pas obligé de le seller à ma place.

Le sourire d'Eli diminua, et Geoff sentit qu'il fallait faire quelque chose – n'importe quoi – pour qu'il redevienne éclatant.

— Il est très beau, dit-il en souriant, et Eli retrouva son sourire.

Ils enfourchèrent leurs montures, Geoff avec plus de précautions que d'habitude, et se mirent en route. Le soleil pointait à peine, et ce matin du mois de mai était frais et piquant. Ils parlèrent peu, chevauchant de concert le long de champs de fleurs sauvages et de pâturages où broutait du bétail.

Eli rapprocha son cheval près de celui de Geoff.

— Geoff, je ne sais pas comment te demander ça mais… ici, chez les Anglais, est-ce que c'est grave si on est…

Il s'arrêta, et Geoff attendit qu'il finisse sa phrase.

— Tu sais… gay ?

Ils n'avaient pas abordé ce sujet depuis leur première promenade quelques semaines plus tôt, et Geoff avait pensé que c'était parce que ça mettait Eli mal à l'aise.

— J'ai réfléchi depuis qu'on en a parlé, et je voulais te poser la question, Eli continua. Dans notre communauté, si quelqu'un était gay, on l'excommunierait… Est-ce que les Anglais font pareil ?

— C'est une question compliquée. Pendant longtemps, on pouvait être emprisonné ou tué pour son homosexualité, mais la plupart des gens aujourd'hui sont plus compréhensifs. Il y a encore des gens qui ne nous acceptent pas, et même certains qui nous veulent du mal. Mais la plupart des gens sont tolérants, et franchement, ils s'en fichent, de nos jours. Par exemple, Bosselé, Pete, et Fred étaient tous au courant pour mon père et Len. Ça leur était égal. Mais par contre, ma tante Janelle refuse toujours de l'accepter, même après tout ce temps.

— Oh.

Eli avait l'air encore plus troublé maintenant qu'avant de poser sa question.

— Laisse moi te poser une question. Le fait que moi je sois gay, ça ne te dérange pas, n'est-ce pas ?

Eli fit non de la tête.

— Et pourquoi ça ?

Eli réfléchit une minute.

— Parce que tu es gentil et que tu as été bon à mon endroit. Et sans doute parce que je pense que tu as raison ; qui nous aimons ne devrait pas avoir d'importance.

— Tu viens de répondre à ta propre question. Ce qui compte c'est d'être bon, de se soucier des autres, de traiter les autres comme nous voulons être traités nous-mêmes, avec respect et dans la dignité. Si nous faisons ça, les bons gens nous prendront comme nous sommes. Les autres peuvent bien aller au diable, dit-il en accompagnant ses paroles d'un geste du bras et en riant légèrement. Est-ce que c'est une réponse qui t'éclaire ?

Eli sourit à son tour.

— Oui.

Ils parcoururent le reste du chemin en silence. Une heure s'était écoulée lorsqu'ils revinrent à l'écurie, et Geoff se sentait nettement plus en forme. Il avait pris l'air grâce à cette promenade, et ses muscles étaient plus détendus, réchauffés. Après avoir dessellé les chevaux, ils rentrèrent pour le petit-déjeuner.

La cuisine embaumait. Geoff s'arrêta pour sentir le parfum du bouquet de fleurs des champs qui trônait sur la table. Len en ramassait toujours, à chaque printemps. Geoff était heureux de voir que Len ne s'empêchait pas de vivre. Jetant un dernier regard au bouquet, il alla à l'évier se laver les mains.

— C'est bien une odeur de pain à la cannelle et aux raisins que je sens ?

Len ne leva pas la tête, continuant à manger ses œufs.

— Ouais.

— Merci de l'avoir fait.

Le père de Geoff faisait du pain, certes, mais Len faisait un pain à la cannelle et aux raisins bon à se damner. Len lui apporta une assiette et la posa devant lui.

— Merci.

— De rien, mais ce n'est pas moi qui ai fait le pain. C'est Eli.

Geoff prit une bouchée de son pain toasté et émit un gémissement de plaisir. Le beurre et la cannelle se mélangeaient parfaitement dans sa bouche, ça avait le goût du paradis.

La porte s'ouvrit, et Eli vint se mettre à table. Len lui apporta aussitôt son assiette.

— Merci pour le pain, il est délicieux, dit Geoff.

Ça lui valut le même sourire que celui du matin, heureux et satisfait.

— Je suis content que ce soit réussi. Je n'en avais jamais fait avant.

Eli attaqua son petit-déjeuner, et Len les rejoint à table avec sa propre assiette. La conversation s'orienta vers les activités de la journée.

— Il faut que je fasse les comptes ; demain, c'est jour de paye, dit Geoff.

Len avala sa bouchée.

— Nous autres, on répare les clôtures ce matin, et cet après-midi on contrôle les troupeaux. Bosselé croit avoir vu des traces de loup, il faut qu'on aille voir ça.

— Je vous préparerai le déjeuner, annonça Geoff.

Puis il porta son assiette à l'évier et se rendit au bureau pour se mettre au travail. Il entendit les deux autres partir, et en soupira de soulagement. Puis il décrocha le téléphone et appela Raine.

— J'espère que ça vaut le coup de m'appeler à cette heure maudite.

Geoff jeta un œil à l'horloge. Il était huit heures passées.

66

— Je suis debout depuis plusieurs heures… Merde, j'avais oublié qu'il est une heure de moins chez toi. Raine, je suis désolé.

Un bâillement lui répondit.

— Et qu'est-ce qui est tellement important pour que tu n'aies pas la patience d'attendre une heure plus décente ?

— Raine, je ne sais plus quoi faire. J'ai tout essayé, et je n'arrive pas à me le sortir de la tête.

— Quoi ? Qui ? Geoff, mais de qui tu parles ?

— Eli.

Mon Dieu, mais quelle erreur.

— Attends, attends…

Geoff entendait presque le sourire de Raine.

— Tu m'appelles parce que tu t'es entiché de ton Eli et que ce n'est pas réciproque ?

— Non, il n'a aucune idée de ce que je pense de lui. Eli est le jeune Amish qui travaille pour moi.

— Nom de Dieu ! Est-ce que tu es en train de me dire que tu es amoureux d'un mec Amish ? Écoute, je n'ai pas encore le cerveau bien réveillé. Il est tôt. Est-ce que tu pourrais m'exposer la situation clairement, que je puisse essayer de t'aider ?

Geoff prit une longue inspiration.

— Je t'ai déjà parlé d'Eli.

— Attends un peu. Tu m'appelles, tout chamboulé, à l'aube, pour me parler d'Eli. De toute évidence, tu t'en es entiché ?

— Oui, mais il ne faut pas que je m'intéresse à lui comme ça.

— Et pourquoi pas ? Est-ce qu'il sait que tu es gay ?

— Oui, on en a parlé ensemble, je le lui ai dit.

— Est-ce qu'il s'intéresse à toi ?

— Je ne sais pas. Je ne sais même pas s'il est gay, Raine. C'est le premier problème.

Raine essaya de l'interrompre mais Geoff ne fit pas attention et poursuivit.

— C'est son année hors de la communauté Amish. S'il était seulement curieux et que je finissais par lui faire du mal ? Ou pire, s'il se passe quelque chose entre nous et que sa communauté le découvre, l'exclut, et fiche toute sa vie en l'air ?

Il s'imagina des dizaines de possibilités horribles.

— Et s'il t'aimait tout autant en retour ?

Geoff s'arrêta net. Raine enchaîna.

— Tu ne serais pas en train de te poser toutes ces questions si tu n'avais pas d'affection pour lui. Et si lui avait de l'affection pour toi ? Je sais que tu crois au grand amour. Tu en as été témoin, entre Len et ton père. Et si c'était lui, ton amour à toi ?

— Je... ne sais pas ce qu'être amoureux signifie... Pas comme ça. Je n'ai jamais eu que des liaisons sans conséquence et des histoires d'une nuit.

— Et il est peut-être temps que tu le découvres. Je ne dis pas qu'il faut se précipiter, mais je crois que tu devrais réfléchir à tes sentiments en restant honnête avec toi-même, et essayer de déterminer ce que lui ressent.

— Il est tellement innocent, si beau et si gentil. Je risquerais de l'esquinter !

— Mais non. Je te connais. Tu le chérirais, tu lui permettrais d'évoluer, de grandir, comme tu le fais avec ces chevaux que tu aimes tant.

Geoff entendait Raine se déplacer dans son appartement.

— Écoute, chéri, il faut que je me prépare et que j'aille au boulot. Je sais que ça fait cliché, mais je vais te dire d'écouter ce que te dit ton cœur. Il faut que j'y aille ou je vais être en retard. Rappelle-moi plus tard pour tout me raconter. Allez, salut.

Raine coupa la conversation, et Geoff raccrocha le combiné.

Il resta assis à son bureau, ses pensées vagabondant. Pour être franc, Eli lui plaisait... beaucoup. Son allure à cheval, son sourire, ses yeux qui scintillaient quand il était heureux.

— Et merde, je suis foutu. Si seulement je savais ce qu'il ressent.

Le "gaydar" de Geoff avait toujours été plutôt efficace, mais au sujet d'Eli, il n'était sûr de rien.

Au bout d'un moment, il réussit à se reprendre et se mit au travail, rédigeant les chèques pour la paye de ses hommes et mettant à jour les livres de comptes. Le temps qu'il finisse, il était l'heure de s'occuper du déjeuner.

À la cuisine, il prépara des sandwiches en nombre et fit du café. Il avait à peine terminé que la porte s'ouvrit pour laisser entrer les gars. Les jours de réparation des clôtures, c'était plus simple s'ils mangeaient tous à la ferme, et Geoff avait prévu une nourriture copieuse. La conversation tourna autour du boulot ; ce qu'ils avaient déjà fait, et ce qu'il restait à faire pour l'après-midi.

— Les clôtures de la prairie au bout à l'Ouest sont délabrées. Il faut absolument les réparer avant d'y mettre du bétail, dit Len.

— C'est ça qu'on va faire cet après-midi ?

Len regarda Geoff.

— "On" ? Je croyais que tu avais du travail à faire ici.

— J'ai tout fini, je pensais vous donner un coup de main.

Les hommes hochèrent la tête en souriant. Plus ils étaient nombreux, plus tôt ils termineraient.

Le déjeuner fini, Geoff empila les assiettes dans l'évier, retrouva les hommes rassemblés dans la cour, et il les accompagna à cheval jusqu'au pré en question. Ils se divisèrent en équipes : une pour creuser des trous pour les poteaux, une pour poser les poteaux et enfin une pour poser les fils de fer. Geoff et Eli étaient ensemble à la pose de poteaux ; il fallait vérifier qu'ils étaient bien verticaux avant de remplir les trous. Ça leur prit plusieurs heures de travail acharné, mais enfin la clôture fut réparée, à nouveau solide. Quand Len eut vérifié le travail, les gars remontèrent tous dans le camion pour retourner à la ferme. Ils rangèrent leurs outils soigneusement ; Len déclara officiellement la journée terminée, et tout le monde entra dans la maison pour le dîner et la partie de poker hebdomadaire.

Tout le monde sauf Eli, en fait, qui retourna à l'écurie. Geoff le suivit, un peu inquiet.

— Eli, est-ce que tu veux te joindre à notre partie de cartes ?

Eli fit non de la tête.

— Je ne peux pas. Vous jouez au poker, vous faites des paris.

Geoff opina.

— Je vois. Eh bien, tu peux quand même te joindre à nous pour le dîner, et ensuite faire ce que tu veux de ta soirée. Ou tu pourrais regarder la partie, si ça t'intéresse. Mais dans tous les cas, je préférerais que tu ne travailles pas. D'accord ?

Eli opina à son tour, et Geoff le ramena avec lui à la maison.

Tout le monde participa à la préparation du dîner et après avoir mangé, ils restèrent autour de la table à jouer aux cartes en bavardant. Eli était assis à côté de Geoff et le regardait jouer, main après main. À la fin de la soirée, tous débarrassèrent avant de partir pour rentrer chez eux. Eli dit bonne nuit et monta se coucher. Geoff se retrouva seul avec Len dans la cuisine.

— Geoff, tu n'as pas tout à fait l'air dans ton état normal ces derniers temps. Est-ce que tout va bien ? demanda Len en s'asseyant en face de lui, l'air soucieux.

— Oui, je suis juste préoccupé par un truc.

Au soupir de Geoff répondit le sourire avisé de Len.

— Ce truc, ça n'aurait pas un rapport avec Eli ?

Geoff hocha lentement la tête.

— Je n'arrête pas de penser à lui, et je crois que je suis en train de tomber amoureux, mais –

— Tu ne sais pas s'il s'intéresse lui aussi à toi ?

— Ouais.

Len se mit à ricaner, puis à rire franchement, la main devant la bouche pour éviter de faire trop de bruit.

— Nom de Dieu, gamin, qu'est-ce qu'il te faut, qu'il te l'écrive dans le ciel avec la fumée d'un avion ?

Len secouait la tête et continuait de glousser de rire, et la confusion de Geoff ne faisait que croître. Qu'avait-il donc manqué ?

— Laisse-moi voir ça. Tous les matins de cette semaine, ton cheval était étrillé et pansé à en briller de mille feux, déjà sellé, prêt à la promenade.

— Ouais, et alors ? Geoff haussa les épaules et Len fit une moue moqueuse.

— Tous les matins, quand tu descends pour le petit-déjeuner, il y a des fleurs fraîches sur la table.

— Je croyais que c'était toi, tu en ramassais toujours pour Papa.

Len fit non de la tête.

— Ce n'est pas moi. C'est Eli. Et hier, il m'a demandé quel était ton pain préféré, il a cherché une recette pour pouvoir le faire, et il te l'a fait. Tu aurais dû voir son sourire quand tu as dit que tu l'adorais.

— Où veux-tu en venir ?

Len leva les yeux au ciel avec une nouvelle moue.

— Il te fait la cour, espèce de patate.

Geoff en tomba presque de sa chaise. Impossible…

Oh bon Dieu.

Bon Dieu de bon Dieu de merde.

Geoff fit non de la tête tandis que Len lui souriait, opinant.

— Dans la culture Amish, quand on aime quelqu'un, on toilette ses chevaux pour qu'ils soient le plus beaux possible, on astique la selle jusqu'à ce qu'elle brille, et on emmène l'objet de son affection en promenade en carriole. Eli n'a pas de carriole alors il selle ton cheval et cire ta selle, il t'apporte des fleurs, il te prépare tes recettes préférées à manger.

Len se leva.

— Demain, je te suggère de faire savoir au pauvre gars que tu as remarqué ses efforts et que tu es intéressé. Parce que si ne c'est pas le cas, autant qu'il me fasse la cour à moi.

Et sur ces derniers mots, Len monta à l'étage, toujours en hochant la tête avec pitié.

VIII

Samedi, Geoff se leva tôt. Très tôt : le soleil n'était pas encore levé qu'il était déjà sorti du lit, habillé, et à l'écurie.

— Super, murmura-t-il en entrant dans l'écurie toute noire. Je t'ai pris de vitesse, ce matin.

Les grandes têtes des bêtes émergeaient des stalles, et sur le chemin de la sellerie Geoff prit le temps de caresser chaque cheval. Les bêtes étaient en train de perdre leur pelage d'hiver, alors il prit une bonne étrille, une brosse douce et des gâteries avant d'entrer dans la stalle de Twilight.

— Bonjour, ma belle, dit-il en lui flatta le flanc ; sa tête se tourna pour lui lancer un regard curieux. Je sais, je ne suis pas Eli, mais tu vas devoir te contenter de moi.

Il lui donna une carotte puis la mena vers la zone réservée au pansage avant de se mettre à l'étriller. Elle aimait ça, et ondulait un peu sous la brosse.

— Oui, hein, ça fait du bien, la belle. Je sais bien que c'est agréable.

Il lui parlait pour qu'elle reste calme et pour remplir l'heure encore sombre de sons rassurants. Quand il eut fini de l'étriller, il lui passa la brosse douce pour que sa robe soit la plus belle possible. Puis il alla chercher sa couverture et sa selle et les lui posa sur le dos, attacha bien la sous-ventrière, et la ramena dans sa stalle. Il lui mettrait la bride au moment de partir.

Quand Twilight fut prête, Geoff alla chercher Kirk dans sa stalle. À son tour il l'étrilla, le brossa et le sella. Il était tout juste en train de finir lorsqu'il entendit la porte de l'écurie s'ouvrir pour laisser entrer Eli, qui sifflotait doucement.

Il l'entendit s'arrêter pour parler à Twilight.

— Bonjour, ma belle, dit-il avant d'avancer vers la stalle de Kirk. Oh, tu es là.

Eli eut l'air déçu, et il ressortit de la stalle pour retourner voir Twilight. Geoff l'entendit qui retenait son souffle sous le coup de la surprise, puis qui soupirait doucement. Geoff termina de seller Kirk, le sortit de sa stalle, et alla retrouver Twilight et Eli dehors dans l'herbe.

— Merci, dit Eli.

Ses yeux brillaient, et Geoff lui sourit, comprenant que son message avait bien été reçu.

— Je t'en prie. Merci à toi pour les fleurs et le pain à la cannelle.

Ces mots lui valurent un sourire et un scintillement heureux dans les yeux bleus d'Eli. Eli enfourcha son cheval.

— Où allons-nous, aujourd'hui ?

— Pourquoi ne décides-tu pas, cette fois ?

Geoff enfourcha lui aussi sa monture, et attendit qu'Eli ouvre la marche. Il sortit de la cour et, à la surprise de Geoff, s'engagea sur le bas-côté de la route.

— Il y a une rivière, au nord, à un kilomètre environ. En cette saison il devrait y avoir des fleurs des champs merveilleuses.

Geoff lui emboîta le pas en souriant. Au coin de la ferme ils virèrent vers le nord, suivant la route, les sabots des chevaux sonnant parfois sur l'asphalte. Il n'y avait pas beaucoup de voitures ; celles qui les doublaient étaient prudentes.

Alors qu'ils approchaient de la rivière, une voiture les dépassa soudain à toute vitesse en klaxonnant. Le bruit fit sursauter Kirk, qui se cabra, et Geoff décolla. Il était déjà tombé de cheval, et savait comment rouler lorsqu'il atterrissait, mais il était trop près du bord de la route, et il roula dans un ravin qui descendait à la rivière.

— Geoff ! s'écria Eli, apeuré.

Il réussit à s'arrêter de rouler de justesse avant de tomber à l'eau.

— Geoff, appela la voix d'Eli, paniquée. Ça va ?

Geoff avait du mal à reprendre son souffle et ne pouvait pas lui répondre ; il avait eu le souffle coupé en tombant sur le dos. Lentement, il se remit à respirer ; ses poumons se remplirent et se remirent en route.

— Je vais bien, Eli.

Je crois.

— N'essaye pas de descendre, lui ordonna-t-il.

Il entendit une voiture s'arrêter, quelqu'un qui parlait à Eli. Il fit l'inventaire de son état et découvrit qu'il pouvait bouger les bras et les jambes. Ni son cou ni son dos ne lui faisaient mal. Il allait bien. Il se releva doucement.

— Est-ce que Kirk va bien ?

— Oui, répondit Eli qui était clairement inquiet. Une dame s'est arrêtée pour nous aider.

— Bon, bien. Je vais remonter.

Une fois debout, Geoff entama la remontée du ravin. Il était couvert de boue, mais tout semblait bien marcher. Ç'aurait pu être largement pire. Arrivé en haut, il découvrit Eli tenant Twilight par la bride et, selon toute vraisemblance, sa tante Vicki tenant celle de Kirk – qui n'était pas content, secouant la tête et roulant des yeux.

— Merci de t'être arrêtée.

Geoff lui prit la bride des mains et flatta le cou de son cheval pour l'apaiser.

— Tu es sûr que ça va ? J'ai tout vu. Ce salopard ne s'est même pas arrêté !

Elle était indignée pour tout un régiment.

— Oui, je vais bien. Je n'ai mal nulle part, à part à mon orgueil.

Même peu nombreuses, les voitures continuaient de passer, et chacune effrayait Kirk un peu plus.

— On devrait rentrer. Pourquoi ne nous rejoins-tu pas à la ferme pour le petit-déjeuner ?

Sa tante acquiesça et retourna à son véhicule.

— Je vous retrouve là-bas.

Elle se mit au volant, fit demi-tour et disparut.

Geoff se mit en route.

— Il y a un chemin dans les bois qui retourne à la ferme, pas loin. On pourra remonter à cheval quand on ne sera plus sur la route.

— Je suis désolé.

Derrière lui, Eli soupira. Geoff s'arrêta net et se retourna. Le visage d'Eli était défait.

— Tu n'as pas à t'excuser. C'est de la faute du conducteur, pas de la tienne. C'est lui qui s'est mal conduit. Ne sois pas désolé.

Geoff voulait pouvoir apaiser la douleur qu'il lisait dans ses yeux.

— Mais c'est moi qui ai suggéré qu'on passe par ici.

— Eli, tu n'es pas responsable des actions des autres – seulement des tiennes. Et tu n'as rien fait de mal.

Il attendit qu'Eli arrive à sa hauteur.

— Je pense ce que je te dis. Je vais bien, et je te remercie de ta sollicitude.

Il ne put s'empêcher de tendre la main pour caresser la joue d'Eli. Puis il lui dit :

— Merci.

Ils arrivèrent au chemin et purent enfin éloigner les chevaux de la route. Kirk s'était calmé, et Geoff put l'enfourcher de nouveau. Ils parcoururent le trajet lentement. Il n'arrivait pas à oublier la sensation de la joue d'Eli dans la paume de sa main.

De retour à la ferme, ils dessellèrent les chevaux et les mirent au pré pour la journée. Geoff s'adressa à Eli :

— C'est ton jour de congé demain, et j'ai pensé qu'au lieu de faire une promenade à l'aube, on pourrait sortir après le petit-déjeuner, aller quelque part de plus chouette.

Eli acquiesça timidement, tandis qu'ils se dirigeaient vers la maison,

— D'accord.

— Alors on se retrouve dans la cour à neuf heures ? Je m'occupe de tout.

Geoff ne pouvait réprimer un grand sourire. Il venait d'avoir une idée formidable… Il était sûr qu'Eli allait l'apprécier.

À la cuisine, Geoff trouva sa tante Vicki à table, en train de boire un café.

— Je voulais te parler, dit-elle.

Geoff se servit une tasse et vint s'asseoir en face d'elle.

— Janelle m'a raconté l'incident au magasin, poursuivit-elle. Elle m'a dit que c'était toi qui l'avais provoquée.

Geoff essaya de l'interrompre mais elle le fit taire.

— Je sais que tu ne l'as pas fait, et je voudrais justement savoir ce qui s'est réellement passé.

Geoff soupira.

— Elle a dit des choses horribles sur Len et Papa, et puis elle m'a accusé de corrompre Joey et Eli. Papa l'a supportée pendant des années, mais je me demande bien pourquoi. Je sais bien qu'elle ne supporte pas que je sois homo.

Tante Vicki soupira à son tour.

— Il y a là toute un historique que tu ne connais pas – et que tu n'as pas besoin de connaître – mais surtout, ta tante Janelle est malheureuse et aigrie. Et j'ai toujours pris son parti… mais il va falloir qu'elle cesse, dit-elle en sirotant son café, puis elle reposa sa tasse. Je voulais que tu saches que je n'ai pas la même opinion qu'elle, et que je lui ai dit qu'il est temps qu'elle laisse tomber.

Elle se leva pour prendre congé.

Geoff était stupéfait. Merde alors. Vicki et Janelle s'entendaient comme larrons en foire depuis la nuit des temps. Il se leva aussi, et la serra dans ses bras.

— Merci.

— C'est ma sœur, et je l'aime, mais elle peut souvent être une sacrée emmerdeuse, déclara-t-elle en lui rendant son accolade. Et je veux que tu saches que cette courtepointe en patchwork n'est rien de plus qu'un symbole. Fais-en ce que tu veux.

Len arriva pour préparer le petit-déjeuner au moment où elle partait, et ils échangèrent un bref salut au passage.

— Qu'est-ce qu'elle voulait ? demanda-t-il en s'attelant à la tâche.

— Me faire savoir qu'elle n'est pas comme tante Janelle.

Geoff la regarda par la fenêtre monter dans sa voiture et s'en aller.

Les gars arrivèrent pendant qu'ils mangeaient, et Geoff leur distribua leurs chèques. Le lundi était jour de paye, normalement, mais Geoff leur avait dit que tout serait prêt samedi, au cas où ils voudraient passer les chercher. Len servit le café, et on bavarda. Il y avait des choses à faire, même si c'était samedi, mais bien moins qu'en semaine. On se partagea les corvées, et bientôt tout le monde se dispersa pour s'y mettre rapidement, histoire de pouvoir profiter du reste de la journée. Joey arriva quand les hommes partaient, et Len l'emmena pour sa leçon d'équitation.

Le reste de la journée s'écoula comme les autres samedis. Il plut dans l'après-midi, et ils passèrent le temps à regarder des films, détendus, Geoff vérifiant de temps en temps les prévisions sur la chaîne météo.

Le lendemain matin, Geoff se leva tôt, brossa les chevaux, et amena devant l'écurie son camion avec la remorque attelée derrière. Il chargea dans le camion les couvertures, les selles et les licols, puis fit monter les chevaux dans la remorque. Étonnamment, autant Kirk que Twilight acceptèrent d'y monter sans renâcler. Ils s'habituaient sans doute à Geoff, ou bien c'était l'effet des petites gâteries qu'il avait placées dans les sacs d'avoine au fond du véhicule. Il ferma les portières.

— Bonjour, Geoff, le salua Eli en jetant un regard curieux sur l'attelage des véhicules. Qu'est-ce que c'est ?

— C'est une remorque à chevaux.

Geoff vérifia que tout était bien fermé, retourna dans la maison chercher la glacière et le panier déjeuner qu'il avait préparé plus tôt, et retrouva Eli au camion.

— Monte, on va faire un tour.

Eli avait l'air dubitatif, mais il prit tout de même place dans le camion. Geoff mit le contact et sortit lentement de la propriété pour prendre la route. Il conduisait prudemment, et opta pour les petites routes de campagne jusqu'à ce qu'ils approchent de la ville. Là, il enfila Ludington Avenue et se dirigea vers le lac. Eli regardait autour de lui, attentif à tout, curieux du paysage qui défilait.

— Est-ce que tu es déjà venu par ici ? demanda Geoff.

Il hocha la tête.

— Papa n'allait jamais qu'à Scottville, et uniquement quand il ne pouvait vraiment pas faire autrement, mais l'été, mon oncle vend du pain sur la route du parc régional et je suis venu plusieurs fois avec lui.

Ils prirent Lakeshore Drive en direction du Nord.

— Est-ce que nous allons au parc ?

— Oui. Je me suis dit qu'on pourrait faire un peu de cheval sur la plage.

Le visage d'Eli s'illumina.

— Je n'ai jamais été plus loin que le point où mon oncle vend son pain.

— Alors c'est ton jour de chance. Voilà ce à quoi j'ai pensé : on se gare, on sort les chevaux, puis promenade sur la plage jusqu'au phare, pique-nique au phare, retour.

Eli était tellement excité qu'il vibrait presque sur place, et Geoff ne put s'empêcher de sourire à la vue d'une telle joie. Il leur fallut encore environ un quart d'heure pour atteindre le parc. Geoff fit signe de la main au garde posté à l'entrée en franchissant le portail, puis il alla se garer dans le premier parking.

— Le lac est juste là, dit Geoff en pointant le doigt dans la bonne direction.

Eli descendit de voiture et partit en courant. Geoff secoua la tête avec un sourire en coin et ouvrit les portières pour faire sortir les chevaux.

Eli revint, visiblement enthousiaste.

— Le lac est tellement grand qu'on ne voit pas l'autre rive !

Geoff aimait tant son innocence, la façon dont son visage s'éclairait quand il découvrait quelque chose, mais ça l'effrayait aussi un peu.

— Il y a une bassine à l'arrière du camion. Est-ce que tu veux bien la remplir avec l'eau des bidons? Je veux abreuver les bêtes avant la promenade.

Eli s'affaira rapidement, sortant la bassine, versant l'eau dedans. Il tint Twilight par la bride tandis qu'elle buvait, et Geoff fit descendre Kirk et le fit boire aussi.

— Il va te falloir une veste ; je t'en ai pris une, elle est sur le siège arrière, dit Geoff.

Une fois prêts, ils rangèrent la bassine, fermèrent et verrouillèrent les véhicules, et menèrent les chevaux sur la plage.

La brise était fraîche et piquante. Ils montèrent et partirent vers le nord en longeant la plage. Tout sollicitait leurs sens : le bruit des vagues et du vent, les cris de mouette et les cornes des bateaux, les odeurs de la mer et de cheval, le soleil brillant sur les vagues et illuminant le sable… Ils chevauchaient de concert, échangeant parfois des regards pendant que leurs chevaux allaient à l'amble.

— C'est si beau… Je n'imaginais pas…

Le reste de sa phrase fut emporté par le vent, mais Geoff pouvait lire la joie sur le visage d'Eli, et lui retourna volontiers son sourire.

Sous lui, Geoff sentait que Kirk était tendu, désireux de galoper, mais c'était dangereux. Le sable cachait de nombreux objets qu'on ne pouvait voir jusqu'à ce qu'il soit trop tard, c'était trop risqué. Geoff lui parlait doucement pour l'apaiser, continûment, et il sentit que le cheval se détendait petit à petit. La tension quitta progressivement sa monture, tout comme ses propres soucis et inquiétudes se dispersaient dans le vent.

Eli montra du doigt le haut bâtiment qui se dessinait à l'horizon. Geoff retint son cheval et tous deux s'arrêtèrent.

— C'est le phare de Point Sable, lui expliqua Geoff.

— Qu'est-ce que c'est ?

— Les phares servaient aux bateaux autrefois pour déterminer leur position la nuit. Celui-ci date des années 1860. On peut aller jusque-là, et tu pourras monter tout en haut, si tu veux.

— Vraiment ?

— Bien sûr ; allons-y.

Ils se remirent en route, faisant pied à terre à la digue de pierre qui entourait le bâtiment. Eli leva les yeux pour regarder le phare.

— Il y a un escalier dedans. Je vais rester ici avec les chevaux.

Eli opina et se dirigea vers la porte. Geoff attendit, les yeux levés, et dix minutes plus tard il aperçut Eli qui lui faisait des signes au parapet. Il lui répondit, et le regarda faire tout le tour du balcon, examinant le paysage dans toutes les directions. Eli lui fit de nouveau signe avant de disparaître, puis il réapparut en bas, revenant en courant.

— C'était... commença Eli, cherchant les mots pour décrire ce qu'il avait ressenti, sans les trouver. C'était incroyable. Je ne savais pas qu'on pouvait monter si haut, et le vent – c'était comme si le vent voulait que je vole.

— Je sais. On a une très belle vue de la plage et du parc, depuis là-haut.

Le parc était étonnamment vide.

— On peut attacher les chevaux à ce poteau et s'asseoir un moment, proposa Geoff.

Eli lui sourit. Ils attachèrent leurs montures et s'assirent non loin de là, à une table de pique-nique.

— J'ai quelque chose à te dire, et tu vas peut-être trouver ça difficile à entendre... Mais je voudrais qu'il n'y ait pas de malentendu entre nous.

Eli ouvrit grand les yeux, mais il rendit à Geoff son regard, curieux de voir où Geoff voulait en venir.

— Ce n'est pas facile pour moi, continua-t-il.

— Alors parle tout simplement.

Geoff ne put retenir un sourire – une remarque digne des Amish.

— Je crois savoir pourquoi tu panses et selles mon cheval tous les matins, pourquoi tu ramasses des fleurs des champs et prépares mon pain préféré... Et j'ai besoin de te poser la question clairement : est-ce que tu me fais la cour ?

Le sourire d'Eli disparut et le rouge lui monta aux joues ; il baissa les yeux pour fixer la table. *Eh merde, je me suis trompé, et maintenant il est gêné.*

— Je m'excuse si j'ai mal agi, s'excusa Eli avant de se lever et de partir en direction du lac, tournant le dos à Geoff, les épaules basses.

— Eli... Eli, le somma Geoff en se levant à son tour et en lui mettant doucement une main sur l'épaule. Eli...

Il se retourna, les yeux brillant de larmes prêtes à rouler le long de ses joues rouges.

— Eli, tu n'as rien fait de mal. Je t'ai posé la question parce que je voulais en être sûr, c'est tout. Après tout, en t'invitant ici aujourd'hui, je te faisais la cour aussi.

— Ah bon ? demanda Eli en s'essuyant les yeux.

— Viens t'asseoir.

Eli suivit Geoff et reprit place à table, s'essuyant de nouveau les yeux.

— Je voulais juste m'en assurer. Parce qu'il y a d'autres choses auxquelles je voudrais que tu réfléchisses.

Eli opina du chef.

— Tu sais sûrement que ce que tu fais là ne sera jamais accepté par ta famille ni les autres membres de la communauté Amish. Ne t'imagine pas que je n'ai pas d'affection pour toi – j'en ai. Mais je veux que tu saches ce que tu fais, que tu aies conscience de ce que ça signifie, dit Geoff en caressant du bout des doigts le dos de la main d'Eli. Et je veux que tu me parles.

Eli releva la tête et le regarda droit dans les yeux.

— Pour te dire quoi ?

— Je veux que tu utilises des mots… Pour me dire ce que tu ressens, ce que tu crois ressentir. Il faut que je sois sûr que tu n'es pas troublé, incertain, que tu seras heureux de sortir avec moi, que c'est vraiment ce que tu désires. Ça ne fait que quelques semaines que tu es hors de la communauté Amish, et je veux que tu réfléchisses à ce que tu désires vraiment.

— Est-ce que c'est un 'non' ?

Geoff nia de la tête, sans cesser de caresser la main d'Eli.

— Non, je dis seulement qu'il faut que tu sois sûr de toi. Moi, je sais ce que je veux. J'en suis sûr. Mais je dois m'assurer que tu sais ce que tu veux parce que, de nous deux, tu as beaucoup plus à y perdre.

Les yeux d'Eli s'éclaircirent et son visage adopta une expression farouche que Geoff ne lui avait jamais vue.

— Tu crois que je ne sais pas ce que je veux ? Ce que je ressens ? Que je suis un gamin ignorant qui n'a pas assez réfléchi pour connaître ses désirs ?

Geoff baissa un peu les yeux.

— Non… Mais j'ai trop d'affection pour toi pour vouloir te faire du mal.

Cette conversation avait pris un tournant inattendu, mais au moins, Eli l'écoutait. Il continua de lui caresser la main ; il avait besoin de maintenir le contact. Au bout d'un moment, il déclara :

— Retournons au camion. J'ai préparé un pique-nique, et après on pourra se promener à cheval dans le parc.

Eli acquiesça de la tête et entreprit de se lever. Geoff tendit la main pour lui prendre la joue, rapprocha son visage et lui donna un unique baiser, tout doux, avant de lâcher prise.

— Tu m'as embrassé, dit Eli en souriant et en se touchant les lèvres du bout des doigts. Une fille m'a embrassé une fois, il y a quelques années.

— Est-ce que ça t'a plu quand elle t'a embrassé ?

Eli eut un sourire en coin.

— Ce n'était pas comme ça du tout, c'est sûr.

Insolent gamin Amish. Geoff leva les sourcils.

— Comme quoi ?

— Comme les feux d'artifices que j'ai vus, une fois, depuis la ferme.

Geoff ne put retenir un sourire à cette description pour un baiser si simple, bien qu'il soit forcé d'admettre qu'elle correspondait bien. Ils enfourchèrent leurs chevaux et repartirent le long de la plage en sens inverse, échangeant des sourires béats comme des gamins qui viennent de découvrir l'existence de la crème glacée. Au camion, ils abreuvèrent de nouveau les bêtes avant de les faire entrer dans la remorque. Le ciel s'était assombri, et ils renoncèrent à la promenade dans le parc ; ils rentreraient à la ferme après le déjeuner.

Geoff sortit la nourriture pendant qu'Eli vérifiait que les chevaux avaient assez d'avoine et de carottes. Le temps qu'il finisse, le pique-nique était prêt, la table mise.

— Geoff, il faut que je te dise quelque chose : les hommes Amish ne font pas la cour à la légère, de façon frivole.

— C'est ce que je pensais.

Geoff lui passa un sandwich et la boite contenant des fruits frais. Eli entama son sandwich avant de le reposer dans son assiette.

— Il y a quatre ans environ, j'étais attiré par Adam, un garçon de la ferme voisine. C'est un de mes amis, et on s'entraidait pour les corvées. C'est là que je me suis rendu compte que je n'étais pas comme les autres, mais je ne savais pas qu'il existait d'autres gens comme moi. Je croyais que c'était l'œuvre du diable ou quelque chose comme ça, et j'ai tenté de changer par la prière. J'ai tant souhaité que ça change, j'aurais donné n'importe quoi pour être comme tout le monde.

Geoff ouvrit un coca et le passa à Eli, qui jeta un drôle de regard à la canette avant de boire une gorgée, puis sourit.

— Je me suis mis à lire ce qu'en disait la Bible, mais ça n'a fait que me troubler davantage. Alors j'ai décidé de ne jamais passer à l'acte, de refouler mes sentiments, tout simplement. Mais tout ce que j'ai fait c'est me réfugier dans le travail et m'éloigner des autres. À mon âge, la plupart des événements de groupe sont organisés pour permettre aux jeunes gens de se faire la cour, alors je les ai évités, j'ai continué de travailler.

— Tu as dû te sentir très seul.

— Oui, très, jusqu'à ce que je vous rencontre, toi et Len, et que je découvre qu'il y a d'autres personnes comme moi, et qu'elles peuvent être aimées pour ce qu'elles sont. Ce qui me stupéfie, c'est justement que je ne suis pas tout seul.

Eli inspira profondément, puis soupira.

— Geoff... Je m'appelle Elijah Henninger, et je suis gay.

Geoff lui caressa la joue, et ils échangèrent un sourire complice lorsque Eli blottit son visage dans la main de Geoff.

Geoff remarqua soudain que le vent se faisait plus violent.

— Désolé, mais je crois qu'il vaut mieux qu'on y aille.

Eli se leva immédiatement et se mit à ranger leur déjeuner à peine entamé, tandis que Geoff rapportait tout dans le camion. Il jeta un œil sur les chevaux une dernière fois, puis ils sortirent du parking et quittèrent le parc.

Dix minutes plus tard, ils quittaient Lakeshore Drive pour prendre la direction est, Geoff accélérant autant qu'il l'osait en direction de la ferme. Il amorça un coup de fil à Len sur son portable et le passa à Eli.

— Len va répondre. Dis-lui qu'on arrive et qu'il va nous falloir de l'aide pour faire sortir les chevaux dès qu'on sera là.

Il entendit vaguement Eli parler à Len pendant qu'il se concentrait sur sa conduite ; les rafales de vent secouaient la remorque.

Au moment où ils arrivaient, la foudre illumina la cour avec un craquement de tonnerre qui les fit vibrer. Geoff se gara devant l'écurie et courut ouvrir la remorque. Len se dépêcha de les rejoindre pour aider, faisant descendre Twilight tandis que Geoff menait Kirk à sa stalle. Len retourna fermer les portières de la remorque puis courut à la maison juste quand il se mit à pleuvoir.

À l'écurie, Geoff débarrassa Kirk de sa selle, sa couverture et son licol, et lui caressa le cou avant de quitter la stalle pour tout ranger. Eli venait de ranger la sellerie de Twilight. La pluie martelait le toit, un vrai déluge.

— Mieux vaut attendre ici que ça se calme un peu.

Eli s'approcha.

— Qu'est-ce qu'on pourrait faire en attendant ?

Il sourit, et Geoff se pencha lentement vers lui jusqu'à ce que leurs lèvres se touchent. Eli émit un gémissement étouffé quand Geoff approfondit leur baiser, un tout petit peu. Eli tenta de le serrer plus près, mais Geoff résista ; sa raison lui dictait qu'il valait mieux y aller doucement. Il se dégagea en souriant à ce visage d'ange.

— Ça s'est un peu calmé. On devrait rentrer.

Il prit Eli par la taille et l'attira dehors, où ils sprintèrent jusqu'à la maison.

Le reste de la journée fut pluvieux. Un peu avant le dîner ils enfilèrent des vêtements de pluie pour aller voir les bêtes avant de se retirer pour de bon à la maison. En fin de soirée, Geoff dit bonne nuit et monta se mettre au lit, écoutant la pluie tambouriner sur le toit. Il était en train de s'endormir quand il perçut, sans vraiment ni le voir ni l'entendre, que la porte de sa chambre s'ouvrait.

— Geoff.

Eli se tenait dans l'embrasure, en pyjama. Il referma doucement la porte et se glissa sous les draps, déformant le matelas de son poids. Geoff l'attira plus près. Bientôt, la chaleur, l'odeur et la respiration d'Eli le bercèrent, et il tomba dans un heureux et profond sommeil. C'était ce qui lui avait manqué toutes ces années : une vraie proximité, une intimité partagée, la pensée réconfortante qu'Eli était là par affection, par amour.

Geoff était cuit.

IX

GEOFF ÉTAIT à son bureau, la tête dans les nuages, rêvassant à Eli au lieu de se concentrer sur ses livres de comptes. Dehors, le soleil de ce début de mois de juin brillait. Les fenêtres étaient ouvertes et une brise agréable soufflait dans la maison. Il aurait dû être content et satisfait, vraiment, mais il était malheureux. Durant la semaine, il avait chopé un rhume on ne sait où dont il n'arrivait pas à se débarrasser. Len l'avait mis en quarantaine, et Geoff avait accepté avec réticence pour éviter de contaminer le reste de son équipe. Il entendait toute la ferme s'agiter, dehors, et ça lui donnait des picotements dans les jambes.

Une quinte de toux le secoua, et il referma le registre et éteignit l'ordinateur. Il ne risquait pas d'accomplir quoi que ce soit, de toute façon. Laissant tomber le travail, il quitta le bureau et s'allongea sur le sofa du salon, rideaux fermés, pour regarder la télé. Il n'y avait que des talk-shows stupides et il abandonna bientôt, éteignit le poste et se traîna de nouveau à l'étage pour se remettre au lit.

Les draps frais lui firent du bien quand il se glissa dessous, dans le lit qui lui semblait maintenant immense sans Eli, qui dormait avec lui presque toutes les nuits exceptée cette dernière semaine. Eli se préparait pour la nuit, puis venait rejoindre Geoff sous les couvertures. Il portait toujours un pyjama en coton ; Geoff, un pantalon de pyjama seulement. Toutes les nuits ils s'embrassaient et s'enlaçaient, mais Geoff n'essayait jamais d'aller plus loin. C'était une décision que Eli devait prendre, pas lui. Il s'était promis de respecter le rythme auquel Eli souhaitait que les choses progressent entre eux, et en avait informé Eli le lendemain matin de cette première nuit passée ensemble,.

En fait, pour être honnête, cette façon de dormir ensemble toutes les nuits était sans doute une des expériences les plus érotiques de toute sa vie. Il avait eu des rapports sexuels très sexy, très athlétiques avec des hommes très séduisants – du genre où on défonce le matelas – mais rien ne lui semblait plus érotique que cet homme si merveilleusement chaleureux, gentil, doux et innocent, avec cet esprit farouche en lui, se glissant dans sa chambre chaque soir pour venir dormir avec lui, pressant son corps endurci à la tâche contre lui, deux fines épaisseurs de coton séparant leurs peaux, son odeur emplissant le nez de Geoff à chaque respiration.

Les paupières de Geoff s'alourdirent tant qu'il les ferma, s'enfonçant dans un sommeil cahoteux et disjoint. Il se réveilla plus tard, incapable de dire quelle heure il était. Il entendait des mouvements dans la maison, et sa chambre était plongée dans le noir. Il avait enfin trouvé une position confortable, alors il resta sans bouger, laissant le sommeil l'envahir à nouveau. Il était surtout soulagé de ne plus être sans cesse en train de tousser à s'en décrocher les poumons. Cette fois il dormit sans rêver, sans penser à rien – un sommeil profond. De rares images d'Eli et de Len lui traversèrent l'esprit, et il lui arriva d'avoir l'impression de nager sous l'eau, mais très vite ce fut le noir et le néant complet.

Il ouvrit les yeux. Il faisait noir dans la chambre, et quelque chose recouvrait le bas de son visage : sa bouche et son nez. Il essaya de l'ôter mais il était trop fatigué, et il abandonna. Quelle importance, de toute façon, puisqu'il arrivait à respirer ? Tournant la tête, il discerna une silhouette sur la chaise à côté de son lit, mais il n'y comprenait rien. Pourquoi Eli serait-il assis dans cette chaise et pas endormi près de lui dans le lit ? Il essaya de parler, mais il avait la gorge trop asséchée et douloureuse pour ça. Et puis il était bien, il avait chaud… Il referma les yeux et lâcha prise.

Quand il les rouvrit, il y avait plus de lumière dans la chambre et il comprit que la chose qui lui couvrait le bas du visage était un masque à oxygène. Il était dans un lit d'hôpital. Il regarda autour de lui ; il était seul. *Je suis là depuis combien de temps ?* Il n'y avait pas grand-chose à voir, mais en levant les yeux il aperçut une horloge numérique indiquant huit heures, du matin sans doute, le dix juin. Le dix juin ! La dernière chose dont il se souvenait c'était de s'être mis au lit deux jours plus tôt. *Eh ben, je devais être vraiment très malade.*

Il entendit des pas et se tourna vers la porte. Eli entra, une tasse de café à la main. Quand il vit que Geoff avait ouvert les yeux, il la posa sur la tablette, lui sourit, et s'approcha à pas rapides du lit pour le prendre dans ses bras.

— J'ai cru… Tu as dormi tellement longtemps…

Son inquiétude et sa détresse étaient presque palpable.

La gorge de Geoff était sèche et il ne pouvait pas répondre, mais il tapota la tête d'Eli avec la main qui n'était pas attachée à la perfusion, fermant les yeux, savourant la pression des bras d'Eli qui l'enlaçaient.

— Eh bien, je vois qu'on va mieux.

Par-dessus l'épaule d'Eli, Geoff vit Len entrer dans la chambre. Len tapota gentiment l'épaule d'Eli pour le faire lâcher prise, mais Geoff fit signe que tout allait bien, et continua de caresser la chevelure sombre d'Eli de sa main libre. Eli avait eu très peur, et il avait besoin d'être rassuré. Len appuya sur le bouton d'appel et une infirmière quadragénaire au visage bienveillant arriva quelques minutes plus tard.

— Est-ce que vous pourriez prévenir le docteur qu'il s'est réveillé ?

— Bien sûr, mais je vais d'abord voir comment il va, dit-elle, puis elle toucha gentiment le dos d'Eli. Mon petit, il faut que je l'examine.

Lentement, Eli lâcha Geoff et se redressa.

— Vous nous avez fait une belle frayeur, mon garçon, poursuivit-elle en lui parlant gentiment, tout en prenant son pouls ainsi que sa température. Presque normale, c'est bien, c'est très bien.

Elle prit des notes sur un calepin puis sortit son stéthoscope pour écouter ses poumons.

— Ah, c'est bien mieux aussi.

Elle remballa son matériel.

— Je vais faire venir le docteur. Avec un peu de chance on va pouvoir vous retirer le masque à oxygène. Et je vous apporte à boire.

Geoff hocha la tête et essaya de la remercier, mais c'était trop dur, et il se contenta de lui sourire. Elle lui sourit aussi, avant de quitter la pièce.

Geoff regarda Len avec l'espoir qu'il lui explique ce qui s'était passé et pourquoi il se retrouvait là.

— On t'a trouvé dans ton lit avec une grosse fièvre, tu suais comme un fou, et on t'a emmené aux urgences. Ils t'ont tout de suite diagnostiqué une pneumonie, mis sous oxygène, et traité aux antibiotiques. Il y a deux jours de ça.

L'infirmière revint et lui ôta son masque, puis coupa l'oxygène.

— Si vous avez du mal à respirer, utilisez le bouton d'appel, je viendrai tout de suite.

Elle lui laissa un verre plein de glace pilée pour l'hydrater sur la tablette. Eli s'approcha immédiatement et s'assit au bord du lit, prenant le verre en main. Il toucha les lèvres de Geoff avec un morceau de glace. Le froid lui fit du bien, et l'eau lui glissa dans la gorge. Déglutir lui donna l'impression que les parois de sa gorge tentaient de broyer quelque chose. Malgré tout, il déglutit de nouveau... ça faisait encore mal, mais un peu moins.

86

Eli se pencha pour l'embrasser sur sa bouche asséchée. Geoff vit Len écarquiller les yeux, mais il ne dit rien, se contentant de sourire.

— Je…

Dieu, que ça faisait mal de parler.

— … me suis réveillé, et j'ai vu Eli endormi sur la chaise.

Le glaçon dans sa bouche avait fini de fondre, et Eli lui en donna un autre.

— Tu m'as vu ?

Geoff fit oui de la tête.

— Mais tu n'as pas bougé de toute la nuit, s'étonna Eli.

— Je crois que je me suis juste réveillé quelques minutes… et je me suis rendormi.

Eli le serrait de nouveau dans ses bras.

— Je suis désolé de t'avoir fait peur, s'excusa Geoff.

Parler devenait moins pénible, mais il ne voulait pas en faire trop.

Len se leva.

— Il faut que je retourne à la ferme, déclara-t-il, mais je repasserai cet après-midi. Tu me diras ce que le docteur a dit et quand est-ce qu'ils pensent te laisser rentrer.

Geoff souleva la main et Len la lui prit pour la serrer, avec précaution.

— Tu nous as fait une belle frayeur, fiston, et je suis content que tu ailles mieux. Je te laisse entre de bonnes mains.

Len ne l'avait que très rarement appelé fiston, et toujours lorsqu'il était inquiet ou avait eu peur pour lui. Geoff tira un peu sur sa main, lâchant Eli, pour attirer Len plus près. Ce dernier se pencha pour serrer Geoff dans ses bras.

— On se revoit cet après-midi, dit-il avant de se redresser et de sortir de la chambre, le bruit de ses pas s'évanouissant dans le couloir.

— Est-ce que tu es resté là tout le temps ?

Geoff se sentait fatigué ; il bâilla.

Eli hocha la tête.

— Oui, ou presque. Len m'a ramené un moment à la maison hier après-midi, mais je l'ai harcelé jusqu'à ce qu'il me ramène hier soir.

Eli entreprit de reprendre place sur la chaise, mais Geoff tapota le bord de son lit, et Eli s'y assit.

— Quand je me suis réveillé, je me suis demandé pourquoi tu étais assis dans la chaise et pas dans le lit, mais je n'avais pas la force de chercher à comprendre.

Geoff bâilla de nouveau ; ses paupières s'alourdissaient.

— Tu devrais dormir.

— Et toi aussi.

Geoff se poussa un peu pour lui faire de la place sur le lit.

— Je ne peux pas, je pourrais te faire mal.

Eli commença à se lever.

— Chut, tout ira bien.

Deux chaussures tombèrent au sol, et Eli fut enfin contre lui, sa tête sur l'épaule de Geoff. Peu importe qu'il soit fatigué, et bien qu'il soit dans un lit d'hôpital, son corps réagit immédiatement ; il bougea pour éviter qu'Eli ne perçoive son excitation. Lorsqu'il eut trouvé une position agréable et convoqué des pensées désagréables pour lutter contre son agitation, il soupira, heureux d'avoir Eli près de lui, dans ses bras. Ils s'assoupirent tous les deux.

Geoff faisait un rêve délicieux. La brise tiède de l'été caressait leurs corps enlacés, les lèvres d'Eli se pressaient aux siennes ; au-dessus d'eux un immense arbre leur faisait de l'ombre, ses feuilles murmurant paisiblement, les chevaux non loin.

— Eh bien, que se passe-t-il ici ?

Il fut tiré de son rêve et projeté dans un cauchemar – éveillé – comme un diamant crisse sur un vieux vinyle. Il ouvrit les yeux pour découvrir sa tante Janelle qui fronçait les sourcils. Il les referma et compta jusqu'à dix, espérant qu'elle serait partie lorsqu'il les rouvrirait… sans succès. Eli l'avait entendue aussi et il sauta au bas du lit, cherchant ses chaussures précipitamment, rouge de honte. Geoff lui prit la main.

— Bonjour, tante Janelle.

Tante Vicki et tante Mari entrèrent dans la chambre, et Vicki posa un énorme vase de roses jaunes sur une des tablettes situées dans son champ de vision, avant de se pencher pour lui embrasser la joue et le serrer dans ses bras.

— Bonjour tante Vicki, merci d'être venue.

Elle se recula et tante Mari le prit dans ses bras aussi, et il lui murmura à l'oreille:

— Vous n'avez pas réussi à la laisser à la maison, hein ?

Elle répondit d'un murmure en l'embrassant :

— J'ai bien essayé.

Il se retint de ricaner tandis qu'elle se redressait.

— Je suis si contente que tu te sentes mieux, poursuivit-elle. Je suis venue hier, mais tu dormais, ton garde-malade dans sa chaise.

Tante Janelle s'était approprié la chaise près du lit, prenant ses aises. Eli apporta des chaises en plus pour les deux autres tantes, et se rassit sur le lit de Geoff, tout au bout.

— Les fleurs sont magnifiques, merci.

Tante Vicki sourit ; apparemment les fleurs étaient une idée à elle.

— Est-ce que les médecins t'ont dit ce qui s'était passé ?

— Ils m'ont dit que c'était une pneumonie, sans doute déclenchée par un gros rhume, mais je me sens mieux, et je ne suis plus sous oxygène depuis ce matin. Le docteur n'est pas encore passé me voir mais l'infirmière dit que je vais beaucoup mieux.

Tante Janelle intervint, comme d'habitude, avec toute la grâce d'une scie égoïne interrompant une symphonie :

— Je suis ravie que tu te portes mieux, mais ce que je voudrais savoir c'est ce que tu faisais, dans ton lit, avec lui ?

Geoff vit Eli essayer de se faire tout petit et de disparaître. Geoff décida d'intervenir :

— Tante Mari, Eli est ici depuis deux jours, est-ce que tu veux bien l'accompagner à la cafétéria ? Il doit mourir de faim.

Eli se leva, l'air abattu, misérable. Geoff lui tendit la main et il se rapprocha ; Geoff l'attira dans ses bras et lui murmura à l'oreille,

— Ce n'est pas toi. Je préfère juste que tu n'aies pas à subir sa malice, le rassura-t-il en le serrant fort. Si je pouvais t'embrasser, je le ferais.

Il se dit qu'il faudrait absolument qu'ils en parlent, une fois ses tantes parties. Eli se redressa avec un sourire timide. Tante Mari se leva elle aussi, arborant un grand sourire.

— Allons donc vous trouver à manger, on va papoter.

Elle fit un clin d'œil à Geoff tandis qu'ils quittaient la chambre.

— Vas-tu donc répondre à ma question ? Est-ce que ce garçon et toi êtes… ensemble ?

Janelle grimaçait comme si ça puait le poisson pourri. Geoff reposa la tête sur l'oreiller et contempla le plafond pendant qu'il considérait sa réponse.

— Alors ? pressa-t-elle, sa voix se faisant stridente.

— La réponse à cette question, ainsi que toute autre question ayant trait à ma vie privée, ne te regarde absolument pas.

— En tant que sœur de ton père, ça me regarde tout à fait !

Son ton hautain lui portait sur les nerfs.

— Mais pas du tout. Ma vie privée ne te regarde pas, la ferme ne te regarde pas, et Eli ne te regarde certainement pas.

Geoff se tourna vers tante Vicki.

— Je n'ai pas encore eu l'occasion de voir Jill et Chris. Comment vont-ils ?

Le visage de Vicki s'illumina.

— Je pense que Jill va bientôt se fiancer, mais je crois que tu le sais déjà… Chris entre en deuxième année à l'université.

— Tu devrais leur dire de passer à la ferme un de ces quatre. On ira se promener à cheval. Toi aussi d'ailleurs – si je me souviens bien, tu étais bonne cavalière.

Ces mots lui valurent le sourire d'une tante et une mine renfrognée de l'autre, mais Geoff ignora résolument Janelle au profit de tante Vicki. Il se renfonça dans son oreiller tandis qu'elle lui racontait quelques exploits de jeunesse accomplis en compagnie du père de Geoff. Mari et Eli revinrent bientôt, et Geoff tapota le bord du lit. Eli s'assit tout près, avec un grand sourire. Geoff devina que sa conversation avec Mari s'était bien passée. La visite dura encore une demi-heure, et Janelle finit même par se détendre un peu et se joindre à la conversation.

Quand Geoff se sentit fatigué, ses tantes se levèrent pour partir. Janelle le salua très brièvement et quitta la pièce, tandis que Mari et Vicki prenaient leur temps. Vicki le serra dans ses bras et promit de venir le voir à la ferme avec sa famille. Mari fit de même et lui dit :

— Tu sais que ce n'est pas fini, avec Janelle. Elle ne fait que ronger son frein. Sa rancune n'a pas de borne.

— Je sais.

— Ne t'inquiète pas, je te préviendrai si j'entends quoi que ce soit.

Après un dernier au revoir, elles partirent.

Le docteur arriva quelques minutes plus tard.

— M. Laughton, je suis le docteur North. On dirait que vous allez beaucoup mieux.

Il vérifia le dossier de Geoff, puis tira le rideau autour du lit pour le fermer, laissant Eli à l'extérieur. Il palpa Geoff et écouta sa respiration.

— Vous allez bien. On va vous enlever la perfusion et vous servir le dîner. Il devrait être possible de vous décharger demain, si vous promettez d'éviter toute activité pendant une semaine.

— Est-ce que je peux aller me promener ? demanda Geoff, impatient de reprendre leurs promenades matinales.

— Une promenade en voiture ne devrait pas poser de problème.

Le docteur n'avait pas levé les yeux de ses notes.

— Non, à cheval.

La surprise se peignit sur le visage de l'homme.

— Tant que ce n'est pas trop fatiguant, ça devrait aller. Mais dans tous les cas, pas avant deux ou trois jours.

Geoff opina de la tête, et le docteur remonta ses couvertures avant de repousser le rideau contre le mur.

— Je repasserai demain matin, et je verrai si on peut vous renvoyer chez vous.

— Merci.

Le docteur repartit. Un peu plus tard, un repas fut servi à Geoff. Il mourait de faim, et, étonnamment, la nourriture n'était pas mauvaise.

— De quoi avez-vous parlé avec tante Mari ?

Eli reprit sa place sur la chaise.

— De toi, surtout, et de ta tante Janelle. Mari m'a dit de ne pas l'écouter, qu'elle est juste très amère.

— Elle l'est, confirma Geoff en ne s'arrêtant pas de manger, tout à sa faim soudaine et dévorante. Je ne voulais pas que tu penses que je ne voulais pas de toi ici, mais je ne voulais pas non plus qu'elle soit méchante avec toi. Elle a bien essayé, mais je ne l'ai pas laissée faire.

Geoff caressa le bras d'Eli.

— Elle peut être vraiment rancunière et vindicative, termina-t-il.

— Je te crois sans problème. Elle a le même air que Papa quand il veut nous faire comprendre qui est-ce qui commande.

— C'est tout à fait ça. Janelle a l'habitude de commander, et si les gens lui résistent elle complote ou les intimide jusqu'à ce qu'ils cèdent.

En son fort intérieur, Geoff se demanda ce qu'elle allait tenter maintenant. Il finit son repas, puis l'infirmière revint pour lui retirer la perfusion et lui apporter à boire. Après son départ, Geoff demanda à Eli de pousser la porte un peu pour avoir moins de bruit.

— J'ai tellement sommeil.

— Alors repose-toi. Je serai toujours là quand tu te réveilleras.

Geoff tendit la main pour qu'Eli la lui prenne, et il se rendormit en pensant avec plaisir au moment où, de retour à la maison, il pourrait enfin prendre Eli dans ses bras comme il le voulait.

X

GEOFF ÉTAIT impatient… très, très impatient. Il venait de passer trois jours, trois glorieux jours d'été, enfermé à la maison. Il voulait faire un tour à cheval et passer du temps avec Eli, mais surtout, surtout, il voulait sortir de la maison. Il avait déjà fini de saisir dans l'ordinateur tous les comptes de la ferme et mis tous les registres à jour. Et au-delà de tout, il en avait marre de dormir seul. Il n'avait pas pu prendre Eli dans ses bras comme il le voulait depuis cet après-midi à l'hôpital où ils avaient fait une sieste ensemble.

Sa dernière nuit à l'hôpital, il avait fallu qu'il convainque Eli de retourner à la ferme avec Len au lieu de passer une troisième nuit à dormir dans la chaise. *De toute façon, maintenant qu'il avait repris conscience, il doutait que l'hôpital autorise Eli à rester.*

Il entendit la porte de derrière s'ouvrir et se refermer, suivi d'un bruit de pas, et le lumineux visage d'Eli apparut dans l'embrasure du bureau.

— Qu'est-ce que tu fais debout ? Tu es censé rester au lit.

— Je n'en peux plus ! Et puis je ne fais rien de fatigant, juste de la compta.

Mais Geoff leva néanmoins les mains en l'air, faisant le geste de se rendre. Son amoureux Amish, plutôt silencieux, désireux d'éviter tout conflit, s'était immédiatement transformé en adjudant à la minute où Geoff était rentré de l'hôpital : vérifiant qu'il prenait bien ses médicaments, qu'il se reposait, et qu'il obéissait en tout point aux instructions du docteur. L'expression sévère d'Eli se radoucit.

— Ne te fatigue pas. Je veux que tu ailles mieux.

Ses yeux bleus scintillèrent de malice.

— Si tu es sage et que tu te reposes, peut-être que demain on pourrait aller faire un tour…

Alléluia ! De l'air frais, l'occasion d'enfourcher Kirk, peut-être même un moment seul en compagnie d'Eli. C'était presque assez pour le persuader de passer le reste de la journée au lit… Presque. Il se sentait bien, il respirait sans encombre et n'avait pas le souffle court.

— Okay, je vais y aller mollo, c'est promis.

Eli le rejoint au bureau et se pencha.

92

— Bon, puisque tu promets d'être sage…

Il l'embrassa, sa langue caressant les lèvres de Geoff jusqu'à ce qu'elles s'écartent. Leurs baisers avaient toujours été doux, tendres, et initiés par Geoff, mais celui-ci fut différent. Qu'Eli prenne l'initiative était incroyablement sexy, et nom de Dieu, il savait embrasser. Le baiser s'approfondit, Geoff sentit la main d'Eli sur sa nuque et ne put retenir un gémissement. Eli se retira, ses yeux ressemblant à deux lacs profonds.

— N'oublie pas ta promesse.

Si c'était ça la récompense qu'on obtenait en étant sage, nom de Dieu, Geoff allait se tenir comme un ange.

Il éteignit l'ordinateur et rangea les registres avant d'aller s'installer au salon devant la télévision. Il fit une sieste de quelques heures devant les talk-shows de la fin d'après-midi.

L'odeur du dîner en provenance de la cuisine le réveilla, ainsi que la sensation de quelqu'un qui s'asseyait sur le sofa. Il pensait que c'était Eli, mais lorsqu'il ouvrit les yeux c'était Len qui se penchait sur lui.

— Le dîner sera bientôt prêt.

Geoff hocha la tête et se redressa.

— J'ai réfléchi à quelque chose… Avant, on élevait un bouvillon de concours qu'on présentait à la foire du canton.

— Oui, c'est une des choses qu'on a laissé tomber quand ton père est tombé malade. Pourquoi ?

Geoff remuait sur le canapé, cherchant une position confortable.

— Je crois que j'aimerais qu'on recommence à le faire.

— Est-ce que tu veux bien partager toute l'étendue de ta pensée sur le sujet ?

Geoff réfléchit à voix haute, exposant à Len le plus gros de son idée.

— Je pense que c'est une très bonne idée, dit Len. On va lui en parler et voir si ça l'intéresse.

Il tapota l'épaule de Geoff avant de repartir.

— Oh, et j'ai appris que les Winters cherchent à vendre leur champs et leurs pâturages.

Les champs des Winters étaient mitoyens de nombreux champs à eux, et seraient de belles acquisitions pour la ferme.

— Demande combien ils en veulent, dit Geoff, je ferai des calculs pour voir combien on peut se permettre de payer… Et on verra si c'est raisonnable ou non, financièrement.

Len lui sourit avec fierté tandis que Geoff se levait et retournait dans son bureau pour se mettre à calculer tout ça.

Le dîner se passa calmement, mais Geoff remarqua qu'Eli lui lançait des regards et des sourires, l'air de dire : *je sais quelque chose que tu ignores...* Cela éveilla sa curiosité. Après avoir mangé, Geoff insista pour participer au débarassage, et il essuya la vaisselle avant de monter se coucher.

Il venait d'éteindre la lumière et de se mettre au lit quand sa porte s'ouvrit ; un rai de lumière brilla l'espace d'une seconde avant de disparaître.

— Eli ?

— Oui, Geoff, c'est moi.

Il faisait si noir qu'il ne voyait quasiment rien, mais il sentit le moment où Eli s'assit sur le lit. Eli souleva les couvertures et vint blottir son corps tout près du sien. Ses mouvements étaient différents de d'habitude. Par le passé, Eli avait toujours fait attention de cacher à Geoff son excitation, mais cette fois-ci Geoff sentait le sexe d'Eli contre le sien, de taille conséquente.

— J'ai bien cru que j'allais te perdre, et je me suis juré que si tu guérissais, je te montrerais… je te montrerais à quel point… dit Eli d'une voix chancelante. … À quel point je t'aime.

C'était à peine plus qu'un murmure. Geoff sentit son corps se contracté ; Eli venait de lui déclarer son amour. Lui-même savait, depuis un petit moment déjà, ce qu'il ressentait pour Eli.

— Moi aussi, je t'aime.

Il le lui avoua sur le même ton, un murmure intime et tendre, rien que pour lui.

— Pourquoi tu ne me l'as pas dit plus tôt ? demanda Eli.

Geoff ne voyait pas son visage dans le noir, mais il pouvait sentir son souffre contre ses lèvres.

— Je craignais de te faire peur, et je ne voulais pas te mettre la pression.

Geoff s'attendait à un baiser, mais il reçut au contraire une tape sur l'épaule.

— Et voilà, une fois de plus tu penses que je ne suis qu'une petite fleur des champs fragile que tu dois protéger, dit Eli, le ton de sa voix s'étant un peu durci. Mais ce n'est pas vrai. Il y a des choses que j'ignore, et où j'aurais besoin de ton aide, mais je ne suis pas fragile, et je n'ai pas besoin qu'on me protège, en tout cas pas de toi.

94

Pour souligner ses propos Eli embrassa Geoff avec fougue, avec force, lui suggérant ce qu'il désirait sans aucun malentendu possible. Geoff reçut le message cinq sur cinq et lui rendit ses baisers passionnés. Eli le manœuvra de telle sorte qu'il soit allongé sur le dos, Eli au-dessus, lui coupant le souffle avec ses baisers fougueux, pressant et frottant son corps qui vibrait d'excitation contre celui de Geoff.

— Je veux te voir.

— Tu veux allumer la lumière ? dit Eli sur un ton scandalisé.

— Non, mais… attends, laisse-moi bouger.

Eli se décala et Geoff se leva, se dirigeant à tâtons vers la commode. Il y trouva les allumettes qu'il gardait en cas de panne d'électricité, en craqua une et alluma la petite bougie posée sur la commode. Elle illuminait juste assez la chambre pour faire briller les yeux d'Eli. Geoff revint au lit.

— Où en étions-nous ?

Il attira gentiment Eli sur lui, et Eli se pencha pour prendre ses lèvres à nouveau, reprenant là où ils s'étaient arrêtés. Hésitant, Geoff glissa une main lentement sous le haut de pyjama d'Eli, caressant du bout des doigts le bas de son dos.

— Je peux ?

Eli lui répondit par un baiser ardent, se trémoussant contre lui, et Geoff l'enserra dans ses bras et glissa les deux mains sous le tissu de son pyjama pour caresser son dos puissant et en apprendre les contours, traçant chaque muscle, chaque courbe de ses doigts. Les petites bosses de ses vertèbres, les fossettes au bas de ses reins, la courbe de ses omoplates, tous glissèrent sous la caresse de ses doigts tandis que Geoff prenait la mesure de cette étendue de peau si douce, si souple, qu'il avait tant désiré toucher depuis cette vision fugace des semaines auparavant. Son corps lui criait d'aller plus vite, plus loin, son désir s'intensifiant, mais il le refoula, se contrôla pour rester calme en se rappelant que c'était la première fois pour Eli, et qu'il voulait – qu'il fallait – que ce soit spécial, exceptionnel… ce qui demandait de la patience.

Eli l'embrassait toujours et se lança dans sa propre exploration, ses mains chaudes caressant le torse nu de Geoff, glissant le long de ses côtes. Geoff saisit l'ourlet du haut de pyjama d'Eli et tira vers le haut. Eli se sépara de lui juste le temps de le retirer. Ses lèvres revinrent immédiatement sur celles de Geoff, son baiser plus ardent encore, sa langue agile tandis que leurs poitrines se pressaient l'une contre l'autre avec une sublime sensation de peaux qui se touchent. Geoff enveloppa Eli de ses bras et l'attira encore plus près, tenant sa tête d'une main glissée dans ses cheveux bruns, mordillant tendrement ses lèvres.

Geoff se redressa lentement.

— Allonge-toi, chéri, demanda-t-il à Eli.

Sa bouche descendit lentement le long de son cou jusque dans le creux de l'épaule avec des petits coups de langue, et lorsqu'il se mit à sucer et lécher cette zone, Eli gémit doucement à son oreille. Geoff descendit, parsemant la poitrine d'Eli de baisers, savourant sa peau si douce puis capturant entre ses dents un de ses tétons durcis.

— Oh putain… tes tétons sont parfaits.

Geoff mordilla et lécha ce petit téton si tendu, et Eli commença à en vibrer d'excitation dans ses bras. Sa peau avait un goût merveilleux, sucré-salé, avec une pointe de musc et de sueur.

— Geoff…

Il lui sembla qu'Eli prononçait son nom – ce que sa bouche émit ressemblait plus à un cri de plaisir étouffé. Il releva la tête pour vérifier qu'il ne lui faisait pas mal.

Eli le regarda, les yeux écarquillés.

— Pourquoi tu t'arrêtes ? geignit-il, soulevant sa poitrine contre le visage de Geoff pour en demander encore.

— Je ne voulais pas te faire mal, mon tigre.

Eli se tortilla quand Geoff dessina des lèvres une ligne de baisers en se dirigeant vers son deuxième téton, autour duquel il dessina des cercles à l'aide de sa langue avant de donner un coup de langue rapide sur son téton durci. Eli se trémoussait contre lui, le souffle court, gémissant de plus en plus. Si Geoff avait un fétiche, c'était bien les tétons – des petits tétons bien fermes, juste assez grands pour qu'il les chatouille de la langue – et ceux d'Eli étaient absolument parfaits. Et mieux encore, Eli était apparemment très sensible.

Geoff sentit Eli poser les mains sur ses épaules, puis il fut repoussé contre l'oreiller. Il attira Eli avec lui. Une bouche s'attaqua à un de ses tétons, à l'aide de la langue et des dents, lui faisant subir exactement le même traitement qu'il avait infligé à Eli.

— Oui !

Encouragé, Eli le mordilla un peu plus fort tandis que Geoff frémissait.

— Sois prudent avec tes dents, léger.

Eli obéit, et Geoff crut qu'il allait exploser.

— Oh, ouiiiii !

Il sentit le sourire d'Eli contre sa peau tandis qu'il changeait de côté, raclant légèrement de ses dents le deuxième petit bouton ; Geoff en reçut comme une secousse qui courut le long de ses nerfs jusqu'à l'entrejambe.

— Mon tigre, c'est incroyable…

Eli continua de faire tourner sa langue autour du téton de Geoff tout en insinuant ses mains sous lui et dans son pantalon de pyjama pour lui saisir les fesses. Geoff prit son visage entre ses mains et l'attira près de lui pour l'embrasser fougueusement avant de les faire rouler sur le matelas. Profitant d'un autre baiser, il se décala un peu pour faire courir ses mains sur les hanches d'Eli et retirer son pantalon de pyjama. Une fois la tâche effectuée, il s'assit sur ses talons pour le regarder.

Eli était encore plus beau que Geoff l'avait imaginé. Une peau lisse d'un rose pâle, agrémentée de touffes de poils bruns là où il faut, une verge longue et charnue qui se recourbait vers son nombril, et des muscles endurcis au travail palpitant juste sous sa peau.

— Montre-moi ce que tu aimes te faire, mon tigre.

Geoff caressait la peau douce de ses grandes jambes puissantes ; Eli le regardait de ses grands yeux écarquillés.

— Qu'est-ce qu'il y a ? interrogea-t-il Eli.

— Je ne l'ai jamais fait. Enfin, bon, une ou deux fois peut-être.

Soudain, une expression que Geoff ne pouvait qualifiée que de "honteuse" se dessina sur le visage angélique d'Eli.

— La honte n'existe pas ici, pas dans cette maison, et encore moins dans mon lit, dit Geoff en se penchant pour embrasser et lécher un des creux de son pubis. Il n'y a rien de honteux à exprimer son amour, poursuivit-il en embrassant Eli jusqu'au genou. Rien ici n'est honteux, insista-t-il en remontant le long de son corps, déposant des baisers sur son chemin. Rien du tout.

Ses lèvres arrivèrent à l'aine d'Eli, et il fit courir sa langue le long de son sexe avant d'envelopper de la main le membre rigide, chaud et velouté. Il fit bouger sa main lentement, observant le prépuce glisser sur le gland puis se retirer.

— Tellement beau.

Geoff se pencha de nouveau, ses lèvres presque au contact du gland. Eli en eut le souffle coupé, et haleta

— Mais qu'est-ce que tu fais ? s'exclama-t-il alors que Geoff ouvrait la bouche pour l'engloutir.

97

Il descendit jusqu'à la base, ouvrant sa gorge pour pouvoir le prendre tout entier, et Eli émit toute sorte de halètements. Geoff remonta puis redescendit, cette fois avec une forte succion, savourant le goût acidulé et salé de son amant.

— Je peux ? gémit Eli lorsque Geoff glissa ses mains sous ses fesses pour l'encourager à bouger, et Eli se mit à donner des petits coups de reins sans cesser ses gémissements de plaisir.

Geoff sentait bien qu'Eli n'allait pas tarder à jouir ; ses plaintes montaient dans les aigus et se faisaient plus fortes. Geoff était transporté d'entendre Eli faire tout ce bruit.

Eli se mit à trembler, se retenant, mais son besoin était trop puissant et il finit par jouir, frissonnant, larmoyant, laissant enfin libre cours à des années de désir refoulé. Geoff ne voulait pas manquer une goutte et il avala encore et encore alors qu'Eli tressautait sous lui.

— Je suis là… le rassura Geoff, l'encourageant à se détendre, à reposer la tête sur l'oreiller, et le prit dans ses bras. Tu es si beau quand tu jouis.

Eli reprit son souffle progressivement et il se mit à frétiller contre Geoff… puis il le poussa à son tour contre l'oreiller avant de l'assaillir de baisers sur la bouche, dans le cou, sur la poitrine. Il continuait de descendre, et Geoff sentit des doigts qui l'encerclaient, montant puis redescendant en lui serrant le sexe.

— Est-ce que ça te fait du bien ?

La langue d'Eli courut sur toute sa longueur, hésitante, puis il lécha le gland et le prit entre ses lèvres.

— Sois prudent, mon tigre.

Geoff respirait à peine. Il avait pensé qu'Eli serait plus réticent que ça, et voilà qu'il méritait effectivement bien le surnom que Geoff lui avait choisi. Eli continuait d'en prendre de plus en plus dans sa bouche, suçant fort.

— Bon Dieu.

L'humidité chaude le serrait, le possédait, l'attirait plus loin ; Eli suçait fort avant de le relâcher puis recommençait sans cesse. C'était sans finesse, mais son enthousiasme rendait Geoff fou. La pression interne de l'orgasme montait très vite.

— Eli…

Sa jouissance lui échappa en un clin d'œil, et il n'eut pas le temps de prévenir Eli avant de se vider dans sa bouche. Geoff sentit qu'Eli avalait, mais c'était trop pour lui. Il se redressa à genoux sur le matelas, souriant, s'essuya la bouche de la main et puis se la lécha. Geoff émit un grognement – quel spectacle décadent. Nom de Dieu, et dire qu'il avait cru qu'Eli serait timide… Il se retrouvait au lit avec un quasi-dévergondé plein d'initiative.

Geoff s'écroula sur l'oreiller et Eli l'embrassa tendrement.

— Quand est-ce qu'on recommence ?

Geoff jeta un œil vers le bas et, effectivement, Eli était déjà prêt à repartir. Geoff lui sourit.

— Okay, tigre, allonge-toi sur le dos.

Le matelas tangua quand Eli se dépêcha d'obéir. Geoff prit place entre ses jambes écartées.

— Je te donne pour mission de me dire ce que tu aimes.

Eli, les yeux écarquillés, fit oui de la tête. Geoff s'installa entre ses longues jambes et prit dans sa bouche une des bourses d'Eli, et bientôt les deux. Eli émit immédiatement des murmures de plaisir. Geoff lâcha ses bourses dodues et lui souleva les genoux, poussant ses jambes repliées contre sa poitrine. Il se pencha pour lui lécher la raie.

— Geoff –

— Tu aimes ça ?

— Oh mon Dieu… oui.

Geoff continua, sa langue descendant de plus en plus bas, s'approchant lentement de sa destination ultime.

— Tu es sûr ?

Eli rejeta la tête en arrière et gémit doucement quand la langue de Geoff dessina un cercle autour de son orifice, puis titilla sa peau plissée. Eli en devint fou, donnant des petits coups de reins pour se rapprocher de la figure de Geoff et respirant par à-coup.

— J'en déduis que tu aimes ça…

Geoff n'obtint qu'une réponse inintelligible et poussa sa langue plus loin, fermement. Il prit la main d'Eli et la lui plaça sur le sexe, et Eli se mit à se masturber tout en gémissant et en geignant tandis que Geoff le perçait encore et encore de sa langue. Ses muscles se contractèrent et tout son corps se raidit.

— Je t'aime.

Geoff fixa le visage d'Eli, et regarda son tigre droit dans les yeux pendant qu'il prenait sa jouissance, se couvrant de semence en rubans tout en lui faisant une déclaration d'amour.

Geoff déplia les jambes d'Eli sur le matelas et se dirigea vers la salle de bains, d'où il revint avec un linge mouillé d'eau chaude et une serviette. Il nettoya tendrement Eli et le sécha, puis lança les deux linges dans la salle de bains. Quand il se retourna, Eli était en train de se lever pour retrouver son pyjama. Geoff l'arrêta en le prenant dans ses bras.

— Tu n'en as pas besoin… Viens te coucher avec moi.

Eli acquiesça et Geoff l'attira dans le lit. Ils se glissèrent ensemble sous les couvertures et Eli se blottit tout contre Geoff. La chambre étant de nouveau silencieuse, ils entendaient les bruits nocturnes du dehors. La brise d'été leur apportait par la fenêtre le bruit des criquets, qui leur servit de berceuse.

XI

GEOFF SE réveilla nimbé de la lumière matinale qui pointait par la fenêtre et tout enveloppé de la douce chaleur de son amant endormi près de lui – son nouvel amant, si beau, si tendre et si sexy. La lumière lui donna enfin l'occasion de l'admirer dans toute sa gloire. Des jambes longues et puissantes, couvertes d'un duvet de poils sombres, des fesses bien hautes, fermes, aux fossettes ravissantes, douces et lisses au toucher, et un dos musclé irradiant la chaleur. Geoff roula sur le côté et Eli se blottit, dos contre sa poitrine ; l'érection de Geoff s'inséra doucement entre les fesses de son amant tandis qu'il lui caressait la poitrine et le ventre.

Eli tourna la tête.

— Bonjour.

— Bonjour, mon tigre, dit Geoff en l'embrassant tendrement et Eli lui sourit. J'adore te sentir contre moi.

La main de Geoff qui se promenait sur la poitrine d'Eli descendit le long de son ventre et caressa son érection. Eli geignit doucement et remua des hanches pour offrir à Geoff un accès plus aisé.

— Tellement beau ; j'adore ces bruits que tu fais rien que pour moi.

Geoff fit un nouveau mouvement et lui passa le pouce sur le gland ; Eli se mit à onduler. Geoff se rallongea, encourageant Eli à se retourner et à s'allonger sur lui, leurs lèvres se touchant, leurs corps connectés de la tête aux pieds. Eli ondulait doucement, et leurs sexes se frottaient l'un contre l'autre.

— Mon tigre, si doux.

Eli gémit et remua, l'embrassant fougueusement, et Geoff continua de le caresser et de le cajoler sans pouvoir se lasser de cet homme si merveilleux qui se jetait à corps perdu dans l'amour. Eli faisait presque des bruits de chaton, gémissant doucement de plaisir, et Geoff se mit à faire du bruit lui aussi, rendu fou par la sensation de la peau d'Eli contre la sienne.

— Geoff, je vais…

Geoff fit glisser ses doigts le long du dos d'Eli, puis sur ses fesses, et il introduisit un doigt entre les fesses et pressa doucement contre son orifice.

— Geoff ! cria Eli, en rejetant la tête en arrière tandis qu'il éjaculait entre eux.

Geoff lui emboîta aussitôt le pas. Il enlaça Eli et l'apaisa par ses caresses, câlinant son tigre et le couvrant d'amour et de baisers pendant qu'il redescendait de son petit nuage orgasmique. Puis leur parvint le bruit de quelqu'un bougeant dans la maison. La rêverie interrompue, Eli, nerveux, se mit à gigoter.

— Tout va bien, détends-toi, lui dit Geoff.

— Mais Len…

Geoff ne put retenir son sourire.

— Je pense qu'il est déjà au courant.

Le regard d'Eli, tout à la porte, revint sur lui.

— Nous n'avons pas été extrêmement discrets la nuit dernière, ni ce matin d'ailleurs.

Eli se mit à rougir mais Geoff l'embrassa, faisant glisser leurs lèvres ensemble.

— Aucune honte, souviens-toi.

Geoff lui-même ne savait pas vraiment comment se sentir concernant le fait que Len les entendent faire l'amour, mais il ne voulait pas le montrer à Eli.

Lentement, ils se levèrent. Geoff ramassa la serviette qu'il avait utilisée la veille et essuya le ventre d'Eli, puis le sien. Eli ramassa son pyjama qui traînait par terre et l'enfila, puis lui vola un baiser et quitta la chambre. Geoff sifflotait lorsqu'il entra dans la salle de bains pour ses ablutions. Regardant la douche, il eut soudain un flash d'Eli et lui ensemble sous le jet… une image mentale qu'il dut repousser pour pouvoir vaquer à ses occupations matinales.

Geoff entendit qu'Eli était déjà dans la cuisine, discutant avec Len, avant d'y arriver.

— Eli et moi sommes d'accord : tu peux faire une promenade à cheval aujourd'hui, mais après, tu feras une sieste, repos uniquement. Tu peux t'occuper de la compta si veux… Demain, tu pourras faire quelques corvées physiques faciles.

Len avait l'air si sérieux… Puis il sourit soudain, et secoua la tête.

— Désolé. Je ne devrais pas te donner des ordres. Mais j'espère que tu vas y aller mollo une journée de plus.

Geoff leva les mains, cédant.

— Mais oui, promis. On pourrait peut-être aller à cheval dans la prairie sud, contrôler cette portion du troupeau et revenir. Comme ça je fais ma promenade et je vous aide quand même en même temps.

— Bon, d'accord, mais n'en fais pas trop.

Geoff acquiesça, et Len et Eli continuèrent à discuter des corvées du jour pendant qu'ils prenaient le petit-déjeuner. Les gars débarquèrent à la fin du repas, les ordres du jour furent distribués, et ensuite ils se dispersèrent.

Geoff finit de déjeuner et fit la vaisselle avant de se rendre à l'écurie. Eli avait déjà préparé et sellé son cheval, et chacun enfourcha sa monture. Ils se mirent en route. Ça faisait du bien de prendre de nouveau l'air et le soleil. Kirk piaffait d'impatience, mais Geoff le retint. Il ne pensait pas être prêt pour un vrai galop, et de plus, le chemin était un petit peu caillouteux.

— Je me demandais, dit Geoff. Est-ce que tu voudrais aller voir ta famille ? Tu ne les as pas vus depuis que tu es arrivé ici. Je pourrais t'emmener, si tu veux.

— J'avais l'intention de demander à Len s'il voulait bien m'y emmener.

Geoff regarda Eli en se demandant s'il était censé être vexé.

— Tu ne peux pas m'y emmener. Je sais qu'ils remarqueraient la manière dont je te regarde, et ce serait un problème.

— Je suis désolé.

Geoff se désolait en effet de savoir que son affection pour Eli était un problème pour lui. Eli tira les rênes pour retenir Twilight, et Geoff l'imita. Eli se rapprocha lentement.

— Aucune honte, tu te souviens ? lui rappela-t-il.

Le cuir de sa selle grinça quand il se pencha pour embrasser Geoff. Au contact de ses lèvres, il oublia tout. Les chevaux, le champ, la ferme, tout s'évanouit. Puis soudain les lèvres se retirèrent, le monde se remit en route, et son cerveau se remit en marche.

Eli avait raison ; Geoff ne savait pas s'il pourrait empêcher que sa joie se lise sur son visage quand il le regardait. Il détestait se cacher du regard des autres, mais dans ce cas précis il n'y avait pas d'autre possibilité pour Eli, à part choisir de couper les ponts avec sa famille, ce que Geoff ne serait jamais capable d'exiger de lui. Puis une autre pensée le traversa : et si Eli décidait de partir ? C'était son année hors de la communauté, mais s'il décidait d'y retourner ? Geoff ne put retenir un frisson de peur à cette idée. Eli le remarqua.

— Qu'y a-t-il ?

Geoff repoussa sa peur, peu désireux de discuter de ça maintenant.

— Rien.

Il ne pouvait pas se résoudre à exprimer sa crainte – et si elle se réalisait parce qu'il en avait parlé ? Il écarta cette idée et embrassa de nouveau Eli, puis ils se remirent en route. Il chevauchait en silence, perdu dans ses pensées. *C'est bête. Il est là, à portée de main, et je m'inquiète de ce qui pourrait se produire au lieu de profiter de ce que j'ai.* La peur diminua, et il se tourna pour sourire à Eli. Au fond de lui, il espérait qu'ils seraient ensemble pour longtemps, mais il accepterait le temps qu'Eli était prêt à lui accorder.

Ils atteignirent la prairie sud, où tout semblait bien se passer. Le niveau dans les auges des bouvillons était un peu bas mais il y en avait assez pour la journée. Geoff nota qu'il faudrait vérifier que les gars les remplissent avant demain.

À sa grande surprise, Geoff se sentit fatigué, et ils firent demi-tour vers la ferme. Une fois rentrés, Eli le chassa de l'écurie.

— Je vais m'occuper des chevaux. Toi, va t'allonger un moment.

— Merci.

Il n'y avait personne, et Geoff se permit de donner un petit baiser à Eli avant de retourner à la maison. Il venait de s'installer dans le canapé quand le téléphone sonna. Il décrocha, s'attendant à un téléprospecteur.

— Geoff, c'est Raine.

— Raine, je suis ravi d'avoir de tes nouvelles. Comment vas-tu ?

Ils ne s'étaient pas parlé depuis quelques semaines.

— Je vais bien. Je suis en train de planifier des petites vacances et je me demandais si ton offre tenait toujours ? Je pensais venir te voir dans quelques semaines, si ça te va.

Geoff sortit son agenda pour voir si quoi que ce soit de spécial se profilait.

— A priori, ça devrait le faire. Je note ça dans l'agenda de la ferme.

— Quoi, tu veux dire que tu mets 'Raine' entre 'vêlage' et 'traite des vaches' ?

— Non, plutôt 'Geoff sera absent quelques jours pour faire visiter le coin à son ami Raine'. Mais je pourrais aussi te prévoir un temps de nettoyage des écuries ou d'épandage de fumier…

Il espérait qu'Eli se joindrait à eux. Il fallait qu'il vérifie avec Len que la ferme pouvait se passer d'eux pendant quelques jours, mais ça ne poserait sans doute pas de problème.

— Tu ne me ferais pas ça, dit Raine.

— Pas si tu te tiens bien.

— Tu m'en demandes sacrément beaucoup.

— Je sais que c'est dur, surtout pour toi, mais je te promets qu'on fera en sorte que ton séjour ici soit mémorable.

Geoff était surexcité à l'idée que Raine vienne lui rendre visite. Il s'était vraiment demandé si son ami se déciderait un jour à venir.

— Je n'en doute pas, et je t'appelle dans un jour ou deux pour te donner mes dates exactes une fois qu'elles auront été approuvées.

— Super, dit Geoff en étouffant un bâillement.

— Se lever tôt commence à devenir difficile ?

— Non. J'ai attrapé un rhume qui a dégénéré en pneumonie il n'y a pas longtemps, et je suis encore un peu fatigué. Pas de quoi s'inquiéter. Je te raconterai tout quand tu seras là.

Geoff se rencogna dans le canapé, confortablement installé.

— Okay, si tu le dis…, dit Raine sur un ton sceptique.

— Non, je vais bien, je te promets. L'adjudant Eli m'a à l'œil, il s'assure que je n'en fais pas trop, dit-il en bâillant de nouveau. Appelle-moi quand tu connais tes dates, et je mettrais en place un programme pour ta visite.

Ils raccrochèrent et Geoff reposa le téléphone avant de s'allonger, les yeux fermés. Il avait seulement l'intention de se reposer quelques minutes… mais se réveilla seulement au contact d'une bouche se posant sur la sienne.

— C'est l'heure de manger.

Geoff ouvrit les yeux et Eli l'embrassa de nouveau. Sans hâte, il se leva et lui emboîta le pas. Dans la cuisine, Len mettait la table pour lui et Joey, qui arrivait justement par la porte de derrière.

— Salut, Geoff, fit-il avec un grand sourire.

— Salut Joey. Jour de leçon ?

— Ouais, Len va me montrer comment faire du saut d'obstacle ! Des petits seulement, pour améliorer ma posture.

Geoff se mit à manger, et Len et Eli le rejoignirent à table.

— Je voulais savoir si tu serais intéressé par une proposition de travail ?

— Moi ? demanda Joey, surpris.

— Oui, toi. Avant, à la ferme, on élevait un bouvillon de concours qu'on présentait à la foire du canton. On a gagné quelques rubans au fil des années, et j'aimerais qu'on recommence. Je pensais que ça t'intéresserait peut-être de nous aider. Je me disais que Len et toi pourriez désigner deux bouvillons du troupeau et les transférer à l'étable. Ce serait ta responsabilité de les nourrir, de les abreuver et de nettoyer leurs stalles. L'an prochain à la foire tu les présenterais… Et puis après la vente aux enchères, le bénéfice serait partagé entre la ferme et toi.

Joey avait le sourire jusqu'aux oreilles.

— Vraiment ?

— Oui, vraiment.

Len donna un petit coup d'épaule à Joey.

— Après ta leçon, on ira jeter un œil aux jeunes bêtes, voir si on peut en choisir deux.

Toujours souriant, Joey se mit à manger deux fois plus vite. Quand il eut fini, il partit en courant à l'écurie se préparer pour sa leçon.

Après avoir mangé, Geoff prit un cachet, dit à Len qu'il ferait la vaisselle un peu plus tard et se rendit au bureau, fermement décidé à abattre du travail. Après quelques heures de boulot, de nouveau épuisé, il éteignit l'ordinateur et monta à l'étage. Geoff tira les rideaux pour faire le noir dans sa chambre, se glissa dans son lit en sous-vêtements et s'endormit très vite. Il se réveilla au son de la porte qui s'ouvrait puis se refermait ; quelqu'un vint s'asseoir sur le lit.

— Mon tigre ?

— C'est moi, oui.

Il pouvait déceler un sourire dans la voix d'Eli, puis une peau douce caressa la sienne. Geoff se retourna pour faire face à Eli et se blottit contre lui.

— C'est merveilleux, ce que tu as fait pour Joey, dit Eli.

— Ce n'est une offre de boulot.

Un boulot mutuellement profitable.

— C'est bien plus que ça et tu le sais très bien. Tu aurais très bien pu choisir les bouvillons et les élever toi-même sans trop d'efforts, et garder tout l'argent.

Eli l'embrassa tendrement sur le front.

— C'est très gentil de ta part d'aider Joey comme ça, sans même qu'il s'en rende compte.

Geoff attira Eli plus près de lui et se rendormit. Il était un homme neuf lorsqu'il se réveilla quelques heures plus tard, bien plus en forme. Il était seul dans le lit, et entendait des voix dans la maison. Il s'habilla en vitesse et descendit au salon, qui était rempli de monde.

— Est-ce que nous t'avons réveillé ? demanda tante Vicki, tout sourire, en le serrant dans ses bras.

— Non, il était temps que je me lève.

Geoff regarda autour de lui, et sourit à son oncle Dan et ses cousins, Jill et Chris. Il serra la main de Chris et prit Jill dans ses bras. Quelques minutes plus tard Eli arriva, et Geoff le présenta à son oncle et à ses cousins.

— Qui veut faire une promenade à cheval ? proposa-t-il.

— J'espère que ça ne te dérange pas. Tu m'avais dit de passer… dit Vicki d'un ton hésitant.

— Mais pas du tout. Venez donc à l'écurie, invita Geoff, on va seller les chevaux.

Eli les emmena à l'écurie, et montra l'exemple pour le brossage et l'installation des selles. Puis on mena les chevaux au manège. Jill et Chris n'avaient pas beaucoup d'expérience, et Eli les aida, leur apprenant à mieux diriger et contrôler leurs montures. Geoff menait Twilight par la bride pour Vicki, qui l'enfourcha comme une écuyère ; ses connaissances en équitation, qu'elle n'avait pas utilisées depuis des années, lui revinrent sans heurt. Eli enfourcha Kirk et les rejoignit tandis qu'ils faisaient des tours de piste, donnant à Jill et Chris des conseils.

Geoff resta au bord de la piste, appuyé sur la barrière au coté de l'oncle Dan, à les regarder.

— J'aimerais te remercier, dit soudain Dan.

Geoff se tourna pour dévisager son oncle.

— Je ne sais pas ce que tu as fais, mais pendant longtemps, j'avais comme l'impression que j'avais épousé Janelle en même temps que Vicki ; certains jours je me demandais si elles n'étaient pas sœurs siamoises.

Oncle Dan avait l'air plus à l'aise qu'il ne l'avait jamais été.

— Hier soir, Janelle était en train de déverser son venin habituel, et Vicki a explosé.

Dan regardait sa femme faire preuve d'assurance sur son cheval avec une fierté évidente.

— Elle lui a dit qu'elle en avait assez. 'Cliff était gay, son fils est gay, il va falloir que tu t'y fasses.' Quand Janelle a refusé d'arrêter de dire des méchancetés, Vicki l'a envoyée au diable, lui a demandé de partir, et lui a dit de ne revenir que quand elle aurait rejoint le vingt-et-unième siècle, conta Dan avec un sourire narquois. J'entends encore la porte claquer sur ses talons – le bruit le plus doux que j'aie jamais entendu.

Le sourire jusqu'aux oreilles, oncle Dan frémissait de bonheur.

— Je n'ai jamais compris ce qui l'avait rendue si méchante, déclara Geoff, ni pourquoi Papa l'a supportée toutes ces années.

Dan écarquilla les yeux.

— On ne te l'a jamais raconté ?

Il délibéra intérieurement pendant une minute.

— Oui, j'imagine qu'ils ont préféré ne pas te le dire.

Il se pencha, avec l'air de celui qui s'apprête à raconter une histoire.

— À l'époque de mes vingt ans, Janelle a rencontré un gars dont elle est tombée raide amoureuse. Ils sont sortis ensemble pendant quelques semaines, et puis elle l'a invité chez elle pour qu'il fasse la connaissance de sa famille. Malheureusement, cet homme était Len. Il a échangé un regard avec ton père et c'était fini.

— Oh putain ! s'exclama Geoff, ne pouvant s'empêcher de sourire.

— Ouais, elle n'a jamais pu pardonner à son frère de lui avoir piqué son amoureux, même si Len a toujours dit qu'ils étaient seulement amis, et que Janelle avait exagéré leur relation. Pour être franc, j'aurais plus tendance à croire Len. Janelle voit des offenses partout, même où il n'y en a pas.

— Et c'est pour ça que Papa l'a supportée toutes ces années. Il devait se sentir plus ou moins coupable.

— Il n'y avait pas de quoi. Il est tombé amoureux. Len n'aimait pas Janelle, et ne l'aurais jamais aimée. Mais oui, c'est vrai, je crois qu'il se sentait coupable toutes ces années parce qu'il était heureux et qu'elle ne l'a jamais été. Même si, ça aussi, c'est de sa faute à elle.

— Pauvre Janelle, dit Geoff en secouant la tête.

L'expression de Dan se durcit.

— Ne t'en fais pas pour elle. Tout ce malheur et cette peine, elle les a cherchés. Elle aurait pu pardonner, passer à autre chose, tourner la page. Elle a choisi la rancune, et c'est ce qui l'a rendue amère.

Son visage s'illumina soudain. Geoff leva les yeux et vit sa tante qui se dirigeait vers eux, avec toute la grâce et la poigne d'une écuyère accomplie.

— De quoi parlez-vous donc ? demanda-t-elle.

Geoff sourit.

— On se raconte les potins.

Vicki eut l'air dubitatif, mais Geoff lui adressa un sourire en coin.

— Ceux qui croient que les femmes ont le monopole des potins n'ont jamais mis les pieds dans un bar gay. Ces divas n'ont rien à envier aux femmes, elles vous ridiculiseraient en un instant.

Son oncle ricana, et tante Vicki rit si fort qu'elle en hennit. Eli, qui venait de ramener Kirk à sa stalle, les rejoignit à la barrière pour regarder les cavaliers.

— Hé, mon tigre, dit Geoff.

Ces grands yeux bleus brillèrent dans sa direction quand Geoff glissa son bras autour de la taille d'Eli pour l'attirer tout près de lui. Eli lança un coup d'œil à Dan, qui n'eut pas de réaction particulière, et Geoff le sentit se détendre. C'était la perfection : des chevaux, des cavaliers heureux, son incroyable amant à ses côtés pour en profiter avec lui, entouré des personnes qu'il aimait.

XII

Geoff était allongé, éveillé, et regardait par intermittence Eli qui dormait. Le sommeil lui échappait, il avait à peine fermé l'œil de toute la nuit.

— Qu'est-ce qui ne va pas ? demanda Eli, la voix toute ensommeillée.

— Je crois que j'ai trop fait la sieste dans la journée.

Ce n'était qu'une fraction de la vérité, mais Geoff hésitait à admettre le reste. Len avait promis d'emmener Eli voir sa famille dans la journée et ça lui foutait une trouille bleue pour toute sorte de raisons. Et s'ils l'empêchaient de revenir ? Et si Eli ne voulait pas revenir ? Sans parler de la question qui le hantait en ce moment : et si Eli revenait, mais qu'il était malheureux ? Les autres possibilités, il saurait s'en accommoder, mais l'idée qu'Eli pourrait être malheureux lui était insupportable. Absolument insupportable.

Geoff se fit violence pour couper court à ces pensées. C'était l'année d'Eli hors de la communauté et ils avaient encore beaucoup de temps à passer ensemble avant qu'il n'ait besoin de décider ce qu'il allait faire.

La voix ensommeillée d'Eli interrompit sa réflexion.

— Retourne-toi, je vais te masser le dos.

Geoff se retourna, non pas pour qu'Eli lui masse le dos, mais pour lui faire face. Puis il l'embrassa, laissant les questions qui le tourmentaient se dissoudre. L'important était le moment présent, ici, maintenant. Les grands yeux d'Eli s'ouvrirent, brillants comme des feux dans la pénombre.

— Je t'aime, dit Geoff avant de l'embrasser à nouveau, se rapprochant pour presser leurs corps ensemble, roulant sur Eli, le maintenant fermement sur le matelas, ses mains vagabondant, ses lèvres le savourant... Il n'en avait jamais assez, apparemment.

Eli gémit, bouche contre bouche ; il goûtait Geoff, l'explorait, semblait poursuivre un goût tout juste hors de portée. Geoff voulait lui demander ce qu'il cherchait, ce qu'il voulait, mais il aurait fallu mettre un terme à ce baiser et il ne le pouvait pas... Pas tout de suite. Au lieu de ça, il tendit l'oreille. De tout petits gémissements le guidèrent sans sa quête. Ces bruits de plaisir l'aiguillonnèrent, l'excitant encore plus.

Il quitta enfin les lèvres d'Eli, déposant des baisers le long de son cou, goûtant sa peau légèrement humide, un tant soit peu musquée, et si entièrement Eli. Sa langue trouva un téton et concentra ses efforts sur cette cible de chair ; Eli feula tandis que Geoff le mordillait et le suçotait d'un côté tout en titillant l'autre de la main. Oh oui… Encore ces sons, cette "musique d'amour" qu'Eli composait pour lui seul.

— Geoff, oh oui, c'est si bon.

Ce corps extraordinaire ondula sous lui lorsqu'il mordilla le petit bouton de chair, et la musique que faisait Eli changea : plus brûlante, plus pressante.

Il se détacha et donna à Eli l'occasion de se détendre un peu pendant qu'il continuait son exploration le long de son corps si délicieux, léchait le contour de son nombril. Il descendit encore, effleurant de la langue l'érection d'Eli, frottant son nez contre ses bourses charnues. Puis il souleva ses jambes et lécha un chemin en direction de son orifice le plus intime.

— Geoff…

Eli ne put retenir un petit cri involontaire quand Geoff fit tournoyer sa langue autour de la peau toute plissée.

— Comme ça ? Geoff insista, suçant et léchant la peau d'Eli, prêtant attention à la "musique" qui s'intensifiait, devenait plus aiguë, son tempo s'accélérant. J'adore tous ces bruits que tu fais pour moi.

La langue de Geoff testa l'orifice et il sentit que le muscle se détendait, et Geoff y alla franchement. Chaque léchouille, chaque intrusion provoquait chez Eli des bruits merveilleux qui faisait s'emballer le cœur de Geoff. Il tendit la main vers la table de nuit pour saisir le flacon, et se lubrifia les doigts. Eli cria de plaisir quand Geoff taquina son orifice de ses doigts glissants. Lentement, Geoff lui introduit une phalange.

Eli en voulait plus et se pressa contre lui.

— C'est si bon…

Geoff traçait des petits cercles et son doigt glissa un peu plus avant ; le passage si lisse le tenait comme un étau. Il poussa plus loin, son doigt tout entier. Il le courba, cherchant, et Eli cria lorsqu'il trouva la petite boule de nerfs et la caressa tendrement.

— Qu'est-ce que c'est que ça ?

Geoff sourit et embrassa Eli.

— C'est ton corps qui m'indique comment je peux te faire l'amour, et t'emmener au paradis.

Eli écarquilla les yeux.

— Oh, emmène-moi au paradis, Geoff, emmène-moi.

Geoff l'embrassa fougueusement et continua de caresser cette zone du doigt tandis qu'il frottait leurs corps l'un contre l'autre. Eli feulait sans cesse maintenant, donnant des coups de reins langoureux.

— Je t'aime, mon tigre, mon doux tigre.

Eli rejeta la tête en arrière, les yeux grand ouverts dans l'extase ; Geoff le sentit se raidir dans ses bras avant de sentir la chaleur de sa semence contre son ventre.

— Je t'aime, Geoff.

— Je t'aime, mon tigre.

La chaleur du corps d'Eli et ses baisers le propulsèrent à son tour vers l'orgasme. Eli enfonça sa langue profondément dans la bouche de Geoff, l'embrassant intensément, les mains saisissant ses fesses pour presser leurs corps l'un contre l'autre plus fort et donner à Geoff la friction dont il avait besoin pour s'envoler avec un cri de plaisir et se répandre sur le ventre d'Eli.

Doucement, Geoff se remit à bouger, retirant doucement son doigt et se soulevant tout en embrassant Eli tendrement pour lui signifier tout ce qu'il représentait pour Geoff. Eli prit son visage entre ses mains pour lui rendre ses baisers, lui montrant que son message d'amour avait bien été reçu.

Puis son tigre prit le contrôle et les fit rouler sur le lit, pressant Geoff contre le matelas en l'embrassant furieusement, son corps frottant contre Geoff. Mais l'intensité s'atténua bientôt et leurs baisers se calmèrent, devinrent plus langoureux, plus profonds, leurs caresses lentes et tendres.

— Mon tigre…

— Je t'aime.

Geoff passait ses mains en longues caresses des épaules d'Eli au bas de son dos pendant qu'ils reprenaient leurs souffles. Puis Eli se détacha et se leva du lit. Il revint avec une serviette douce et essuya Geoff d'une caresse.

— Tu crois que tu vas pouvoir dormir maintenant ?

Geoff était déjà en train de s'endormir quand Eli se remit au lit, tira le drap sur eux et l'embrassa. La dernière chose dont il eut conscience fut les mains d'Eli lui caressant le dos.

GEOFF SE réveilla plusieurs heures plus tard, après un sommeil lourd, et découvrit Eli endormi auprès de lui. Surprenant, étant donné qu'Eli était encore plus matinal que lui.

— Mon tigre, dit-il en lui caressant doucement le dos.

Eli répondit d'un marmonnement :

— Congé, rendors-toi.

Super. Geoff se renfonça dans le lit, attirant Eli tout près, et sombra de nouveau dans le sommeil.

Lorsqu'il se réveilla de nouveau, Eli était en train de se lever.

— Où tu vas ? demanda Geoff, se retournant en bâillant.

Eli eut l'air surpris.

— Me laver et m'habiller.

Geoff repoussa les couvertures et prit la main d'Eli pour le mener à la salle de bains.

— Je crois qu'il est grand temps que je te montre comme ça peut être amusant de se laver ensemble.

Geoff mit la douche en marche et se glissa sous le jet, tirant Eli par la main pour qu'il le rejoigne. Il pressa une dose de shampooing dans sa main et se mit à masser la tête d'Eli pour le faire mousser dans sa chevelure noire. Eli se penchait en arrière. S'il avait été un chat il aurait clairement ronronné.

— Rince-toi les cheveux, mon tigre.

Eli pencha la tête sous le jet pendant que Geoff faisait mousser le savon entre ses mains pour pouvoir nettoyer toute cette peau si douce.

— C'est vraiment agréable, murmura Eli.

— N'est-ce pas ? Lève les bras.

Geoff lui savonna les aisselles puis les flancs, et s'approcha pour un baiser.

— Tourne-toi.

Eli obéit, et Geoff lui savonna le dos, puis passa du temps sur ses jambes et ses fesses, insinuant ses doigts par-dessous pour lui taquiner les bourses.

— Geoff...

Eli se retourna, et son sexe pointait tout droit en direction de son amant. Geoff sourit et se mit à genoux pour le prendre dans sa bouche, suçant lentement.

Les genoux d'Eli se mirent à bientôt à trembler ; il gémissait de plaisir en donnant des coups de reins.

— Geoff, je ne peux pas... je vais...

Geoff poussa Eli contre la paroi carrelée et le suça plus vigoureusement, désireux de goûter ce que son amant lui donnerait. Eli jouit avec un petit cri de plaisir, expulsant sa semence dans la bouche de Geoff. Puis ses genoux cédèrent et il glissa contre le mur. Geoff le prit dans ses bras et le serra tendrement en l'embrassant.

— Tu es tellement joli, tu le sais ? Tu es l'homme le plus joli que je connaisse.

Eli donna à Geoff une tape sur l'épaule.

— Ce n'est pas vrai. Les femmes sont jolies.

— Tout comme toi, mon tigre. Mon joli tigre.

Geoff taquina l'épaule d'Eli de la langue.

— Arrête ! s'exclama Eli en riant.

Il tenta de repousser Geoff, sans vraiment y mettre du sien, en gigotant et en ricanant. Mais Geoff le tenait par le cou.

— C'est ton tour maintenant, dit Eli.

Geoff opina et le libéra, puis il se leva et se tint tranquille tandis qu'Eli lui shampouinait la tête. Les doigts qui lui massaient le cuir chevelu lui faisaient un bien fou et il s'abandonna à la sensation. Puis les mains quittèrent sa tête et revinrent pleines de savon lui caresser la poitrine.

— Si je suis joli, alors tu es…

Eli s'arrêta pour réfléchir, les mains toujours en mouvement, puis il sourit tout à coup.

— … Un étalon.

Sa main descendit plus bas sur l'érection de Geoff, et la caresse fit palpiter son cœur.

— Un étalon, hein ?

Dieu que ça l'excitait.

Eli hocha la tête, continuant de le caresser, une main après l'autre glissant le long de son sexe.

— Oui dit-il en serrant le poing. Un grand et puissant étalon. Mon étalon.

Eli le fit se retourner et le poussa contre le mur de la douche tout en lui caressant l'intérieur de la cuisse, et lui demanda d'écarter les jambes. Geoff sentit de nouveau des doigts saisissant son érection et il gémit. Puis ce fut la sensation d'une langue brûlante le long de la raie de ses fesses, puis taquinant son orifice, et il se mit à geindre, un geignement continu et implorant

— Eli…

Le plaisir, si exquis, le rendait complètement fou.

— Détends-toi, bel étalon, c'est à mon tour de te faire l'amour.

Et l'amour il lui fit. Ces doigts et cette langue si brûlante propulsèrent Geoff à des hauteurs vertigineuses. De tous les partenaires qu'il avait eus, seuls quelques-uns avaient accepté de faire cela pour lui, et ça l'excitait au plus haut point. Il se mit à onduler des hanches, et à chaque mouvement Eli serrait son érection et enfonçait sa langue magique en lui.

— Eli...

Geoff arrivait à peine à respirer tant la pression montait en lui, la langue d'Eli tournoyait, la traction de ses doigts...

— Si bon... Sexy...

Geoff vit des feux d'artifices lorsqu'il jouit, projetant son sperme contre le mur et sur les doigts d'Eli. Son amant se déplaça derrière lui, lui caressant le dos pendant qu'il reprenait son souffle.

L'eau, refroidissant, leur signifia qu'il était temps de sortir de la douche. Eli ferma le robinet et ouvrit la porte puis tendit une serviette à Geoff, les yeux étincelants. Geoff se pencha pour lui voler un baiser.

— Qu'est-ce que tu penses de cette méthode pour se laver ?

Du tac au tac, Eli lui rétorqua :

— Ça me donne des raisons supplémentaires de me salir.

Ils se séchèrent, et Geoff passa à Eli un peignoir de bain. Après un dernier tendre baiser, Eli partit s'habiller.

Plus tard, dans la cuisine, Geoff se servit une deuxième tasse de café pendant qu'Eli finissait son petit déjeuner.

— Quand est-ce que tu pars ? demanda Geoff en reposant la cafetière.

La porte de derrière s'ouvrit, et Len entra à grandes enjambées.

— Prêt à partir ? demanda-t-il à Eli.

Eli finit en hâte les dernières bouchées de son assiette et se leva. Il se dirigea droit vers Geoff et lui passa les bras autour du cou.

— À plus tard.

Il l'embrassa fermement, le serra brièvement dans ses bras, et lui pelota même une fesse avant de sortir rejoindre Len au camion.

Ils étaient à peine partis depuis dix minutes que Geoff faisait déjà les cent pas comme une bête en cage, regardant par la fenêtre au moindre bruit. *C'est ridicule.* Il se fit des remontrances et alla au bureau pour passer en revue les idées qu'il avait au sujet des terres des Winters. Une petite idée mijotait dans sa tête. Il décrocha le téléphone.

— Bonjour Frank, ici Geoff Laughton. Len me dit que vous cherchez peut-être à vendre ?

— Oui, avec Penny on projette de partir en retraite. Pourquoi, ça vous intéresse ?

Son ton était prometteur. Geoff savait que Frank et Penny avaient eu un peu de mal ces derniers temps. Vieillissant, Frank avait eu quelques ennuis de santé, et il n'avait pas pu faire tout ce qu'il aurait fallu faire, ce qui avait eu pour conséquence des années de vaches maigres.

— Oui, je crois. J'ai une proposition dont j'aimerais vous parler. Je me demandais si Penny et vous seriez libres maintenant pour venir prendre le café ?

Il y eut un silence, puis Frank revint au bout de la ligne.

— Penny dit que ce serait avec plaisir.

Geoff entendait le sourire de Frank dans sa voix.

— À tout de suite, alors.

Geoff raccrocha et mit en route une nouvelle cafetière, puis il disposa sur la table des cookies et des tranches du pain maison d'Eli.

Il entendit le vieux camion avant de le voir remonter l'allée. La pauvre guimbarde avait bien besoin de réparations. Puis il entendit Pete qui sortait de l'écurie pour saluer Frank et Penny.

— Ton camion fait de drôles de bruits, Frank.

— Ouais, dit Frank, le ton de sa voix traduisant clairement que ce n'était qu'un problème de plus parmi beaucoup d'autres.

— Tu viens voir Geoff ?

Frank avait sans doute opiné de la tête.

— Je vais jeter un œil à ton camion pendant ce temps.

Ce fut Penny qui répondit :

— Merci.

Geoff alla leur ouvrir la porte et les faire entrer, puis les invita à s'asseoir.

— Frank me dit que tu as une proposition à nous faire pour la ferme.

Geoff leur servit chacun une tasse de café.

— Oui, c'est vrai. J'aimerais vous la racheter, mais je ne peux pas vraiment y mettre le prix auquel vous vendez. Ceci dit, je crois que je pourrais faire passer la pilule autrement. Au lieu de vous acheter toutes les terres ainsi que tout le matériel, je propose de vous acheter toutes les terres à l'exception de l'hectare sur lequel se trouvent la maison et la remise où vous rangez le matériel. Ainsi vous pourriez facilement vendre le matériel ailleurs pour compenser, si vous voulez.

Frank était sceptique.

— Pourquoi tu ferais ça ? Tu pourrais payer le prix demandé, et vendre le matériel toi-même ; ça te rapporterait plus.

— Oui, je pourrais sans doute le faire. Mais si on s'arrange comme ça, vous pourriez garder votre matériel et le louer lorsque les gens du coin ont besoin de matériel supplémentaire pour semer ou pour récolter. Si vous en avez envie, bien sûr. Je n'ai pas besoin de matériel, j'en ai déjà assez comme ça.

Penny et Frank étaient pensifs.

— Il y a quelque chose d'autre que j'aimerais faire, ajouta Geoff.

— Quoi donc, fiston ?

— Je voudrais t'embaucher pour la planification des cultures.

Les yeux de Frank s'écarquillèrent.

— Personne ne s'y connaît mieux que toi sur la rotation des cultures, la gestion des champs, sur ce qui pousse le mieux à quel endroit, sur les périodes auxquelles il faut semer et tout et tout. Avant, c'est papa qui s'en chargeait, et pour être franc je ne m'en suis pas trop mal sorti cette année, mais ce n'est pas mon fort.

Frank avait l'air troublé.

— Mais si je vends, c'est justement parce que je n'arrive pas à semer ni à récolter dans les champs que je possède.

— Je ne veux pas que tu fasses ça. Je veux que tu fasses la planification à ma place. J'ai des gars qui peuvent s'asseoir au volant d'un tracteur pour semer ou pour faire les moissons. Ce qu'il me faut, c'est une personne qui décide de ce qu'on doit planter, où le planter, et qui nous dise quels champs enrichir et fertiliser. J'ai au moins vint-cinq hectares qui devraient donner plus.

Geoff fit une pause pour les laisser digérer sa proposition.

— Il vous reste encore beaucoup de belles années devant vous, et ce n'est pas parce que vous ne pouvez plus faire le boulot physique que vous n'avez plus rien à offrir.

Frank et Penny sourirent. Geoff poursuivit.

— Ceci dit, je veux que vous soyez bien conscients de ce que je vous demande. Si on rajoute vos terres aux miennes, j'aurais près de cinq cents hectares de culture, sans parler des six cents têtes de bétail qui résident sur cinq cents autres hectares que je possède. Ton boulot serait de décider ce qu'on doit planter et où, quels sont les champs qui ont besoin d'être enrichis, et cætera, pour s'assurer qu'on récolte assez pour nourrir les bêtes

117

et avoir un excédent. Prends ton temps, penses-y. Préviens-moi quand tu auras pris une décision.

Frank et Penny échangeaient des sourires. Frank se pencha en avant, les mains autour de sa tasse de café.

— Si j'peux me permettre, comment vas-tu payer pour tout ça ?

— Papa était malin. Très malin. Il a mis de côté une fraction de son bénéfice pour les cas d'urgence et pour que la ferme puisse se développer. Donc, pour te répondre, je paierai cash.

Frank émit un sifflement, mais n'ajouta pas un mot. Penny et lui finirent leur café et lui dirent bientôt au revoir. Geoff les accompagna dehors ; Pete refermait justement le capot du camion.

— Ça devrait aller mieux maintenant, Frank.

Frank le remercia et se mit au volant. Il mit le contact, et ils s'en allèrent. Geoff remarqua que le moteur ronronnait comme un chat.

— C'était vraiment gentil de ta part, Pete.

— À en voir leurs sourires quand ils sont sortis de ta cuisine, tu as dû être très gentil avec eux aussi.

Pete repartit à l'écurie pendant que Geoff rentrait à la maison en secouant la tête. Il entendit le bruit d'un tracteur qui démarrait quelques minutes plus tard, et vit Pete se mettre en route avec un chargement pour les bêtes.

Geoff fit la vaisselle puis s'installa au salon devant la télé. Il avait eu une matinée fructueuse et maintenant il fallait qu'il se repose un moment, surtout s'il voulait pouvoir faire un peu de cheval dans l'après-midi.

La télévision bourdonnait, imperturbable, et Geoff appuya sa tête en arrière et somnola. Il se réveilla en sursaut lorsque la porte de derrière claqua, accompagnée de la voix d'Eli, qui arriva presque en bondissant dans le salon, l'air heureux, tout en ébullition.

— Comment s'est passé la visite ? demanda Geoff.

— Bien. Ils étaient contents de voir que j'avais trouvé un boulot et que je m'en sortais bien.

Le sourire d'Eli s'amenuisa.

— Papa n'a pas beaucoup parlé, ce qui signifie qu'il se figurait que je serais déjà prêt à rentrer à la maison, mais Maman est très contente que je travaille avec des chevaux et que je fasse des découvertes. Elle a dit que je tiens ma curiosité de son côté de la famille.

Eli s'assit près de Geoff.

— Donc ça s'est bien passé, conclut Geoff.

Et Eli était revenu, et semblait heureux d'être là. Ce qui était une très bonne chose aux yeux de Geoff.

Len passa la tête par la porte.

— J'ai vu Pete dans la cour. Il me dit que Frank et Penny sont venus.

— Oui, je leur ai proposé d'acheter leurs terres.

— Je croyais qu'ils en demandaient plus que ce que nous étions prêts à payer, dit Len, l'air troublé.

Geoff lui fit signe de venir s'asseoir.

— J'ai retravaillé les chiffres, baissé le prix, offert de leur laisser le matériel puisqu'on n'en a pas besoin, et je crois bien que je nous ai embauché du même coup un planificateur pour les cultures.

— Planificateur ?

Le cerveau de Len semblait tourné à mille à l'heure.

— Explique-moi un peu ça.

— Tu sais bien que nul ne sait mieux que Frank ce qu'il faut semer. J'ai rendu mon offre plus alléchante en lui proposant de planifier nos semailles.

— Il n'a pas réussi à planter ses propres cultures. Comment va-t-il planter les nôtres ?

Geoff sourit.

— Len, je n'ai pas dit planter pour nous, mais *planifier* pour nous.

Len comprit tout à coup, et se tapa la cuisse.

— Une idée de génie ! Et il peut soit vendre son matériel, soit le louer pour compenser la différence de prix.

Geoff se recula dans le canapé avec un sourire.

— Exactement.

— Tu crois qu'il va accepter ?

Frank et Penny lui avaient paru plutôt contents en partant, mais Geoff ne dit rien, se contentant de hausser les épaules.

— S'ils acceptent, il faudra qu'on embauche un autre employé à temps plein pour pouvoir accroître le troupeau. Je voudrais au moins deux cents têtes de plus.

Len rumina là-dessus un petit moment.

— On s'occupera des détails s'ils acceptent ton offre, au moment où ils le feront, dit-il en se levant. On t'a rapporté le déjeuner. C'est au frigo.

Un instant plus tard, Len ressortit par la porte de derrière.

— Tu as encore sévi, n'est-ce pas ? dit Eli.

Geoff se rapprocha de lui et goûta ses lèvres si tentantes.

— C'est-à-dire ?

— Tu as aidé ces personnes sans qu'elles se rendent compte qu'elles recevaient de l'aide.

Geoff haussa les épaules. Il avait simplement proposé un arrangement mutuellement profitable, mais le sourire d'Eli était tout bonnement gratifiant, quelle que soit son origine. Quoi qu'il ait fait, il continuerait de le faire tant que sa récompense serait de tels sourires.

— Allez, viens, tu vas déjeuner et faire une sieste pour qu'on puisse aller faire une promenade cet après-midi.

Eli mena Geoff dans la cuisine puis, après son déjeuner, à l'étage.

Après une courte sieste, Geoff émergea et se rendit à l'écurie où il retrouva Eli qui nettoyait les stalles au côté de Joey.

— Oh, tu es debout ! dit Eli.

Geoff bâilla avant de lui sourire.

— Ouais. Tu es prêt pour une promenade ?

— Bien sûr, on a presque fini.

Geoff se tourna vers Joey.

— Tu veux venir avec nous ?

Joey lui répondit par un grand sourire et un hochement de tête.

— Alors sois prêt dans vingt minutes.

Ils travaillèrent ensemble pour finir plus rapidement de nettoyer la stalle avant de seller les chevaux et de se mettre en route. Joey galopait en tête tandis qu'Eli restait en arrière avec Geoff.

— Raconte-moi comment s'est passé ta visite chez ta famille.

Eli le regarda et lui dit :

— Je ne veux pas t'ennuyer avec ça.

Geoff tendit la main pour lui tapoter la cuisse, se voulant rassurant.

— Papa voulait savoir quand est-ce que je rentrerais à la maison pour pouvoir préparer mon baptême à l'église. Il m'a dit que plusieurs filles attendent mon retour pour faire ma connaissance.

— Qu'est-ce que tu lui as dit ?

Un nuage passa sur le visage d'Eli, si lumineux en temps normal.

— Que je n'étais pas encore prêt à revenir. Ça l'a énervé. Il pensait vraiment que je serais déjà prêt à revenir, et il n'aime pas les surprises. Je crois qu'il comprend, mais il est quand même déçu.

Geoff lui jeta un regard curieux, et Eli souffla.

— Je pense qu'il est probablement en colère, qu'il pense que je le défie – comme si j'avais changé de camp, que j'étais "passé chez les Anglais". Il m'a vraiment culpabilisé. Mais j'ai adhéré à la règle de Geoff.

— Qu'est-ce que c'est, la règle de Geoff ?

— Aucune honte.

Eli lui sourit avant d'éperonner son cheval, et Geoff lui emboîta le pas.

XIII

— QUAND EST-CE que Raine vient, déjà ?

Eli et Twilight s'approchèrent au trot, adoptant sans peine le rythme de Kirk et Geoff.

— Il devrait arriver d'ici quelques jours.

Geoff observa Eli qui se mordait la lèvre, signe infaillible que quelque chose le préoccupait.

— Qu'y a-t-il ?

— Est-ce que Raine et toi… Est-ce que tu l'as aimé ?

Eli était si mignon, à mordiller sa lèvre inférieure, une légère touche de peur dans les yeux. Geoff ne voulait pas qu'Eli se sente menacé ou qu'il ait peur, mais ça lui montrait à quel point son amant tenait à lui.

Geoff fit non de la tête.

— Non, Raine et moi sommes juste amis. Nous n'avons jamais été amants.

C'était au tour de Geoff d'être nerveux. Il n'avait jamais parlé à Eli de sa vie de bâton à Chicago, et il ne savait pas comment celui-ci allait réagir.

— J'ai connu beaucoup d'hommes quand je vivais à Chicago, mais Raine n'en fait pas partie.

Eli parut troublé et lui demanda :

— Qu'est-ce que tu entends par "connu beaucoup d'hommes" ? Que tu as eu des rapports sexuels avec beaucoup d'hommes ?

Geoff acquiesça lentement.

— Est-ce que tu les aimais, ces hommes ?

— Non, c'était purement sexuel.

Eli retint son cheval.

— Et avec moi, c'est purement sexuel aussi ?

La douleur qui se lisait sur le visage d'Eli brisa quasiment le cœur de Geoff, et son ventre se noua. Comment expliquer à Eli la vie sexuelle superficielle et vide de sens qu'il avait vécue avant de le rencontrer ? Comment lui faire comprendre qu'il n'était pas un genre de prédateur pervers ? Les paroles d'Eli lui revinrent : "Parle tout simplement."

122

Geoff retint lui aussi sa monture et vira pour mener Kirk auprès d'Eli, assis en selle, l'air dévasté.

— Non. Ça n'a jamais été purement sexuel avec toi. Ma vie à Chicago était très différente. Je passais une grande partie de mon temps dans les bars ou les clubs en quête de sexe, et la plupart de mes nuits au lit avec des étrangers. Je me sentais seul, et tout ce sexe était vide de sens, et ne me satisfaisait pas. J'ai mis du temps à me rendre compte combien ma vie était superficielle. Je n'imaginais pas à quel point le sexe pouvait être merveilleux avant de te rencontrer et de tomber amoureux de toi, dit Geoff en tendant la main pour toucher la jambe d'Eli. Avec eux, ce n'était que du sexe ; avec toi, c'est faire l'amour – rien à voir, rien à voir du tout. Et pour rien au monde je ne voudrais retourner à cette vie.

Geoff se pencha pour combler l'espace qui les séparait.

— Je t'aime, et je suis désolé si mes actions passées te font du mal. Rétrospectivement, si je pouvais le changer je le ferais, mais je ne peux pas. La seule chose dont je suis sûr, c'est que ça me permet d'apprécier à quel point tout est merveilleux avec toi. Et ça l'est : merveilleux, spécial, excitant.

— Tu le penses vraiment ? l'interrogea Eli, semblant soulagé mais se disant sûrement que c'était trop beau pour être vrai. Ce ne sont pas juste des paroles en l'air ?

— Bien sûr que je le pense vraiment.

Eli avança un tout petit peu, pour que leurs lèvres se touchent tendrement. Geoff voulait l'attirer contre lui, l'embrasser ardemment. Lui faire l'amour, là, au beau milieu du pré, lui prouver exactement combien il comptait à ses yeux… Mais ça allait devoir attendre, parce que Kirk secouait la tête avec une impatience croissante.

— Je t'aime, mon tigre. Toutes ces choses que j'ai vécues avant de te rencontrer ne sont rien à côté de ce que nous avons. Et quand cette promenade sera finie, je vais te montrer exactement à quel point je t'aime.

— Est-ce une promesse ?

Les yeux d'Eli étincelaient de nouveau de cette joie qui faisait toujours tressauter le cœur de Geoff dans sa poitrine.

— Mon tigre, c'est plus qu'une promesse. C'est un fait indéniable. Profitons d'abord de cette chevauchée, et on rentrera pour… une autre chevauchée.

Geoff lui fit un clin d'œil et Eli écarquilla grand les yeux. Geoff, ricanant, donna une chiquenaude à ses rênes. Kirk fila en trombe, Eli et

Twilight sur les talons. *Oh oui, ce vent contre son corps était aussi doux que le serait bientôt le corps d'Eli dans ses bras.* Cette pensée l'aiguillonna et il éperonna son cheval, qui accéléra encore, traversant le pré comme une flèche.

— Ralentis, Kirk, ordonna Geoff en tirant sur les rênes pour le faire ralentir, riant et reprenant son souffle alors qu'Eli arrivait près de lui. Allez, rentrons. J'ai quelque chose de spécial à te montrer.

— Spécial…, dit Eli, ses yeux étincelants. Comme un cadeau ?

— En quelque sorte, mais c'est encore mieux, vraiment beaucoup mieux.

Geoff trouvait la lueur du regard d'Eli très prometteuse : affamée, en quelque sorte, digne d'un tigre.

— On fait la course ! s'exclama Eli en lui faisant un clin d'œil et en éperonnant Twilight qui repartit à travers la prairie en galopant tandis qu'il éclatait de rire.

— Eh, c'est de la triche !

Geoff lui donna la chasse, laissant Kirk galoper tout son soûl. Il n'eut pour toute réponse qu'un rire et un "wouhou". Ils firent la course sur toute la longueur du pré, Eli en tête, Geoff le rattrapant, puis ils retinrent leurs montures et rentrèrent au pas, en riant, à l'écurie. Ils dessellèrent les chevaux en un temps record.

Quand Geoff eut fini, il referma la stalle de Kirk et découvrit Eli, appuyé au chambranle de la porte de l'écurie.

— Tu en as mis du temps, dit Eli, des étincelles dans les yeux.

Geoff rit et se pencha en avant pour saisir Eli et le soulever par-dessus sur son épaule. Ses pieds pédalaient dans le vide, son corps musclé gigotait sans cesse.

— Je te tiens, mon tigre.

Geoff donna à Eli une tape sur les fesses et l'emporta au travers de la cour, dans la maison, et en haut des escaliers. Puis il le renversa sur le matelas. Eli rebondit en riant.

— Si tu veux ta surprise, déshabille-toi donc.

Ses mains volèrent et ses vêtements s'envolèrent au pied du lit. Eli se retrouva nu très vite, allongé sur le lit à attendre. Plus lentement, Geoff ôta sa chemise puis son pantalon, et il monta sur le lit à quatre pattes comme un félin en chasse.

— Je t'aime, mon tigre.

Il s'empara des lèvres d'Eli, les mordillant et les suçotant.

— Je veux te faire un cadeau spécial.

Il abaissa lentement son corps sur celui d'Eli, peau contre peau. Leurs mains se caressèrent mutuellement, leurs lèvres explorèrent : une dégustation, une exploration amoureuse.

— Quel est ce cadeau si spécial ? demanda Eli.

Il frémissait sous Geoff, l'excitation montant. Geoff utilisa l'avantage que lui donnait son poids pour les faire rouler sur le lit de telle façon qu'Eli soit au-dessus de lui, sans desceller leurs lèvres.

— Je te veux, mon tigre. Je veux te sentir en moi.

Eli s'immobilisa, levant la tête pour fixer Geoff du regard.

— Tu es sûr ? Je n'ai encore jamais fait ça.

— Je n'ai jamais été plus certain de quoi que ce soit. Je veux que tu me fasses l'amour.

Geoff souleva ses jambes et en enveloppa la taille d'Eli, dont les mains brûlantes descendirent en le caressant sur ses hanches puis ses fesses. Eli saisit le flacon sur la table de nuit et se lubrifia les doigts avant de lui en enfoncer un.

— C'est bien ça que tu veux ?

Son doigt trouva immédiatement la zone du plaisir de Geoff qu'il titilla, caressant le bouton de nerfs. Geoff répondit de la tête, incapable de parler tant le plaisir étant grand, la bouche ouverte sur un cri étranglé tandis qu'Eli joignait un second doigt au premier, les tournant lentement en lui.

— Oui, continue comme ça.

Eli retira ses doigts puis les enfonça de nouveau.

— Oui… c'est vraiment bon… Prépare-moi bien, mon tigre. Je te veux tellement.

Geoff vibrait, allongé sur le lit, impatient que son tigre lui fasse l'amour. Eli se déplaça ; ses doigts avaient quitté Geoff, laissant derrière eux une sensation de vide. Puis, avec une lenteur presque insupportable, Eli le pénétra, et ils furent joints pour la première fois.

Depuis que Geoff s'était remis de sa pneumonie, ils avaient fait l'amour tous les jours, mais jusqu'à présent jamais de cette façon. Avant ce moment, ils ne s'étaient jamais unis dans cet acte si sensuel. Et maintenant Eli était en lui, l'emplissait, lui faisait l'amour. Il savoura cet écartement, la brûlure suivie d'un plaisir pur qui était presque trop intense. Eli était en lui. Son Eli. Son tigre.

— Est-ce que ça va ? Je ne veux pas te faire mal, dit Eli, les yeux grand ouverts. Tu es si chaud autour de moi, c'est si bon.

Eli était essoufflé, son excitation quasiment palpable.

— C'est comme… un paradis glissant et brûlant, ajouta-t-il.

— C'est parfait ; tu es parfait.

Geoff regarda Eli droit dans les yeux tandis qu'il se mettait en mouvement, d'abord lentement, précautionneusement, puis avec de plus en plus d'assurance. Eli varia l'angle et le tempo plusieurs fois, et Geoff crut qu'il allait en exploser de plaisir. Chaque mouvement, chaque caresse l'emmenait plus haut. Puis Eli se pencha pour saisir du bout des dents un de ses tétons ; il suça fort et Geoff décolla, jouissant de toutes ses forces, le ventre enrubanné de sa semence.

— Mon tigre !

Tous ses muscles se tendirent dans l'extase et il sentit la jouissance d'Eli qui l'emplissait de chaleur.

Eli s'effondra sur lui, pantelant, et Geoff le serra dans ses bras, haletant. Eli se détendit progressivement, reprenant son souffle, et son sexe se retira de Geoff.

— Est-ce que je m'en suis bien sorti ?

— Mon tigre, tu as été fantastique.

Geoff se pressa contre lui et les lia d'un baiser profond, utilisant ses lèvres et sa langue pour exprimer tout l'amour qu'il portait à Eli au lieu d'utiliser des mots. Geoff savait bien qu'il avait bouleversé son amant innocent avec sa confession au sujet de ses anciens exploits, et il voulait désespérément le rassurer. Eli était très rapidement en train de devenir extrêmement important à ses yeux, et il ne voulait pas courir le risque de le blesser.

— Est-ce que tu es sûr que je vais te suffire ? Est-ce que tu ne risques pas de te lasser ?

Geoff, attristé, perçut le doute et un soupçon de peur dans la voix de son amant. Il les fit rouler pour se retrouver au-dessus.

— Tu me suffis amplement. D'ailleurs, c'est plutôt moi qui devrait m'inquiéter de devoir tenir la cadence.

Ils échangèrent un baiser plus heureux, et Geoff balaya du doigt les cheveux d'Eli qui lui tombaient dans les yeux.

— Et je me lasserai peut-être de toi dans quatre-vingt ou quatre-vingt-dix ans, mais je crois que je vais prendre le risque, poursuivit-il en lui souriant. Et toi ? Je suis le seul amant que tu aies jamais connu. Est-ce que tu pourras te contenter de ça ?

C'était au tour d'Eli de sourire.

— Je veux bien essayer, en tout cas.

— Ah, tu veux bien, hein ?

Geoff se mit à lui chatouiller le flanc, et Eli tenta de se dégager en se tortillant, riant tout en essayant de se protéger.

— Geoff !

Eli gigotait et gloussait de rire. Geoff s'arrêta un instant, et Eli en profita pour le chatouiller à son tour. Bientôt, ils roulaient tous les deux sur le lit en proie à des éclats de rire.

Ils furent interrompus par un coup ferme à la porte d'en bas. Geoff enfila son pantalon, donna à Eli un dernier petit baiser, et ramassa sa chemise qu'il boutonna en descendant l'escalier à toute vitesse.

— J'arrive !

À la porte, il découvrit Frank Winters qui l'attendait, l'air inquiet.

— Frank ! Entre donc.

Lentement, le vieil homme gravit les marches du porche et entra dans la cuisine. Il semblait nerveux et très mal à l'aise.

— Que se passe-t-il ? Tu as l'air bouleversé, dit Geoff.

Frank fixait le sol des yeux.

— Tu sais que nous sommes amis avec ton père et Len depuis des années ?

Geoff opina.

— Mais malgré cela, je ne crois pas que je peux te vendre la ferme. Ce ne serait pas bien.

— Pas bien ? Je ne suis pas sûr de comprendre, dit Geoff en lui tirant une chaise. Assieds-toi, et racontes-moi ce qui se passe.

— Je…, commença Frank, sa gêne étant de plus en plus visible.

— Frank. Dis-moi simplement ce qui se passe.

Geoff s'assit, attendant que Frank fasse de même.

— J'ai reçu un coup de fil de la sœur de Penny hier, et elle nous a dit qu'on allait vendre la ferme à un…

Frank déglutit.

— Je ne peux même pas le répéter, poursuivit-il. Elle dit qu'on va vendre la ferme à quelqu'un qui couche avec un enfant.

Geoff mit quelques instants à déchiffrer ces paroles.

— *Quoi* ? demanda-t-il, abasourdi. Et tu crois que je suis…

Geoff se leva si vite qu'il fit tomber sa chaise.

— Le fait même que tu croies ce mensonge insensé est dégoûtant !

127

Geoff contrôlait à peine sa colère. Frank garda les yeux baissés sur la table, en proie à une gêne immense. Geoff respira profondément pour tenter de se calmer. Il entendit Eli qui arrivait dans la cuisine.

— Est-ce que tout va bien ? J'ai entendu des éclats de voix, dit-il.

— Oui, tout va bien. Je me suis juste énervé. Frank, je voudrais te présenter Eli.

Geoff regarda Frank lever les yeux sur Eli puis les écarquiller avant de lui serrer la main.

— Enchanté de faire votre connaissance, Frank.

Puis Eli s'adressa à Geoff :

— J'ai quelques trucs à finir.

Il prit congé, serrant à nouveau la main de Frank en lui lançant un "content de vous avoir vu" avant de se rendre à l'écurie.

Frank eut la décence d'avoir l'air honteux.

— Est-ce que c'est… ?

— Quoi, Frank ? L'homme avec qui je suis ? Oui, c'est lui, et ce n'est pas un enfant. Il a presque vingt ans !

La voix de Geoff trahit son agitation.

Frank se leva, l'air contrit.

— Je suis désolé, Geoff. J'aurais dû venir t'en parler, vérifier les faits au lieu de croire la rumeur. J'aurais pourtant dû savoir qu'on ne peut pas croire les ragots. Je suis désolé.

Frank se prépara à partir.

— Avant que la sœur de Penny n'appelle, on avait décidé d'accepter ton offre… enfin, si tu veux toujours acheter nos terres. Et, que ce soit clair, je serais très content de planifier tes cultures.

Frank tendit la main et Geoff la lui serra pour sceller leur accord.

— Ne t'en fais pas, le rassura Geoff. Si on m'avait dit la même chose à propos de quelqu'un avec qui je pensais faire affaire, j'aurais hésité moi aussi. Je suis content qu'on ait pu éclaircir tout ça.

— Moi aussi, dit Frank en se levant pour partir. Je suis désolé. J'aurais dû savoir qu'il ne fallait pas écouter la sœur de Penny. Elle a toujours colporté des potins.

Frank le remercia encore d'être si compréhensif, puis lui dit au revoir. Geoff le regarda partir en se demandant où cette rumeur avait bien pu naître. Vivre près d'un petit village avait ses avantages : les gens s'entraidaient et se connaissaient les uns les autres. Mais c'était aussi une source de problèmes. Tout le monde savait ou bien croyait savoir ce qui se passait chez les autres, et on causait beaucoup. Une remarque innocente en passant pouvait facilement prendre des proportions incroyables, déformée à chaque nouveau récit des événements. Il était content, au moins, qu'Eli n'ait pas eu vent de cette rumeur ridicule.

Geoff se leva pour sortir, se dirigeant vers l'écurie. Il lui restait beaucoup à faire s'il voulait pouvoir prendre des jours de congé lors de la visite de Raine. Il avait promis à Len que l'écurie serait bien rangée, et toutes les stalles nettoyées.

Eli ne chômait pas. La moitié des stalles étaient déjà propres, et il en avait attaqué une de plus quand Geoff le rejoignit.

— Tu veux que je t'aide ?

Eli sourit.

— Ce ne serait pas de refus, mais il faut aussi ranger la sellerie, et je ne sais pas comment tu veux l'organiser, dit-il en déposant dans la brouette une pelletée de paille souillée.

— Alors je vais m'y mettre, et je te donnerai un coup de main pour les stalles après.

Geoff y passa plusieurs heures, s'assurant que tout était bien propre et rangé à sa place.

Quand il eut fini, il se mit à la recherche d'Eli, qu'il trouva dans la toute dernière stalle. Impossible de s'en empêcher : il observa Eli qui s'affairait à étaler de la paille dans la stalle, reluqua avec plaisir ses muscles qui se contractaient quand il souleva la meule de paille.

— Tu prends du bon temps, à me regarder travailler ?

— J'aime te regarder, quoi que tu fasses, dit Geoff avant d'entrer dans la stalle pour l'aider à étaler la paille. Ça va être super d'avoir Raine en vacances.

— Tu crois qu'il va m'apprécier ?

— J'en suis sûr. Il va être jaloux... Il te voudra pour lui tout seul.

Geoff ricana en finissant le travail.

— Il faut qu'on réfléchisse à ce qu'on pourrait faire une fois qu'il sera là. Des choses que tu as envie de faire toi aussi.

— Tu ne vas vouloir passer du temps seul avec ton ami ? demanda Eli, se mordillant de nouveau la lèvre inférieure.

— Je voudrais passer du temps avec mon ami et mon amant, tous ensemble. J'ai pensé qu'en plus des promenades à cheval, on pourrait aller faire un tour en bateau sur le lac Michigan, et peut-être retourner au parc régional pour nager et faire une marche, si Raine est d'accord. Qu'est-ce que tu en dis ?

Eli referma la porte de la stalle, maintenant propre.

— J'en dis qu'on va bien s'amuser. Je me demandais… Est-ce que Raine sait faire du cheval ?

Geoff fit non de la tête et Eli eut un sourire espiègle.

— Ça promet d'être intéressant, apprendre à monter à un gars de la ville, s'amusa-t-il.

Geoff lui sourit et tendit le bras pour lui prendre la main et le ramener à la maison.

XIV

GEOFF ENTENDIT une voiture arriver devant la maison. Il courut au-dehors sans hésitation, descendit les marches à la volée et atteignit la voiture de Raine pratiquement avant qu'il n'ait fini de freiner.

— Raine !

La portière s'ouvrit et Raine sortit, se retrouvant immédiatement enveloppé dans les bras de Geoff, qu'il serra fort en retour.

— Bon Dieu, c'est bon de te revoir. Comment s'est passé la route ?

— C'était long et fatiguant. Je boirais bien un verre.

Voilà bien Raine tel qu'il le connaissait.

— On va rentrer à l'intérieur et te trouver ça, dit Geoff, puis il fit le tour de la voiture. Ouvre-moi le coffre, que je t'aide à décharger tes affaires.

Il y eut un clic et le coffre s'ouvrit.

— Nom de Dieu ! Tu comptes rester combien de temps, un mois ?

Il y avait tellement de bagages dans le coffre qu'il s'attendait presque à ce qu'elles lui explosent en plein visage.

— Bon sang, on dirait que tu as emporté tout ce que tu possèdes.

— Je ne savais pas de quoi j'allais avoir besoin ici, à la ferme.

Geoff était stupéfait. En secouant la tête il saisit deux valises, et Raine se chargea des sacs supplémentaires avant de refermer le coffre et de le suivre dans la maison.

— C'est vraiment chouette, dit Raine après avoir posé ses sacs, en regardant autour de lui. Confortable, accueillant – pas du tout ce à quoi je m'attendais.

— Et si je peux me permettre, à quoi t'attendais-tu ?

Geoff croisa les bras sur sa poitrine et attendit avec un sourire sarcastique la réponse de Raine.

— Je ne sais pas, peut-être des têtes de cerfs accrochées au mur et des peaux de bêtes par terre. En tout cas, ni canapés en cuir ni gros fauteuils confortables, déclara Raine, l'air franchement impressionné. Et je ne m'attendais pas du tout à une immense télé à écran plat.

Geoff leva les yeux au ciel.

— On a tout ce qu'il faut ici, télévision satellite comprise. Mais à cette période de l'année on passe la plupart du temps dehors.

Il mena Raine à l'étage, vers la dernière chambre libre.

— On va te mettre là.

Geoff posa les valises près de la commode.

— La salle de bains est au bout du couloir, dit-il en regardant Raine de haut en bas. Tu vas peut-être vouloir te changer.

Il essaya de ne pas montrer son amusement, mais échoua complètement. Raine portait un jean Armani et un t-shirt fin col bateau avec des ailes dessinées dessus, estampillé Armani Exchange en travers de la poitrine.

— Quoi, ma tenue n'est pas assez bien pour toi ?

— On va faire du cheval, pas un défilé de mode. Un jean et un t-shirt normaux suffiront. Je te prêterai des jambières.

Raine eut un sourire pervers.

— Ooooh, des jambières.

Geoff ignora complètement son insinuation sexuelle.

— La couture intérieure du jean irrite la cuisse à cause du frottement, ce que les jambières permettent d'empêcher. Elles n'ont vraiment rien de sexy.

Geoff s'interrompit – elles pourraient peut-être l'être. Il faudrait voir la réaction d'Eli si Geoff se présentait en ne portant qu'une paire de jambières. Ça pourrait être intéressant.

— Âllo la lune ? Ici la Terre.

— Désolé. Change-toi, et rejoins-moi à la cuisine. Je te ferai visiter.

Il ferma la porte derrière lui et redescendit l'escalier.

À la cuisine, il prépara de quoi grignoter et quelques sodas pendant que Raine se changeait.

Geoff lui tendit un coca quand il arriva.

— Quand est-ce que je fais la connaissance d'Eli ?

— Il est en train de travailler à l'écurie, mais il va venir avec nous en promenade, répondit-il en posant sur la table un plateau de sandwiches. J'ai pensé que tu aurais faim.

— Merci. Est-ce qu'il y a du rhum pour diluer ça ? dit-il en remuant la canette sous le nez de Geoff.

— Non. Tu ne boirais pas avant de te mettre au volant, n'est-ce pas ?

Raine acquiesça.

— Eh bien par ici, on ne boit pas avant de monter à cheval.

Raine accepta sa réponse et but une gorgée de son soda tout en prenant un sandwich. Ils discutèrent pendant que Raine mangeait, mettant Geoff au courant des dernières nouvelles du bureau ; c'était facile de reprendre le fil de leur amitié comme lorsqu'il vivait à Chicago. Geoff s'était demandé si les choses entre eux auraient changé, et il fut soulagé de constater qu'ils reprenaient leurs marques aisément. Raine finit rapidement son casse-croûte et ils se dirigèrent vers l'écurie, traversant la cour en échangeant des plaisanteries.

— Elle est grande comment, ta ferme ? demanda Raine qui tournait la tête en tous sens pour regarder alentour.

— En ce moment, huit cent hectares environ. Mais je suis sur le point d'acheter des terres qui vont rajouter cent hectares de plus. On a plus d'un millier de têtes de bétail.

Raine siffla, roulant des grands yeux.

— C'est la seule possibilité pour faire du bénéfice, poursuivit-il. Les petites fermes ne survivent pas, sauf si elles font quelque chose de très spécial.

Geoff ouvrit la porte de l'écurie, et ils entrèrent dans la sombre fraîcheur. Son nez s'emplit de l'odeur des stalles propres et de la paille fraîche.

— Eli est probablement avec Twilight.

Geoff montra la voie et ouvrit la porte de la stalle en question. Eli s'y trouvait effectivement, en train d'étriller la robe noisette. Il leva les yeux et sourit à Geoff.

— J'ai presque fini.

Geoff opina et referma la porte, puis mena Raine à la stalle suivante.

— Je te présente Belle. Elle sera ta monture pour la durée de ton séjour. Elle est très gentille, très accommodante, l'informa-t-il alors qu'une grande tête émergea de la stalle. Attends-moi là.

Geoff alla chercher quelques carottes dans le panier de gâteries.

— Tiens, donne-lui en une, dit-il en passant une carotte à Raine. Ouvre la main bien à plat.

Raine regarda Geoff, puis le cheval, et recula d'un pas.

— Elle ne va pas te faire de mal ; ouvre bien ta main, c'est tout.

Geoff fit une démonstration, et Raine l'imita, tendant la main à Belle. Elle abaissa la tête et aspira la carotte entre ses lèvres pour se mettre à mâcher.

— Bravo ma fille, la félicita Geoff en lui flattant le nez. Allez, approche, elle ne te fera rien.

Raine fit un pas hésitant en avant, et lui caressa le nez comme Geoff.

— Son poil est doux…, dit-il, puis il continua à caresser Belle, lentement. Est-ce que Belle est une abréviation de Bellamundo ?

Geoff rit doucement.

— Non, c'est une abréviation de Tinkerbell, la fée Clochette.

— Je vais monter un cheval qui s'appelle Tinkerbell ? Eh ben merci, bravo, s'exclama Raine en levant les yeux au ciel avant d'éclater de rire. Une tante qui chevauche une jument au nom de fée, c'est bien vu.

Une stalle s'ouvrit et se referma, et Eli apparut à leurs côtés.

— Raine, je te présente Eli, dit Geoff qui ne pouvait s'empêcher de sourire. Eli, voici mon meilleur ami, Raine.

Eli tendit la main, mais Raine avança d'un pas pour envelopper le jeune homme de ses bras. Geoff vit la surprise sur le visage d'Eli, qui néanmoins serra Raine dans ses bras avant de se dégager de l'étreinte.

— Je suis très heureux de faire ta connaissance, Eli. Geoff m'a tellement parlé de toi, dit Raine en regardant Geoff, puis Eli, puis Geoff à nouveau, arborant un grand sourire. Il faut quelqu'un de vraiment spécial pour le faire sourire comme ça. Il n'a jamais autant souri de tout le temps où il vivait à Chicago.

Eli se rapprocha de Geoff et lui passa un bras autour de la taille.

— Belle est déjà sellée, et j'ai étrillé Kirk et Twilight, annonça Eli.

Geoff tourna la tête pour l'embrasser en remerciement.

— Je vais finir de harnacher Twilight et tu finis Kirk, et on sera prêts pour la promenade. Tu veux commencer par des tours au manège ?

— Oui, et après on pourra faire un petit tour. J'ai pensé qu'on pourrait aller nager. La journée va être chaude.

Eli sourit et ils se tournèrent vers Raine.

— Ça te va ? lui demanda Geoff.

— Parfaitement, oui. Je suis déjà en train de shvitzer comme un fou.

Eli se contenta de secouer la tête et retourna seller son cheval, ne prenant même pas la peine de demander ce que voulait dire Raine.

— Dis donc, il est adorable, murmura Raine.

Geoff lui répondit très sérieusement.

— C'est l'homme le plus gentil, tendre, et aimant que j'aie jamais rencontré. Il ne fait jamais preuve d'égoïsme, il bosse plus dur que tout le monde, et il fait passer tout le monde avant lui.

— Alors pourquoi tu t'inquiète comme ça ?

Raine le connaissait si bien.

Tous les doutes, toutes les inquiétudes de Geoff remontèrent à la surface.

— Que se passera-t-il si je ne suis pas assez bien pour lui ?

— C'est une réponse à la noix. De quoi est-ce que tu as peur, exactement ?

Bon Dieu, il avait oublié qu'il n'arrivait jamais à cacher quoi que ce soit à Raine. Il lisait en Geoff comme dans un livre ouvert.

Geoff baissa la voix.

— Et s'il s'en va ? Il est Amish, c'est son année hors de la communauté. S'il décide d'y retourner ? dit-il, sa voix ne pouvant s'empêcher de trembler.

— Tu l'aimes vraiment, n'est-ce pas ? Genre – complètement parti, amoureux, tu l'aimes.

Geoff acquiesça lentement.

— Alors je ne peux te dire qu'une chose : profites à fond du temps qui t'es donné. Tu ne peux pas contrôler ses sentiments ni sa décision de repartir ou non. Tout ce que tu peux faire c'est lui montrer combien tu l'aimes et profiter du mieux que tu peux du temps qu'il vous reste.

Raine l'enveloppa dans ses bras.

— Len et ton père ont eu vingt ans ensemble, et ça ne leur a pas suffi, dit-il en le serrant plus fort. S'il y retourne, est-ce que tu regretteras le temps passé ensemble, ou est-ce que tu en chériras le souvenir ?

Geoff n'avait pas besoin de réfléchir pour répondre.

— Je le chérirai.

— Et bien la voilà ta réponse. Ce n'est pas plus compliqué que ça.

— C'est si simple, vraiment ?

Raine recula pour le regarder droit dans les yeux.

— Tu peux passer ton temps à t'inquiéter, ou tu peux faire de ton mieux pour avoir, s'il s'en va, le plus de souvenirs possible à chérir, dit-il, son expression solennelle ne bougeant pas. Profites à fond de ce que tu as. Ça ne dure jamais assez longtemps, peu importe la durée. Demande à Len.

Raine regarda autour de lui.

— Je croyais que tu devais seller ton cheval.

Geoff devait effectivement seller son cheval, et il ne voulait pas qu'Eli se doute qu'ils avaient parlé de lui. Il mena Raine à la sellerie et lui passa la couverture et le licol de Kirk avant de saisir la selle pour l'emporter dans sa stalle. Il ouvrit la porte et commença à le seller.

— Hello mon gars, tu es prêt pour la promenade ?

Le cheval secoua la tête – il était prêt à se dégourdir les jambes, pour sûr.

— Pourquoi tu t'approches si près ? Il ne risque pas de te marcher sur les pieds ?

Raine avait peur d'entrer et se tenait à l'extérieur de la stalle, ce qui était sans doute pour le mieux.

— Je le touche pour qu'il sache où je suis et que je ne le prenne pas par surprise. Et si je me tiens si près, c'est parce que s'il donne un coup de sabot, il ne pourra pas me faire trop de mal parce que le coup n'aura pas beaucoup de puissance, lui expliqua Geoff qui installait la selle tout en continuant à parler sur un ton paisible et rassurant. Kirk est un étalon, il a du répondant, donc il faut bien le calmer. Il ne permet qu'à Eli, Joey, Len et moi de s'approcher. Il essaye de mordre ou de frapper tous les autres.

Du coin de l'œil, Geoff vit Raine reculer encore plus.

— Est-ce que tu peux attraper quelques carottes et me les passer ?

Raine se déplaça doucement, gardant le cheval à l'œil pendant qu'il attrapait les carottes.

— Mets la main bien à plat comme je t'ai montré.

Raine regarda Geoff comme s'il était cinglé mais fit quand même ce qu'il disait. Kirkpatrick baissa la tête pour ramasser la carotte qu'il mâcha paisiblement. Raine en présenta une seconde, et tendit lentement la main pour caresser son long nez sombre.

— Il t'aime bien.

— Tu dis ça parce qu'il ne m'a pas bouffé la main ?

— Tu viens de lui donner à manger, ça aide. Il adore qu'on lui flatte le cou.

Geoff finit de seller le cheval et quitta la stalle pour aller voir où en était Eli. Il venait de finir lui aussi. Geoff mena Belle au manège.

— On enfourche toujours son cheval par la gauche, expliqua Geoff en enfourchant Belle en guise de démonstration. À ton tour, essaye. Pied gauche dans l'étrier... Bien... Et maintenant lance ta jambe droite par-dessus...

Raine était assis sur le cheval et avait l'air très mal à l'aise.

— Et si elle s'enfuit à toute allure alors que je suis sur son dos ?

— Elle ne va pas s'enfuir avec toi. Maintenant, écoute-moi bien. Pour l'arrêter, tu tires sur les rênes. Pour tourner, tu laisses les rênes lui toucher le cou du côté où tu veux tourner, et elle tournera. Pour lui dire d'avancer, tu claques tout simplement de la langue, et tu lui touche les flancs avec tes talons, doucement.

Geoff claqua de la langue et Belle avança.

— Maintenant, essaye de tourner à gauche.

Raine lâcha les rênes sur son cou et Belle tourna à gauche, décrivant un cercle.

— Souviens-toi, ce n'est pas une voiture. Elle ne réagira pas instantanément.

Raine rit, et fit partir Belle de l'autre côté.

— Bien, maintenant tire sur les rênes.

Il le fit, et la jument s'arrêta.

— Okay, continue comme ça et fais-lui faire le tour de la piste pendant que je vais chercher Kirk.

Eli sortit de l'écurie et mena Twilight sur la piste puis l'enfourcha. Il fit trotter sa monture devant Belle pour ouvrir la marche et, comme s'y attendait Geoff, Belle lui emboîta le pas sans broncher. Geoff retourna à l'écurie chercher Kirk. Il le fit entrer sur la piste et, après avoir refermé la barrière, enfourcha sans peine son étalon.

Après plusieurs tours de piste, Eli ouvrit la barrière et Geoff fit sortir Kirk, suivi de Raine et Belle. Eli ferma la marche. Ils traversèrent le pré, en direction d'un chemin tout tracé.

— Il faut que j'aille contrôler un de nos pâturages, on va faire l'aller-retour à cheval.

Eli acquiesça d'un signe de la main, et Raine sourit. Il avait l'air content, et se fichait probablement de leur destination.

En chemin, Raine et Eli se mirent à discuter. Geoff écouta la conversation qui se déroulait derrière lui.

— Ça fait combien de temps que tu montes à cheval ?

— J'ai grandi Amish, donc j'ai appris à monter tout petit. On avait un poney ; j'ai appris avec elle.

— Ça fait quoi de ne pas avoir de voiture ?

— Une chose qu'on n'a jamais eue ne manque pas… Ce qui est le plus dur c'est qu'on ne peut jamais se rendre quelque part dans l'urgence, et que parfois les gens ne sont pas patients lorsqu'on se déplace avec la carriole, dans la rue. Avant d'arriver ici, je n'étais monté qu'une seule fois en voiture, et ça remonte à quand j'étais petit, avec Mama.

— Comment ça se passe là-bas ? Que fait-on pour s'amuser ?

— Avant de venir ici, ma vie était centrée sur ma famille. Dans la journée, je travaillais avec Papa ou avec mon oncle. Parfois dans l'après-midi mes petits frères et sœurs jouaient dehors avec nos amis.

— Tu allais à l'école ?

— Oui, jusqu'à mes quatorze ans, à peu près. Après je suis allé travailler avec Papa, j'ai appris la menuiserie.

Geoff les écoutait parler. Dans les conversations qu'il avait eu avec Eli, ils n'avaient pas abordé tous les sujets dont il parlait avec Raine, et Geoff trouvait intéressant de l'entendre parler de son enfance.

— Je ne suis pas un mauvais menuisier, mais pas aussi doué que Papa, loin de là, alors je travaille aussi à la boulangerie avec mon oncle. Je suis bien meilleur là qu'en menuiserie. C'est comment, Chicago ?

Geoff n'écouta pas vraiment Raine parler de Chicago à Eli, et se concentra surtout sur le pâturage. De gros points noirs se déplaçaient sur le fond vert, broutant l'herbe. Geoff observa le bétail qui paissait, puis il sortit son téléphone de sa poche.

— Pete, c'est Geoff. Amène-toi vite au pâturage nord-est avec deux fusils à lunette, tout de suite !

Geoff fixait du regard un point noir se déplaçant d'un pas lourd à l'orée de la forêt, à l'écart du troupeau.

— Est-ce que c'est un ours ? demanda Raine, le montrant du doigt en tremblant presque.

— Précisément. Descends de ton cheval et fais-lui faire demi-tour, mène-la par la bride.

Raine suivit les instructions de Geoff et s'éloigna.

Geoff mit pied à terre ; Eli était déjà au sol, près de Twilight.

— Je vais accompagner Raine, m'occuper des chevaux.

— Merci.

Eli emmena les chevaux, et un instant plus tard le bruit d'une portière se faisait entendre. Pete s'approcha en hâte.

— Je m'occupe du premier coup, dit Geoff, prépare-toi à tirer le second.

Geoff lui prit un fusil des mains et le stabilisa sur un des poteaux de la clôture pour viser soigneusement avec la lunette et bien préparer son coup. Il pressa lentement la gâchette et le coup partit, explosif. L'ours se dressa immédiatement sur ses pattes arrière, et Pete tira à son tour. Le bétail réagit en s'éloignant, et l'ours retomba à terre, immobile.

— Bien visé, Pete ! Bravo ! dit Geoff en lui tapant dans le dos.

— Tu veux que j'aille vérifier qu'il est bien mort ?

— Si tu veux bien… C'est toi qui l'as abattu, c'est ta prise. J'appellerai Chasse et Pêche dès que j'arriverai à la maison.

— Et s'il nous mettent une amende ?

— Je paierai, ne t'en fais pas. Quoi qu'il en soit ce sera toujours moins cher qu'un ours qui me bouffe mon troupeau.

— D'accord… Je vais appeler les gars pour qu'ils m'aident à le charger dans le camion.

— Merci.

Geoff rendit son fusil à Pete et se dirigea vers Eli et Raine qui l'attendaient sur le chemin avec les chevaux.

— Vous l'avez tué ?

Geoff acquiesça et aida Raine à remonter en selle avant d'enfourcher Kirk à nouveau. Ils repartirent en direction de la maison. Raine et Eli reprirent leur conversation, mais Geoff ne dit rien. Il détestait devoir tuer des animaux, par exemple les ours. Il savait que c'était nécessaire de le faire quand ils menaçaient son bétail, mais ça ne l'empêchait pas de détester ça.

De retour à l'écurie, Eli aida Raine à descendre de Belle et à la mener à sa stalle pendant que Geoff s'occupait de Kirk.

— Je vais m'occuper des selles avec Raine ; va passer ton coup de fil.

Geoff opina et embrassa Eli avant de rentrer à la maison. Il contacta les autorités pour rendre compte de l'incident, précisa qu'il y avait des témoins impartiaux. On lui dit que quelqu'un passerait à la ferme le lendemain.

Il entendit Raine et Eli entrer par la porte de derrière.

— Les gars, je suis dans le bureau !

Il se leva pour les rejoindre au salon.

— Vous êtes prêts à aller nager ? demanda Geoff, impatient.

Raine et Eli étaient d'accord, et ils montèrent à l'étage se changer. La porte de derrière s'ouvrit de nouveau, Len entrant précipitamment. Geoff lui raconta ce qui s'était passé, précisant qu'il avait déjà passé le coup de fil.

— Ça va ? Je sais ce que tu ressens quand tu es confronté à ce genre de situations.

— Oui, en fait, ça va. Il menaçait clairement le bétail, il n'y avait pas d'autre solution. D'ailleurs, quand tu verras Pete, dis-lui qu'il peut espérer un bonus. C'était un sacré beau coup de fusil.

Len hocha la tête en souriant.

— On va aller nager dans le canal. Tu veux venir ?

— Non, je vais me la couler douce ce soir.

Geoff hocha la tête puis se rendit à l'étage pour rejoindre Eli dans sa chambre.

— Est-ce que ça va ? Tu es bien silencieux…

Eli était tout près et en profita pour embrasser Geoff passionnément. Puis il se reprit, se souvenant de ce qu'il avait à faire.

— Je vais charger le camion pendant que tu te changes, proposa-t-il.

— Merci, mon tigre.

La porte se referma derrière Eli, et Geoff se changea rapidement puis redescendit. Tous trois montèrent dans le camion et partirent en direction du parc.

Geoff se gara juste devant l'entrée du parc, là où la rivière Au Sable se jette dans le lac Michigan. L'eau y était en général plutôt chaude, et il y avait un courant agréable pour les nageurs. Ils déchargèrent leurs affaires et le panier du pique-nique, posèrent le tout sur le sable et se préparèrent pour entrer dans l'eau.

Eli avait emprunté un short de plage à Geoff. Raine ôta sa chemise et son short, sous lequel il portait un maillot de bain rose modèle micro-bikini, puis testa l'eau du pied avant d'y entrer.

— Est-ce qu'il a le droit de porter un truc comme ça ?

Eli semblait presque scandalisé, et Geoff n'avait pas de mal à comprendre pourquoi. Le maillot de bain était microscopique.

— Oui, il a le droit.

— Ce n'est pas un peu trop petit ?

— Sans doute, oui, et tel que je connais Raine il l'a mis exprès pour voir comment les gens allaient réagir. Il adore être au centre de l'attention.

Geoff se pencha plus près d'Eli et lui dit :

— Je parie qu'il t'irait vraiment bien.

Eli était maintenant scandalisé pour de bon, et regardait Geoff comme s'il était fou.

— Pas ici, mon tigre, le rassura-t-il. Mais peut-être à la maison, dans ma chambre. Tu serais vraiment sexy en portant un truc comme ça… ou en l'enlevant.

Raine était effectivement la cible des regards, qu'il ignorait superbement. Geoff savait que c'était pourtant la seule raison pour laquelle

140

il portait ce maillot – enfin, ça et le fait qu'il était ouvertement gay, fier de l'être, et assez viril pour porter du rose.

— Allez, viens nager, dit-il à Eli.

Geoff avait besoin d'oublier ses soucis et de se détendre, d'oublier l'ours. Raine avait bien raison, il fallait qu'il arrête de s'inquiéter pour des choses sur lesquelles il n'avait aucune prise. Eli était là, avec lui. C'était suffisant, et il allait en profiter tant que ça durait.

Il courut dans l'eau, Eli sur les talons, et laissa le courant l'entraîner gentiment vers le lac.

— Je sais que c'était difficile pour toi de tuer l'ours, dit Eli.

Geoff hocha la tête. Eli lui frotta gentiment la jambe du pied.

— Ça fait partie de ce que j'aime chez toi.

Geoff se tourna vers lui, dubitatif.

— Quoi, que je sois une mauviette ?

Il se sentait très lâche. Eli fit non de la tête.

— Non, que tu aies des remords à tuer un ours. Ça signifie que ça ne te laisse pas indifférent, même lorsqu'il s'agit d'un ours que tu as dû tuer pour protéger ton bétail. Ça montre que tu as un cœur, et j'aime ça. C'est sexy.

Geoff n'en croyait pas ses oreilles.

— Sexy ? Tu aimes ça ?

Il avait toujours pensé qu'il était une mauviette. En grandissant, il n'était jamais allé chasser, et il n'avait appris à tirer que parce que son père et Len lui avaient forcé la main. Il était devenu assez bon au tir sur cibles, mais n'avait jamais voulu tirer sur des bêtes vivantes. L'incident du jour ne représentait que la deuxième ou troisième fois qu'il avait ne serait-ce que pointé son arme sur un être vivant. Découvrir qu'Eli pensait qu'une chose qu'il avait toujours considérée comme une faiblesse chez lui était admirable renforça encore son amour pour lui. En un instant l'eau était devenu le dernier endroit où il voulait être – il se demanda à quelle vitesse ils pourraient rentrer à la maison et filer dans sa chambre.

— Geoff, prêt pour le pique-nique ? l'interpella Raine depuis la rive.

Bon Dieu, ce gars-là n'avait vraiment honte de rien – il se tenait debout, là, pratiquement nu au bord de l'eau. Un groupe d'adolescentes assises non loin l'observait en gloussant. Elles se trompaient de cible… Geoff suivit Eli qui sortait de l'eau, le regard fixé sur ses fesses dans son maillot mouillé.

Ils étalèrent sur le sable leurs serviettes et la couverture pour le pique-nique. Geoff sortit la nourriture pendant qu'Eli enfilait sa chemise ; Raine s'allongea sur sa serviette pour donner à la cantonade une occasion de l'admirer.

— T'es vraiment la reine des effrontées, commenta Geoff.

— Ben tiens. J'aurais pu mettre un string, tu sais, dit Raine en se relevant un peu, s'appuyant sur les coudes.

— Tu te ferais probablement arrêter.

Eli était visiblement choqué.

— Qu'est-ce que c'est, un string ? C'est encore plus petit que ça ?

— Ouais. Disons qu'il n'y a pas de tissu derrière, ça te met les fesses à l'air.

Geoff secoua la tête. Eli eut un véritable frisson.

— Jamais de la vie, dit Eli en lançant une serviette à Raine. Couvre-toi donc avant de manger.

Raine le regarda, puis enroula la serviette autour de sa taille.

— Merci, dit Eli.

— Il aime bien commander, hein ? dit Raine, semblant un peu vexé.

— C'est pas pour rien que je l'appelle tigre.

Geoff distribua les assiettes et les canettes de soda. Ils mangèrent et bavardèrent presque jusqu'au crépuscule. Puis après un dernier tour dans l'eau, ils remballèrent tout et retournèrent au camion. Geoff les ramena à la ferme, mais non sans s'arrêter pour manger une glace.

À leur arrivée, la maison était silencieuse. Raine leur souhaita bonne nuit et monta à l'étage. Geoff rangea les affaires de pique-nique et prit le temps de bavarder avec Len avant de monter à son tour. Il fut accueilli dans sa chambre par une vision de toute beauté : Eli, nu, allongé sur son lit. Un seul problème... son tigre dormait déjà. Geoff se déshabilla et fit ses ablutions sans faire de bruit avant de se mettre au lit. Eli remua à peine quand il l'embrassa tendrement. Il s'endormit tout de suite.

XV

Q̲U̲A̲N̲D̲ G̲E̲O̲F̲F̲ se réveilla il se crut au paradis – ce ne pouvait être que le paradis. La lumière matinale se reflétait dans la chevelure sombre ; Eli avait la tête sur sa poitrine et le caressait, titillant un téton de la bouche. Geoff gémit doucement et déposa un baiser sur sa tête tout en glissant les doigts dans ses cheveux. Leurs lèvres se rencontrèrent en un baiser profond et Eli se déplaça pour s'asseoir sur les hanches de Geoff.

— J'ai envie de toi, Geoff. J'ai tellement envie de toi.

La bouche d'Eli le rendait dingue, et Geoff le serra dans ses bras, l'embrassant de plus en plus passionnément, déchaîné.

— Qu'est-ce que tu veux, mon tigre ? demanda Geoff en glissant les mains le long de son dos et en lui pelotant ses fesses extraordinaires.

— Ça ! Je veux ça !

Eli se cambra quand Geoff fit glisser un doigt entre ses fesses.

— Oui… C'est ça que je veux… Toi !

La bouche d'Eli se fit plus brutale, sa langue exigeante ; le tigre s'emparait de ce qu'il voulait.

— Tu en es certain ? lui demanda Geoff après ce baiser fougueux.

Ce serait la première fois pour Eli, et Geoff voulait être sûr que c'était vraiment ce qu'il désirait. Il ne voulait pour rien au monde lui faire mal ou le pousser à faire quelque chose s'il n'était pas prêt… Mais la réponse d'Eli était claire, se traduisant par le frémissement d'excitation parcourant son corps tout entier, par sa réaction à chaque caresse de Geoff.

— Oh oui. Je veux que tu m'aimes.

Geoff le serra fort dans ses bras, leurs peaux se touchant le plus possible.

— Je t'aime déjà…

Lentement, langoureusement, Geoff les fit rouler sur le matelas, les jambes d'Eli se plaçant autour de sa taille, montrant ainsi clairement ce qu'il désirait. Geoff attrapa le flacon sur la table de nuit et se lubrifia les doigts, puis se mit à taquiner son petit orifice.

Eli gémissait de plaisir tandis que Geoff titillait les petits plis en une caresse circulaire, lentement, introduisant son doigt.

— Geoff…

Il adorait entendre Eli dire son nom comme ça, les bruits incroyables qui montaient de sa gorge. Il enfonça son doigt plus loin.

— C'est bon ? demanda-t-il en recourbant son doigt et en frottant gentiment.

— Oui ! s'écria Eli, et il poussa de ses hanches contre la main de Geoff pour qu'il s'enfonce plus loin dans son corps si chaud et si étroit.

Geoff retira son doigt et en introduit deux, qu'il écarta doucement, et qu'il fit tourner. Les gémissements d'Eli se firent plus fort ; il geignait quand Geoff retirait ses doigts et feulait de plaisir quand ils s'enfonçaient de nouveau.

Il était si serré, si chaud, Geoff se demandait comment il allait pouvoir se retenir. Il émanait de lui une chaleur folle.

— Tu me rends fou de toi, dit-il.

Il retira ses doigts lentement et dévisagea Eli, dont les yeux étaient écarquillés de désir, et dont le corps vibrait presque, allongé, là, les jambes écartées.

— Geoff, je t'en prie, va plus vite.

Les yeux d'Eli étaient deux lacs de passion, tellement profonds ; Geoff n'avait jamais rien vu d'aussi beau. Il se pencha pour embrasser son amant avec fougue en même temps qu'il le pénétrait doucement, le dévisageant pour mesurer sa réaction.

Eli ouvrit les yeux plus grands encore à la sensation de son muscle se déployant pour la première fois. Geoff se tint immobile.

— Ça va ?

Eli ne répondit pas tout de suite, et Geoff se mit à reculer.

— Non, ça va. Je me sens… plein.

Avec un petit soupir d'aise, Geoff recommença à s'enfoncer, tellement attiré par la chaleur d'Eli qu'il n'était pas sûr de pouvoir s'arrêter. Une petite éternité de plaisir plus tard, ses hanches buttèrent contre le corps d'Eli.

— Geoff, je peux quasiment sentir ton pouls qui bat en moi.

Geoff sourit, et contracta ses muscles.

— Geoff ! Tu danses à l'intérieur de moi…

Geoff se retira lentement, retenu par le corps d'Eli, si serré autour de lui. Eli gémit, d'abord doucement puis plus fort quand Geoff le pénétra de nouveau plus profondément.

— Tu es tellement excitant, tellement sexy, dit Geoff.

— Je m'enflamme, j'ai l'impression d'être en feu... Je brûle pour toi, dit Eli avant de tendre la main pour lui caresser du bout des doigts la poitrine et le ventre. J'ai envie de toi, Geoff. Je veux te sentir.

— Tu vas me sentir.

Geoff maintint le rythme, lent et régulier, lui faisant ressentir chaque coup de reins.

— Tu vas me sentir demain quand tu seras à cheval, quand tu seras en train de marcher, quand tu seras assis à table.

— Mon Dieu...

Eli avait le souffle lourd, profond ; ses pupilles étaient dilatées. Geoff enveloppa son sexe de la main et le caressa au même rythme qu'il lui faisait l'amour.

— *Geoff !*

Il sentit Eli tressauter dans sa main quand il jouit, son corps onduler tandis que Geoff le rejoignait dans l'extase, irrémédiablement attiré par l'étreinte d'Eli qui serrait son sexe comme un étau.

Lentement, avec réticence, Geoff se retira, rompant leur contact intime. Après un nettoyage sommaire, Geoff attira Eli dans ses bras.

— Je t'aime.

Eli se retourna pour l'embrasser.

— Je t'aime aussi.

Ses yeux se fermèrent et il se rendormit bientôt. Geoff ne tarda pas à faire de même.

Il se réveilla ensuite aux bruits de la ferme. Il y avait du mouvement dans la maison. Il se dégagea lentement de l'étreinte de son amant endormi et s'habilla en silence puis quitta la chambre pour le laisser dormir. En bas, Len était dans la cuisine.

— Raine repart demain ? demanda-t-il, servant à Geoff une tasse de café.

Geoff acquiesça.

— C'est quoi le programme pour aujourd'hui ?

— Je ne sais pas. Je pensais qu'on resterait dans le coin. Une promenade à cheval, une journée calme avant le trajet du retour. C'était chouette de l'avoir en visite.

Len sirotait son café.

— Oui, ça se voit. Vous avez l'air de vous être bien amusés tous les trois, dit-il avant de finir sa tasse et de la déposer dans l'évier. Eh bien, bonne journée !

Geoff prit place à table en souriant, savourant son propre café. Un bruit de pas se fit entendre et Eli entra dans la cuisine. Il se servit une tasse.

— Pourquoi tu ne m'as pas réveillé en même temps que toi ?

— Tu dormais si profondément, je n'en ai pas eu le courage.

Eli se pencha pour lui faire un doux baiser.

— Je me suis dit qu'on se la coulerait douce aujourd'hui, et qu'on se ferait peut-être un restaurant ce soir. De la pure détente, dit Geoff.

Eli s'assit précautionneusement sur sa chaise et Geoff lui sourit.

— Tout va bien ?

Eli lui rendit son sourire.

— Je suis un peu endolori, mais c'est une sensation presque agréable, comme si je te sentais encore en moi.

Geoff dissimula son sourire derrière sa tasse de café. Cela lui plaisait beaucoup qu'Eli puisse encore le sentir, et penser que ça allait durer une bonne partie de la journée...

— Bordel, mais comment faites-vous donc pour vous lever aussi tôt tous les jours ? s'exclama Raine avant de bâiller et de se laisser tomber sur une chaise. Nom de Dieu, même le soleil n'est pas encore réveillé.

Geoff se leva pour lui servir un grand café, qu'il lui tendit entre deux bâillements.

— Je nous ai programmé une journée cool aujourd'hui : une petite promenade à cheval, et puis relaxation. Avec un restau ce soir. Nous avons deux ou trois corvées à faire. Tu peux rester ici et te détendre.

Raine opina de la tête, et continua de siroter son café pendant que Geoff et Eli partaient à l'écurie.

Ils passèrent plusieurs heures à nettoyer des stalles, puis rangèrent leurs outils et reprirent la direction de la maison. Ils furent surpris de trouver Raine dehors, appuyé à la barrière de l'enclos, à regarder le poulain et sa mère.

— Quel âge a-t-il, déjà ? demanda-t-il.

— Deux mois environ.

— Qu'est-ce qu'il est beau.

Geoff s'appuya contre la barrière aussi, passant le bras autour de la taille d'Eli.

— C'est Kirk le père.

Ils observèrent le jeune poulain qui gambadait autour de sa mère.

— Je n'aurais jamais pensé que vivre à la campagne pouvait être une chose merveilleuse, déclara Raine avant de faire face à Geoff. Je pensais que tu étais cinglé de quitter Chicago, mais je vois bien que c'est toi qui avais raison. Tu es vraiment heureux ici, et là-bas, tu ne l'étais pas.

Geoff tenta de le contredire, mais Raine l'en empêcha :

— Pas aussi heureux qu'ici.

L'estomac de Geoff gronda, signe qu'il était temps d'aller manger.

Après le repas, ils passèrent l'après-midi à chevaucher et à se détendre jusqu'à ce qu'il soit l'heure d'aller se préparer pour le dîner.

Geoff retrouva Eli et Raine au salon.

— Est-ce que vous êtes prêts, tous les deux ?

— On t'attendait !

Geoff roula des yeux en direction de Raine puis les mena jusqu'au camion. Ils se mirent en route vers la ville, de bonne humeur, heureux d'être ensemble. Geoff allait être triste de voir Raine repartir.

Il traversa la ville avant de se garer près d'un de ses restaurants habituels, un qui avait une belle vue sur le lac. Il donna son nom à l'hôtesse et on les installa à une table près des baies vitrées.

— Geoff, ce restaurant est tellement beau, dit Eli qui ouvrait grand les yeux en regardant autour de lui et il prit le menu que lui tendait la serveuse. Je ne suis jamais allé dans un restaurant aussi raffiné.

Geoff serra brièvement le genou d'Eli pour le rassurer.

— Profites-en et détends-toi, c'est tout.

Eli lui sourit et ouvrit son menu. Leur serveur vint les saluer, leur fit la liste des spécialités du jour et prit leur commande de boissons. Raine et Geoff prirent chacun un verre de vin et Eli demanda un soda.

Ils bavardèrent en riant tout en consultant le menu. Raine fut le premier à poser le sien.

— Je vais prendre la perche, déclara-t-il.

— Je n'arrive pas à me décider entre le saumon et le canard, leur fit savoir Geoff. Et toi, Eli ?

Eli posa son menu sur la table.

— Je ne sais pas vraiment.

Il avait l'air un peu dépassé. Geoff se pencha vers lui.

— Tu veux que je commande pour toi ?

Eli fit non de la tête.

— Je veux seulement éviter de te faire honte en me conduisant mal.

— Ça ne se produira pas, mon tigre. Détends-toi. Profites-en.

Geoff s'approcha encore plus près.

— Tu ne peux pas me faire honte tant que tu te conduis de la même façon que d'habitude. D'accord ?

Eli hocha la tête et reprit son menu.

— Je vais essayer le canard.

— Alors je prends le saumon, dit Geoff.

Le serveur vint prendre la commande, repartit puis revint quelques minutes plus tard, apportant les boissons et leurs salades. Ils discutèrent agréablement. Geoff regardait Eli du coin de l'œil ; il semblait mal à l'aise et peu sûr de lui, comme quelqu'un qui n'est pas dans on élément.

— Eli, regarde là-bas, dit Geoff en lui indiquant une table avec des enfants. S'ils peuvent manger ici et mettre de la nourriture partout, tu n'as vraiment pas de quoi t'inquiéter.

Il lui serra brièvement la cuisse, et Eli sembla enfin se détendre.

Le serveur apporta leurs plats, qui avaient l'air succulents. Eli eut quelques hésitations vis-à-vis de son canard mais en fin de compte il s'en sortit bien. C'était délicieux et nourrissant ; quand on leur proposa du dessert, tous trois refusèrent. Raine se jeta sur l'addition quand elle arriva, et donna une tape sur la main à Geoff qui essayait de s'en emparer.

— C'est le moins que je puisse faire pour vous remercier tous les deux de m'avoir offert des vacances si agréables.

Il tendit sa carte bleue au serveur.

— Merci, Raine, dit Eli.

Après avoir eu l'air si nerveux auparavant, il avait maintenant une mine réjouie et rassasiée.

— Oui, merci… tu n'étais pas obligé de faire ça, dit Geoff.

— Bien sûr que si, dit Raine en signant le reçu. Maintenant, tais-toi.

Ils se levèrent et quittèrent le restaurant en saluant le personnel. Dehors, la nuit tombait à peine quand ils remontèrent la rue jusqu'au camion.

— Eh, bande de tapettes !

Geoff regarda autour de lui.

— Ouais, pédale, c'est bien à toi que j'cause !

Geoff et Raine pivotèrent brusquement pour faire face à trois mecs sur leurs talons.

— On a entendu parler de toi.

C'étaient trois jeunes, avec une dégaine de lycéens faisant partie de l'équipe de football qui venaient tout juste d'obtenir leur diplôme ; Geoff était certain de les avoir déjà croisés en ville.

— Eli, cours vite au camion.

Eli émit un petit cri et détala.

— On sait tout sur toi. C'est lui le gamin avec qui tu couches ?

Geoff ne leur tourna pas le dos, et se mit à marcher à reculons. Les mecs avancèrent ; l'un d'entre eux se saisit de Raine et le serra.

— On en a entendu des belles à ton propos. On dirait que tes proches ne sont pas ravis que tu couches avec des petits garçons.

Le type le plus proche de Geoff le poussa et le fit tomber sur le trottoir. Geoff eut juste le temps de se rouler en boule avant de recevoir des coups de pieds dans le flanc et dans la jambe.

D'autres passants dans la rue s'arrêtèrent. Il entendit quelqu'un dire : "Appelez la police !" puis quelques secondes plus tard, quelqu'un parlait au téléphone.

— Allez les gars, faut qu'on se casse !

Les trois jeunes prirent la fuite en courant.

Lorsqu'il les entendit s'enfuir, Geoff se déroula et essaya de se lever. Il avait mal au côté, mais rien ne semblait cassé. C'est sa jambe qui le faisait le plus souffrir.

— Raine, ça va ?

Les passant qui s'étaient arrêtés avaient aidé Raine à se relever.

— Oui, je crois.

— Où est Eli ?

Geoff avait mal à la jambe et il allait sans doute avoir d'énormes hématomes pendant un temps, mais tout avait l'air de marcher, et sa douleur au côté, Dieu merci, diminuait déjà.

— Je crois qu'il est au camion.

Geoff avisa Eli, debout près du camion, l'air complètement choqué. Une sirène retentit et une voiture de police arriva un instant plus tard, tous feux clignotants.

Les policiers émergèrent de leur véhicule et Geoff leur fit signe. Ils posèrent toutes sortes de questions sur l'incident, et Geoff leur relaya l'accusation dont il était la victime. Bien évidemment, cela ne laissait pas les policiers indifférents et avant de repartir, ils allèrent au camion discuter avec Eli. Après ce qui sembla être des heures, ils furent enfin autorisés à rentrer chez eux. Il demanda à Raine de prendre le volant tendis qu'Eli l'aidait à monter dans le camion.

Le retour fut sinistre. Geoff avait mal partout, et le moral au plus bas. Quand ils arrivèrent à la ferme, Eli et Raine l'aidèrent à descendre du camion et à monter les marches de la maison. Len était au salon.

— Qu'est ce qui s'est passé ?

Geoff se laissa tomber dans un fauteuil et lui raconta l'incident. Eli était assis sur le canapé et ne le quittait pas des yeux.

— Mais pourquoi faire ça ? demanda Len qui avait l'air inquiet.

— Un des gamins a dit que "mes proches ne sont pas ravis que je couche avec des petits garçons". Je pense que quelqu'un a lancé une rumeur selon laquelle j'ai une relation sexuelle avec un mineur.

Len bondit.

— Quelle salope ! s'écria-t-il.

— On ne sait pas si c'est elle, dit Geoff, mais il n'avait pas l'air très convaincu.

— Oui, mais c'est précisément le genre de truc qu'elle est capable de faire. Ragoter en ville partout où elle passe. Merde, elle n'a même pas besoin de mentir. Il suffit qu'elle brode un peu sur la vérité et hop, les commères s'en donnent à cœur joie.

Geoff était trop fatigué pour démêler tout ça maintenant. Il se leva doucement, serra brièvement Raine et Len dans ses bras, et monta en boitant douloureusement dans sa chambre.

Il commença par prendre un anti-douleur, puis il se déshabilla et se mit au lit. Allongé là, il entendait les voix monter du salon, et ses pensées tournèrent vers le souvenir de son père et ensuite vers Eli. Les larmes lui vinrent et il les essuya, refusant de pleurer, mais elles continuèrent de couler. *Peut-être que j'aurais mieux fait de repartir au lieu de m'installer ici. J'aurais dû vendre la ferme quand j'en avais l'occasion. Et s'ils s'en étaient pris à Eli ou Raine ?*

Il s'apitoyait tant sur lui-même qu'il n'entendit même pas la porte s'ouvrir puis se refermer… Mais il sentit soudain Eli l'entourer de ses bras, et l'étreinte provoqua un torrent de larmes.

— Je suis désolé, tellement désolé, s'excusa Geoff.

Il sanglotait si fort qu'il en avait mal partout.

— Tu n'y es pour rien, le calma Eli en le berçant doucement. Allonge-toi.

Eli l'installa confortablement sur les oreillers quand les sanglots se calmèrent, puis il se leva. Geoff s'attendait à ce qu'il parte, mais Eli faisait juste un petit tour à la salle de bains ; il revint très vite et se mit au lit. Il tint Geoff dans ses bras jusqu'à ce qu'il s'endorme.

Geoff passa une très mauvaise nuit. Sa jambe lui faisait mal et il se réveilla de nombreuses fois, mais au moins, Eli était là aussi. Quand il se réveilla le matin, il était seul au lit… Mais il entendit Eli dans la salle de bains. Geoff repoussa les couvertures et regarda son flanc. Sa hanche et son mollet étaient couverts de contusions violet sombre, et sa jambe était douloureuse, pleine de courbatures. Il se leva lentement et enfila un pantalon et une chemise.

Eli émergea de la salle de bains, semblant aussi mal en point que Geoff. Il enfila sa robe de chambre, embrassa Geoff en passant, et partit s'habiller dans sa chambre. Geoff passa à la salle de bains, puis descendit.

Raine était déjà levé et buvait un café.

— Comment va ta jambe ?

— Elle porte toutes les couleurs de l'arc-en-ciel, mais sinon, elle ne va pas trop mal.

Geoff prit place à table et Len lui apporta un café avant de s'asseoir à son tour.

— La police a appelé ce matin. Ils ont trouvé les trois gars qui vous ont attaqués. Ils avaient passé la journée d'hier à boire. Le policier m'a dit qu'ils sont en cellule, inculpés pour violence. Et aussi qu'ils ont avoué les faits, une fois qu'ils avaient dessoûlé, lui expliqua Len avant de prendre une gorgée de son café. L'un d'eux est le neveu de Frank et Penny Winters.

Geoff soupira et se contenta de boire son café. Il n'avait rien à dire.

Raine finit sa tasse.

— Il faut que je me mette en route. Tu m'accompagnes dehors pour me dire au revoir ?

Ils croisèrent Eli qui arrivait au bas de l'escalier, et Raine le serra dans ses bras. Il lui dit quelque chose à l'oreille que Geoff n'entendit pas. Ils allèrent à la voiture.

— Tu as toutes tes affaires ? demanda Geoff.

— Len m'a aidé, tôt ce matin. Écoute. Prends bien soin de toi, et ne te laisse pas abattre, okay ? C'était juste une bande de gamins débiles qui avaient trop bu. Et en plus, il faut que tu t'occupes d'Eli.

Raine soupira quand il vit l'expression de Geoff, et lui donna une tape amicale sur l'épaule.

— Il a tout vu et tout entendu, hier soir, et il se sent encore plus mal que toi. Toi tu as vécu à Chicago, tu as déjà vu ce genre de trucs… Pas lui.

Raine le prit dans ses bras et le serra bien fort.

— Prenez soin l'un de l'autre. Vous vous êtes vraiment bien trouvés…

Il serra une dernière fois Geoff dans ses bras puis prit place au volant, mit le contact, et partit en lui faisant un au revoir de la main.

151

Raine avait raison ; Geoff avait déjà vu ce genre de choses. Il se reprit et retourna dans la maison. Len préparait le petit déjeuner.

— Tu sais où est parti Eli ?

— Il a pris un truc à grignoter et il est parti à l'écurie.

Len lui servit une assiette.

— Mange d'abord.

Geoff opina et partagea un petit-déjeuner sain et nourrissant avec Len. Quand il eut avalé la dernière bouchée, Len le chassa gentiment :

— Maintenant tu peux le rejoindre. Allez, va.

— Merci.

Geoff se rendit à l'écurie, mais il la trouva silencieuse et déserte ; la stalle de Twilight était vide.

— Il a sûrement besoin d'un peu de temps pour réfléchir, dit Len, lui tapotant l'épaule en passant sur le chemin du manège.

Joey l'attendait déjà à la barrière avec un grand sourire, prêt pour sa leçon. Geoff fit demi tour et repartit vers la maison, comme sur pilote automatique.

Au bureau, il démarra l'ordinateur et se mit au boulot. Il fallait mettre certains registres à jour, passer des commandes, relire des contrats immobiliers. Il se força à ne penser à rien d'autre qu'au travail, ne s'arrêtant que brièvement pour un rapide déjeuner sur le pouce. À cinq heures de l'après-midi, il avait fini tout ce qu'il avait à faire. Les registres étaient à jour, le contrat relu, et il avait pris rendez-vous avec le notaire pour finaliser l'achat des terres des Winters.

Il se leva, ressentant chaque courbature, et se rendit à l'écurie. Eli était dans la stalle du jeune poulain, vérifiant son état de santé, travaillant calmement.

— Eli, est-ce que tu as bientôt fini ?

Eli se retourna et Geoff vit que des larmes coulaient sur son visage.

— Oui.

Nom de Dieu, je n'aurais pas dû le laisser seul toute la journée.

Eli ramena le poulain dans son pâturage, les joues toujours baignées de larmes. Geoff s'avança pour le prendre dans ses bras mais Eli l'arrêta d'un geste.

— Je vais bien, Geoff, dit-il avant de s'essuyer le visage du revers de la main et de se reprendre. J'ai fini. Est-ce qu'on peut rentrer à la maison pour parler ?

— Oui. Je crois qu'il le faut, en effet.

Geoff le prit par la main et le mena à l'intérieur de la maison, dans le salon. Il le fit asseoir sur le canapé, s'assit près de lui, et attendit patiemment.

Les larmes d'Eli se remirent à couler, en silence.

— Je ne sais pas comment te le dire…

— Je sais que tu es bouleversé par ce que tu as vu hier soir, et c'est normal.

Eli s'essuya de nouveau les yeux.

— Ce n'est pas seulement ça. J'ai entendu ce qu'ils disaient. Je sais que ta tante a répandu cette rumeur vicieuse, ces mensonges sur nous.

Il renifla, et Geoff voulut le prendre dans ses bras, mais Eli esquiva.

— Dans une communauté Amish, personne ne se fait battre, et on ne répand pas de tels mensonges. On s'entraide, on se soutient les uns les autres.

Il pleurait de plus en plus, et Geoff sentit ses propres yeux s'emplir de larmes.

— Si cette rumeur arrive jusqu'à ma communauté, ma famille sera exclue… Ce sera comme s'ils n'existaient plus aux yeux du reste du groupe. Mon oncle, mon père et ma mère, mes frères et mes sœurs, ils seront tous exclus. Je ne peux pas laisser faire ça.

L'estomac de Geoff se noua.

— Qu'est-ce que tu veux dire ?

Eli lui fit face.

— Je dois repartir. Il faut que j'y retourne, pour le bien de ma famille, dit-il avant de couvrir son visage de ses deux mains et de laisser les sanglots le submerger.

XVI

GEOFF SE rapprocha. Il ne pouvait pas rester là sans rien faire, il fallait qu'il console Eli. Il le prit dans ses bras et Eli se laissa aller contre lui, appuyant sa tête sur l'épaule de Geoff en sanglotant toujours.

— Tu es sûr que tu ne dramatises pas les choses ?

Eli se dégagea de l'étreinte.

— Tu ne comprends pas ! cria-t-il entre deux sanglots. Je t'aime plus que tout, mais je ne peux pas laisser ma famille en subir les conséquences !

Sa colère diminua aussi vite qu'elle était apparue.

— J'y ai réfléchi toute la journée. J'ai su ce qu'il fallait que je fasse dès que je me suis levé ce matin… Tout ce que j'ai fait aujourd'hui, c'est chercher un moyen de te l'annoncer sans avoir à te briser le cœur… pour ne pas que tu ressentes cette souffrance horrible que je ressens.

Ses larmes reprirent de plus belle ; cette fois Eli ne se retenait plus. Il se blottit dans les bras de Geoff, le serrant fort, très fort, tout son corps secoué de sanglots.

Geoff aurait pu dire à Eli qu'il ferait n'importe quoi pour qu'il reste. Il aurait vendu toutes ses possessions et déménagé à l'autre bout du pays, il l'aurait supplié à genoux de rester s'il avait pensé un instant que ça pouvait le convaincre de rester, mais rien n'y ferait. Geoff aimait Eli, du plus profond de son cœur et de son âme, et l'une des choses qu'il aimait chez lui était le fait qu'il soit la personne la plus généreuse et la moins égoïste qu'il ait jamais connue. Comment pouvait-il exiger de lui qu'il change sa nature profonde pour rester à ses côtés ? Il s'aperçut qu'il ne le pouvait pas.

— Tu es tellement, tellement bon, lui dit Geoff en peignant des doigts la chevelure de son amant. Et je t'aime tant.

Les sanglots d'Eli commençaient à se calmer.

— Je suis coincé, il n'y a pas de bonne solution. Si je reste, tu seras à moi, mais ma famille en souffrira et je ne pourrais plus jamais les revoir. Si je m'en vais, j'abandonne la personne que j'aime le plus au monde, mais je ne condamne pas ma famille à l'exclusion de la communauté.

— Mais ils n'ont rien fait du tout.

154

— C'est ça le pire, hein ? Ils seraient coupables par association, et condamnés quoi qu'il arrive. Pas officiellement, bien sûr, mais on les traiterait différemment. Papa est très respecté, c'est un des chefs de la communauté, mais il serait mis à l'écart, toute ma famille serait forcée de vivre en marge. Dans la rue, les gens les éviteraient. Ils iraient acheter leur pain ailleurs. Ils n'achèteraient pas de meubles chez mon père, et ne l'aideraient pas s'il avait une grosse commande à remplir.

Eli regarda Geoff dans les yeux.

— Je ne vois pas d'autre solution, conclut-il.

Le cœur de Geoff se fendait. Il savait qu'il allait bientôt perdre Eli, l'homme qu'il aimait, mais ce qui le faisait souffrir le plus était de voir la douleur d'Eli. Il allait devoir le laisser repartir ; il n'avait pas le choix.

— Quand repars-tu ?

Eli renifla.

— Je devrais partir tout de suite, pour ne pas prolonger toute cette peine et cette souffrance.

— Non ! Tu peux partir demain matin. Je voudrais encore une nuit avec toi, une dernière chance de te tenir dans mes bras, de te faire l'amour... de se dire au revoir. J'en ai besoin pour pouvoir m'en souvenir pour le restant de ma vie.

Eli se leva, essayant de maîtriser ses émotions.

— J'en ai besoin aussi.

Il monta l'escalier en reniflant, et Geoff entendit la porte de sa chambre se refermer. Il hésita à le suivre, mais renonça. Il lui fallait un temps de réflexion... Non, il lui fallait tout sauf ça. Il ne lui restait que quelques heures à passer avec Eli, il allait en profiter au maximum.

Geoff monta à l'étage et frappa à la porte d'Eli.

— Eli... C'est moi.

Doucement, la porte s'ouvrit, révélant des yeux rougis de larmes.

— Viens là, lui dit Geoff en tendant les bras vers lui.

Eli hésita avant d'accepter l'étreinte de Geoff, qui le serra fort. Il ne risquait pas de refuser quoi que soit qui lui permette d'avoir Eli dans ses bras.

— Tout va s'arranger.

— Comment ?

— Je ne sais pas. J'aimerais le savoir. Y a-t-il des choses que tu dois faire avant de repartir ?

Eli fit non de la tête.

— Je n'ai pas grand-chose à emporter.

— Oh.

Geoff se pencha pour embrasser Eli. Il savait bien que chaque baiser pouvait être leur dernier, et il voulait que chaque baiser compte, celui-ci comme les autres. Eli se laissa aller contre lui, et Geoff en profita, savourant ses lèvres sensuelles, sa bouche si douce, avant de s'écarter.

— Je reviens dans une seconde.

Geoff descendit à la cuisine où il prépara un dîner simple, arrangeant quelques petites choses à manger sur un plateau. Il fit un bref détour par le salon puis monta le plateau à la chambre d'Eli. Il frappa à la porte, et Eli lui ouvrit, ne portant que le fameux bikini rose.

Les yeux de Geoff lui sortirent de la tête.

— Qu'est-ce que c'est que ça ?

— Raine me l'a laissé, et je voulais vraiment le mettre, pour toi.

Geoff déposa le plateau sur la commode puis ôta sa chemise et son pantalon, pour se retrouver face à Eli en sous-vêtements.

— Je nous ai pris de quoi manger. Comme ça on est rien que tous les deux.

Ils s'embrassèrent, un baiser tellement brûlant qu'il fit trembler les genoux de Geoff. Il guida Eli jusqu'au lit et l'aida à s'installer confortablement avant d'apporter le plateau, puis le rejoignit, assis sur le couvre-lit. Il avait fait exprès de ne choisir que des choses qui se mangent avec les doigts. Il prit une grappe de raisin qu'il porta aux lèvres d'Eli, grain par grain. Eli fit de même et lui donna des fraises une par une, et Geoff ne manqua pas une occasion de lui lécher les doigts. De la langue, des doigts, des lèvres : peu importait comment il touchait Eli du moment qu'il le touchait. Geoff essayait d'accumuler toute une vie de caresses et d'effleurements en quelques heures.

Quand ils eurent fini de manger, Geoff alla reposer le plateau sur la commode. Debout au pied du lit, il contempla Eli, véritable vision divine, allongé sur le lit dans le minuscule maillot de bain rose qui ne laissait pas grand-chose à l'imagination. Il voulait mémoriser cette image, la graver à jamais dans sa mémoire pour s'en souvenir pour toujours. Puis, lentement, il monta à quatre pattes sur le lit et avança vers Eli. Doucement, avec précautions, leurs lèvres se touchèrent et leurs langues se caressèrent.

Ils n'étaient pas pressés, et ils laissèrent l'excitation monter en eux lentement. Eli gémit de plaisir lorsque Geoff s'allongea sur lui et que leurs peaux se touchèrent enfin. D'une seule main, Geoff déshabilla d'abord Eli, puis lui-même, se pressant contre lui – tout son être réclamait ce contact intime, chaque cellule de sa peau mourait d'envie de se frotter à Eli le plus possible.

Ils firent l'amour pendant des heures, Eli possédant Geoff puis Geoff possédant Eli. De la main, de la bouche, de la langue et des doigts, ils se caressèrent, se savourèrent l'un l'autre… Se donnèrent mutuellement tout ce qu'ils pouvaient désirer, tout ce qu'ils pouvaient s'offrir. Des heures durant, ils s'aimèrent, doucement, lentement, puis plus vite, plus fort – rien d'autre n'avait d'importance. Ils avaient tant besoin l'un de l'autre ; ils s'aimèrent entièrement, sans réserve. C'était leur dernière fois, et ils en profitèrent au maximum, se dévorant, s'emplissant l'un de l'autre ; ils mémorisèrent le moindre muscle, le moindre contour, le moindre goût, la moindre odeur…

Aux environs de minuit, satisfaits et vidés, ils se pelotonnèrent ensemble au milieu du lit et s'étreignirent, conscients que c'était pour eux la toute dernière fois.

— J'ai quelque chose à te donner.

Geoff se leva pour aller à la commode.

— Je voudrais que tu emportes ça avec toi, dit-il à Eli en lui remettant une petite photographie. Len l'a prise peu après mon retour à la ferme.

Eli tendit la main pour saisir le cliché, une larme roulant le long de sa joue.

— Je n'ai rien à te donner…

— Je n'ai besoin de rien.

Geoff éteignit la lumière et reprit Eli dans ses bras. Il hésitait à fermer les yeux, parce qu'il craignait qu'Eli soit déjà parti quand il les rouvrirait. Il se dit qu'il ne pleurerait pas, qu'il allait tenir le coup tant qu'Eli était là. Il aurait tout le temps de s'effondrer une fois que son amant serait parti, et Geoff savait qu'il ne pourrait y échapper… Mais pas en présence d'Eli. Il finit par s'endormir tard dans la nuit, rapidement réveillé par un mouvement dans le lit – mais ce n'était qu'Eli qui se retournait dans son sommeil, et Geoff sombra de nouveau.

Quand il ouvrit les yeux, le soleil se levait à peine. Eli était encore endormi à côté de lui, et Geoff avait peur de le réveiller en bougeant. Il savait qu'une fois qu'Eli aurait repris conscience, ce serait le début de la fin. Il se contenta de respirer calmement en le regardant. Ses lèvres bougeaient tout doucement dans son sommeil ; ses paupières frémissaient parfois. Geoff contempla sa poitrine, si douce, cette étendue de peau immaculée qu'il aimait tant caresser, et son épaisse chevelure sombre. Nom de Dieu. Il ne pourrait plus jamais voir la robe sombre et luisante de Kirk sans penser aux cheveux brillants d'Eli.

Cette pensée le fit presque éclater en sanglots, mais il la refoula et reposa la tête sur l'oreiller. Eli cligna des yeux, révélant leur belle couleur bleue, puis ils s'ouvrirent, et Geoff l'embrassa tendrement. Tout en lui rendant son baiser, Eli se rapprocha et le serra fort dans ses bras. Puis il s'assit, lentement. Tous deux savaient bien que plus ils retarderaient son départ, plus ce serait dur.

— On se retrouve en bas, dit Eli en se glissant hors du lit, quittant la chambre sans un mot de plus.

Un peu plus tard, Geoff sortit à son tour du lit, enfila un jean et une chemise. Faisant de son mieux pour ne penser à rien, il passa à la salle de bains pour se brosser les dents, puis mit ses chaussures et descendit. Eli l'attendait en bas, portant les mêmes vêtements que lorsqu'il était arrivé, ressemblant de nouveau à un jeune homme Amish irréprochable.

— Tu veux que je t'emmène en voiture ?

Eli fit non de la tête.

— Non, je vais marcher.

Geoff opina, paralysé. Il ne savait pas quoi faire. Finalement, Eli s'approcha et le serra dans ses bras, puis leva la tête pour l'embrasser tendrement. Puis il se dégagea, lui tourna le dos, et franchit la porte. Dehors, Geoff entendit les chiens se précipiter vers lui pour quémander des grattouilles, et quelques minutes plus tard, ce furent les pas d'Eli qu'il entendit descendre les marches du porche.

Geoff resta debout là, immobile, pendant longtemps. Il forçait sa respiration à rester régulière, comme s'il n'était pas sûr que ses poumons continuent à fonctionner s'il s'arrêtait d'y penser. Lentement, finalement, il fit demi-tour et remonta l'escalier en traînant les pieds. Sur le palier, il remarqua que la porte de la chambre d'Eli était ouverte. Il sut alors que, dans son esprit, cette pièce resterait à jamais la chambre d'Eli. Il y entra.

Les jeans et les chemises qu'Eli avait portés durant son séjour à la ferme étaient étalés sur le lit, ainsi que le maillot de bain rose et un mot. D'une main tremblante, Geoff saisit la feuille de papier.

Geoff, mon bien-aimé,
Je n'ai rien à te donner d'autre, alors j'ai pensé te
laisser ce mot. Au moment où j'écris ces mots tu es encore

couché dans l'autre chambre, et j'entends encore à mon oreille le doux son de ton souffle.

Je veux en profiter pour te remercier : de m'avoir accueilli, de m'avoir offert un endroit pour vivre, et par-dessus tout, de m'avoir aimé comme tu l'as fait. Tu m'as appris que je mérite d'être aimé, et je t'en serai éternellement reconnaissant. Où que j'aille et quoi que je fasse, je ne cesserai de penser à toi souvent. Je me souviendrai toujours de toi, chevauchant Kirk, filant à travers la prairie comme pour rattraper le vent en personne, et de ton visage quand nous faisions l'amour.

Je ne t'oublierai jamais. Aussi longtemps que je vivrai, quoi que me réserve la vie, tu seras toujours avec moi. Je ne pourrais jamais monter à cheval, apercevoir un champ de fleurs sauvages, ou passer le long d'un pré où paissent des bœufs sans penser à toi, et à l'amour qui nous a unis.

Je t'aimerai à jamais,
Eli.

Quand il vit qu'Eli avait inscrit "Ton Tigre" sous sa signature, Geoff lâcha la feuille de papier. Elle tomba en voletant.

Toute pensée abolie, Geoff retourna dans sa chambre, referma la porte et s'appuya contre elle. Ses genoux cédèrent et il glissa à terre. Il se couvrit le visage des deux mains et ses émotions déferlèrent ; il sanglota sans retenue, tout son corps secoué par la douleur.

Ses larmes taries, enfin, Geoff se releva. Debout au pied du lit, il eut un flash de clairvoyance, et entrevit la réponse à la question qu'il s'était posée le jour où il avait emménagé dans cette chambre.

Fixant le lit – ce lit qu'il avait partagé avec Eli, le même lit que son père et Len avait partagé – il sut, soudain. Il sut avec certitude comment Len et son père avaient passé leur dernière nuit ensemble. Il espérait pour eux qu'ils avaient fait une dernière fois l'amour, mais il ne faisait aucun doute qu'ils s'étaient enlacés, et il avait la certitude que le moment venu, Len avait laissé son père partir, comme Geoff venait de laisser partir Eli.

Il savait qu'ils s'étaient parlé, s'était déclaré leur amour mutuel, dit à quel point ils comptaient l'un pour l'autre. Geoff savait aussi que ce matin-là, ils s'étaient dit au revoir et s'étaient embrassés pour la dernière fois. Il pouvait presque voir, dans son esprit, Len se lever et quitter la pièce, laissant les cachets sur la table de nuit, faisant pour le mieux malgré sa propre douleur.

Il s'était demandé, ce jour-là, comment on peut remercier quelqu'un pour vingt ans d'amour. Il savait comment, maintenant. Même s'il n'avait eu Eli que pour deux mois, il savait. La réponse était tellement simple :

Ce n'était pas la peine.

— Geoff, l'interpella la voix de Len au rez-de-chaussée.

Geoff força ses jambes à marcher, ouvrit la porte et descendit dans la cuisine.

— Veux-tu dire à Eli que son petit-déjeuner est prêt ?

Geoff secoua la tête.

— Eli est parti.

— Parti ? Parti où ?

Geoff fit l'effort de prononcer les mots en espérant qu'il n'allait pas s'effondrer :

— Il est reparti dans sa communauté. Il est parti.

— Mon Dieu, Geoff. Je suis tellement désolé.

Len vint à lui et le prit dans ses bras. Geoff essaya de retenir ses larmes mais il le ne put pas ; elles lui roulèrent le long des joues.

— Merci, Len.

L'étreinte se relâcha et Geoff se laissa tomber sur une chaise, fixant d'un regard vide la nourriture posée devant lui. Il se força à manger quelque chose, lentement, mais il n'avait aucun appétit. Il renonça, repoussa sa chaise et remonta à l'étage. Ses pieds le menèrent droit à la chambre d'Eli.

Lentement, avec précautions, il prit les vêtements empilés sur le lit et les remit dans la commode. Il ramassa la feuille de papier tombée par terre, la plia soigneusement et la rangea dans un des tiroirs. Puis il se ravisa, la reprit, et quitta la chambre en refermant la porte. Dans sa chambre à lui, il ouvrit le petit tiroir qui contenait la lettre de son père, et ajouta la lettre d'Eli dans l'enveloppe.

La fenêtre laissait entrer les bruits ordinaires de la ferme, lui rappelant que la vie continuait malgré son cœur brisé. Geoff fit un gros effort pour reposer l'enveloppe et fermer le tiroir, puis pour redescendre et sortir à l'écurie entamer les corvées de la journée. Il se mit au travail immédiatement, à commencer par le nettoyage des stalles qui en avaient besoin, pour s'occuper. Cette stratégie semblait être efficace jusqu'au moment où il ouvrit la porte de la stalle de Kirk et aperçut l'étalon noir. Des visions d'Eli déferlèrent dans son esprit : ses yeux étincelants, sa chevelure sombre brillant sous le soleil matinal... Geoff referma la porte et repartit sans un mot vers la maison.

XVII

GEOFF SE réveilla à l'heure habituelle, et sourit en palpant le lit autour de lui. Puis il se rendit compte qu'il était seul, et son sourire s'évanouit. La scène s'était répétée toute la semaine. Les toutes premières secondes, il avait oublié qu'Eli était parti, et il était heureux. Ensuite, le restant de la journée représentait un effort. Les choses auxquelles il prenait plaisir d'habitude étaient devenues pénibles. Il continuait à faire une chevauchée matinale, mais sans y prendre plaisir. Il le faisait parce que les chevaux avaient besoin d'exercice et non par désir.

Il repoussa les couvertures, se força à sortir de son lit, s'habilla et descendit à la cuisine. Len était déjà là, et ils discutèrent des tâches du jour en buvant le café.

— Joey m'a demandé si on aurait du travail à lui donner. Je crois qu'il lui faudrait un boulot pour l'été.

— Bien sûr. Embauche-le pour l'été. Il ne sera pas de trop.

Eli étant parti, il leur manquait une paire de mains, et ils allaient avoir des projets supplémentaires une fois que le contrat de vente concernant la ferme des Winters serait signé.

Len lui sourit.

— Je savais que tu dirais ça… Il commence dès ce matin.

Geoff secoua la tête.

— Pourquoi ne pas me dire que tu l'as embauché ? Je te fais confiance. C'est toi le contremaître après tout, dit Geoff avant de finir son café. Il faudrait qu'on se mette à la recherche d'un autre gars à plein temps. Je crois qu'on va en avoir besoin, surtout une fois qu'on aura augmenté l'effectif du troupeau.

— Je m'en occupe.

Len termina son café tandis que Geoff posait sa tasse dans l'évier et sortait. Pour la première fois en une semaine il se rendit directement à la stalle de Kirk. Il l'étrilla et le sella.

— Prêt pour une promenade, mon gars ?

Le cheval était impatient, piaffant dans sa stalle. Geoff finit de le préparer et le fit sortir, puis l'enfourcha.

— Allez mon gars, allons-y.

Il éperonna sa monture, et Kirk partit au galop, comme une flèche. Ce n'était pas la première fois, mais ce matin, la vitesse et le vent commencèrent à lui éclaircir les idées. Il avait passé son temps à résister à l'idée de tourner la page, mais il se rendit compte qu'il le fallait vraiment.

Kirk ralentit en atteignant l'autre côté du pré. Geoff le fit volter et l'éperonna de nouveau. Un deuxième sprint leur fit du bien. Ensuite, Geoff fit ralentir Kirk au trot et ils prirent la direction d'un autre pâturage pour aller jeter un œil au troupeau.

Cette longue promenade avait vraiment fait du bien à Geoff. Après avoir dessellé Kirk, il le mena au manège avant de retourner à la maison. En chemin il croisa Joey qui arrivait.

— Bonjour.

— Bonjour, Geoff ! le salua l'adolescent, visiblement excité à en croire son sourire. Merci pour le boulot ! Je promets de faire de mon mieux.

— Je sais bien, Joey. Qu'est-ce que Len t'a donné pour commencer ?

— Il m'a dit de balayer l'écurie, de nettoyer les stalles et de veiller à ce que la sellerie soit bien organisée, prête à l'usage.

Le sourire de Joey s'estompa quand il se concentra pour bien se remémorer ses tâches.

— Il m'a aussi demandé de décompter la quantité de paille utilisée, pour lui permettre de savoir combien il faut en engranger pour l'hiver.

— Excellent. Nous aurons sans doute besoin de toi aussi pour poser des clôtures dans une semaine ou deux.

Geoff repartit vers la maison, mais se retourna :

— Viens à la maison pour le déjeuner !

— Maman m'a préparé un repas, dit Joey en lui montrant le sac en papier kraft qu'il tenait à la main.

— D'accord, mais tu diras à ta mère que tu manges avec les gars à partir de maintenant.

Ces mots lui valurent un grand sourire. Joey était bon travailleur ; Geoff savait très bien qu'il mériterait tout à fait sa part. De plus, cela serait plus pratique pour sa mère de ne pas avoir à se préoccuper de lui acheter ou préparer le déjeuner.

— Je lui dirai ! s'exclama Joey avant de lui faire un signe de la main en partant vers l'écurie pour se mettre au travail.

La bonne humeur de Geoff fut interrompue lorsqu'il entendit des voix au salon alors qu'il entrait dans la maison. *Qu'est-ce qu'elle fait là ?* Il entra dans la pièce et constata que beaucoup de ses proches s'y trouvaient. Ses trois tantes, l'oncle Dan, ses cousins Jill et Chris ainsi que Len étaient tous installés dans le salon.

— Qu'est-ce que vous faites tous là ? demanda Geoff, ne pouvant s'empêcher de fusiller sa tante Janelle du regard.

— Nous sommes venus partager une bonne nouvelle, dit tante Vicki.

Elle rayonnait, et Geoff cessa de se concentrer sur Janelle pour examiner sa cousine Jill, et plus précisément sa main. Pete s'était enfin décidé à faire sa demande.

— Oh, je vois que le temps des félicitations est venu ! dit-il en serrant fermement sa cousine dans ses bras. Tu as beaucoup de chance.

— Merci ! dit Jill, éclatante de joie.

— J'ai quelque chose à te donner. Attends, je reviens tout de suite.

Geoff monta dans sa chambre pour chercher ce qu'il lui fallait, puis il redescendit au salon.

— Tiens, je tiens à t'offrir ceci en cadeau de mariage.

Il entendit nettement tante Janelle qui retenait son souffle.

— Ça appartenait à ton arrière-grand-mère. Avec sa mère, elles l'ont elles-mêmes réalisée pour son mariage, et puisque tu es la première de notre génération qui va se marier, je pense qu'elle te revient de droit.

Elle prit la courtepointe, les yeux écarquillés par la surprise, et la déplia soigneusement.

— Merci, Geoff.

Elle lui donna une nouvelle accolade puis se rassit pour mieux admirer son cadeau.

Tante Mari changea de sujet.

— Geoff, si nous sommes venus c'est surtout parce que nous nous faisons du souci pour toi. Depuis le départ d'Eli, tu n'es plus le même.

Geoff ne la contredit pas, mais il n'avait pas non plus l'intention de faire semblant d'être heureux. Janelle renifla.

— Je vais bien. Je vais m'en remettre ; ça prend du temps, c'est tout.

Geoff ne pensait pas s'en remettre de sitôt, mais il ne voulait pas l'attrister.

— Si tu veux mon avis, tu es bien mieux sans lui. Maintenant tu peux te trouver une gentille fille et te marier.

Le ton supérieur de Janelle fit le même effet à Geoff que le son désagréable qu'un crissement d'ongle sur un tableau noir. La colère l'envahit, et il se tourna vers elle d'un bloc.

— Un jour, il faudra bien que tu te mettes en tête que je suis homosexuel. Je ne rencontrerai jamais de fille avec laquelle je me marierai et aurai des enfants. Ça n'arrivera pas, un point c'est tout.

Sa colère menaçait de le submerger. Il la retenait depuis plus d'une semaine, et elle refusait de se laisser contenir plus longtemps.

— Et si tu crois que je ne sais pas que c'est toi qui répands des rumeurs en ville, tu te trompes.

— Je dis ce que je pense !

— Tu répands des mensonges, oui. Des mensonges qui nous ont valu une *agression* la semaine dernière.

Geoff entendit des cris étouffés mais il continua dans sa lancée.

— Des mensonges qui ont fait du mal à la personne que j'aime le plus au monde. Quelqu'un de si attentionné et si gentil qu'il a préféré partir pour éviter que *tes* mensonges ne fassent du mal à sa famille !

Geoff s'essuya les yeux et poursuivit.

— Et ça me fait du mal à moi. Un membre de ma propre famille a délibérément répandu des mensonges pour me faire du mal. Eh bien j'espère que tu es contente : ça a marché. Il est parti, et sans lui je suis misérable.

Geoff se tourna pour partir, puis se ravisa.

— Sors d'ici. Je ne veux pas de toi chez moi.

— Quoi ? s'exclama Janelle qui avait de nouveau pris son ton supérieur.

Geoff craqua :

— Je veux que tu dégages d'ici ! cria-t-il en la désignant du doigt. Tu as cinq minutes pour sortir de chez moi, espèce de salope mauvaise et sans cœur, ou bien j'appelle la police !

Il lui montra la porte.

— Dégage !

Janelle se leva.

— Viens, Victoria, on s'en va, dit-elle en se dirigeant vers la porte.

— Je n'irai nulle part. Geoff est mon neveu, et il a raison. Tu es vraiment une salope rancunière, et j'en ai marre de toi.

Janelle avait l'air d'un poisson sur un hameçon, la bouche grande ouverte.

— Et comment je vais rentrer chez moi ?

— On te ramènera quand on sera prêts à partir, dit Vicki en prenant ses aises comme si elle venait tout juste d'arriver.

Geoff regarda sa montre et céda :

165

— Tu peux rester jusqu'à ce qu'ils s'en aillent. Mais je ne veux pas te voir ni t'entendre. Va t'asseoir sur le porche. Peut-être que les chiens viendront te tenir compagnie, s'ils ont pitié de toi. Après ça, je ne veux plus jamais te voir ni te parler.

La colère de Geoff avait fait son temps, et commençait à s'estomper.

— Excusez-moi un moment, dit-il en tournant les talons, puis il quitta la pièce pour aller s'asseoir à la cuisine.

Quelques minutes plus tard, Mari et Vicki prirent place en face de lui.

— Je ne lui demanderai pas pardon, pas la peine de me le demander. Je souffre en ce moment, et c'est en partie de sa faute, dit Geoff.

— Tu t'en remettras, tu rencontreras quelqu'un d'autre. Ce n'est pas la fin du monde.

Il savait que tante Vicki disait cela pour l'aider.

— Ça y ressemble beaucoup pourtant, dit-il en les regardant dans les yeux. J'ai passé beaucoup de temps à Chicago avec beaucoup d'hommes différents. Putain, il m'arrivait même de coucher avec trois ou quatre mecs différents dans la semaine, mais je n'ai jamais ressenti ce que je ressens pour lui.

Elles ne comprenaient pas, donc il essaya de leur expliquer d'une autre manière :

— Est-ce que vous croyez que chaque personne a une âme sœur, une personne qui vous complète d'une façon que vous n'auriez jamais pensé possible ?

Elles opinèrent toutes les deux.

— Eh bien, Eli était mon âme sœur – j'en suis certain. Je le ressens avec chaque cellule de mon corps. Et il est parti. Il est à moins de quinze kilomètres d'ici, et c'est comme s'il était à l'autre bout du monde. Merde, il est dans un autre monde – un monde complètement différent.

Vicki lui prit la main.

— Chéri, c'est lui qui a décidé d'y retourner. Tu le sais bien.

— Je le sais. Il a choisi d'y retourner parce que les rumeurs qu'elle a lancé pouvaient faire du mal à sa famille. Si la communauté apprenait qu'il est homosexuel, toute sa famille serait exclue. Ne comprenez-vous pas qu'il a sacrifié son propre bonheur pour protéger sa famille ?

Deux paires d'yeux troublés le regardaient sans comprendre.

— Il est homosexuel. En partant d'ici, il s'est condamné à vivre un mensonge pour le restant de sa vie. Il se mariera probablement, il aura sans doute des enfants, mais sa femme ne le rendra jamais vraiment heureux, quoi qu'elle fasse, et elle ne saura pas pourquoi, et il ne pourra jamais le lui dire. Je sais bien que je suis malheureux, mais je sais surtout qu'il sera malheureux toute sa vie.

À leurs visages, ses tantes avaient l'air de commencer à comprendre.

— Mon Dieu, il est en prison, dit Mari, la main devant la bouche.

— Et il est condamné à perpétuité, termina Geoff.

Il n'essayait plus de masquer la douleur dans sa voix. Il avait une idée assez claire de la vie misérable qu'allait mener Eli.

— Qu'est-ce qu'on peut faire ?

— Rien. La seule personne qui peut y faire quelque chose c'est Eli, et il a fait son choix. Ça fait mal, mais sa capacité à se soucier des autres est l'une des raisons pour lesquelles je l'aime. Je ne peux pas attendre de lui qu'il se soucie moins de sa famille que de moi.

C'était vrai. Jamais Geoff n'aurait forcé Eli à choisir entre lui et sa famille.

— Il faut que tu tournes la page, dit Vicki.

Geoff fit non de la tête – tante Vicki n'arrivait pas à comprendre. Mais elle faisait l'effort d'essayer, et il lui en était reconnaissant.

— Tante Vicki, si Eli était une femme, est-ce que tu me dirais la même chose ?

Geoff vit presque l'ampoule s'allumer au-dessus de la tête de sa tante.

— Oh mon Dieu. Je… Nous serions là pour toi et nous te laisserions faire le deuil de cette relation.

Avant même que Geoff puisse opiner, elle se levait pour se précipiter vers lui et le prendre dans ses bras.

— Prends tout le temps qu'il te faut. Nous sommes à tes côtés. On se fait du souci pour toi, c'est tout.

— Je sais, et je vous en remercie, dit Geoff en la serrant dans ses bras avant de se lever. Est-ce que vous vouliez faire une promenade à cheval ?

— Pas aujourd'hui, dit-elle en jetant un coup d'œil en direction du porche. Je devrais ramener Janelle chez elle avant qu'elle explose.

— Je pensais tout ce que j'ai dit, insista Geoff en regardant ses deux tantes. Je ne veux plus jamais avoir affaire à elle. Il y a assez de haine et de préjugés dans ce monde, je ne veux pas voir ça dans ma famille, et je n'en veux pas dans ma maison.

— Tu sais qu'elle sera présente au mariage de Jill.

Geoff ne voulait surtout pas créer de difficultés à sa famille.

167

— Tant que vous ne nous placez pas à la même table, tout ira bien, déclara-t-il en leur faisant un clin d'œil.

Elles le serrèrent dans leurs bras avant de rejoindre le reste de la famille au salon.

— Dan, on devrait rentrer. Geoff a des choses à faire.

Tout le monde se leva et, après s'être dit au revoir, s'en alla. La maison redevint calme et silencieuse ; il ne restait que Len, assis dans son fauteuil.

— Je suis allé à la boulangerie ce matin. J'y ai vu Eli.

Une petite lueur d'espoir s'alluma dans la poitrine de Geoff, puis elle s'éteignit aussitôt.

— Comment va-t-il ?

— Je n'ai pas eu l'occasion de lui parler – son oncle était là. Mais il m'a souri. Son oncle m'a reconnu, il m'avait vu quand j'avais amené Eli voir sa famille. Il m'a dit qu'Eli allait bien, qu'il s'adapte tout à fait, et qu'il projette de rejoindre la communauté la semaine prochaine, dit Len en lançant un regard interrogateur à Geoff. Ce sont les mots qu'il a utilisé, mais je ne sais pas ce que ça veut dire.

Les jambes de Geoff tremblèrent puis cédèrent et il s'affala sur le sofa pour éviter de tomber à terre. Ça y est, d'ici une semaine…

— Ça veut dire que la semaine prochaine, Eli va être baptisé et intégrer leur église. Qu'il va prendre la place qui lui revient en tant que membre adulte de la communauté Amish.

Geoff s'attendait à ce que cela arrive tôt ou tard, mais rien que d'en entendre parler, il se trouvait bouleversé. Sa dernière lueur d'espoir venait de lui échapper.

Tous les jours, il avait espéré qu'Eli lui reviendrait, qu'il trouverait un moyen, qu'il changerait d'avis. Il se rendait compte maintenant à quel point c'était ridicule de sa part. Il fallait qu'il tourne la page. D'une façon ou d'une autre, il allait falloir qu'il apprenne à vivre le reste de sa vie sans Eli. Geoff se releva et se retira dans son bureau, refermant la porte sans violence. Il venait de s'asseoir quand on frappa doucement.

— C'est ouvert.

Len entrouvrit la porte et entra.

— Jusqu'à maintenant, je n'ai pas réussi à me forcer à venir dans cette pièce. Elle me rappelait trop Cliff.

Len se tenait debout devant le bureau, et regardait autour de lui.

— Je le vois encore assis là à travailler, à faire des projets, ou en train de fumer un de ses fameux cigares à la fenêtre en espérant que je n'en saurais rien.

La voix de Len était prudente, presque hésitante.

— J'ai eu Cliff pendant vingt ans, et j'ai profité de chaque minute avec lui. Je sais que tu n'as eu Eli que pour quelques mois, mais ça ne rend pas la perte de son amour moins importante ou moins terrible.

Len s'assit, et Geoff regarda cet homme qu'il considérait comme son père partager avec lui sa douleur.

— Je peux te dire que ça s'arrange. Il me manque toujours, et ça ne changera pas. Chaque matin, quand je me réveille, il y a trente secondes où j'ai oublié qu'il n'est plus là, et puis je m'en souviens.

Geoff contempla ce regard qui l'avait vu monter à cheval la toute première fois, qui avait suivi ses matches de baseball, qui avait veillé sur lui lorsqu'il était malade, et il se rendit compte de la chance qu'il avait. Il se leva pour venir prendre Len dans ses bras.

— Papa, je t'aime.

— Papa ?

— Oui. Je pense qu'il est grand temps que j'arrête de t'appeler Len. Tu es mon père tout autant qu'il l'était, et je vais t'appeler ainsi.

Len s'essuya les yeux.

— J'ai eu tant de chance d'avoir deux pères.

Ils restèrent enlacés un instant, reniflant tous les deux dans ce moment de deuil partagé. Puis Len se dégagea et s'essuya de nouveau les yeux.

— Allez, il faut qu'on arrête avant de se mettre à sangloter comme des hystériques à la Sally Field dans Steel Magnolias.

Puis Len s'écria : "I wanna know whyyyy?" et son imitation, quasi parfaite, les fit éclater de rire tous les deux. Puis ils se remirent de leurs émotions et retournèrent au travail, et Geoff fut forcer d'admettre qu'il se sentait un peu mieux.

XVIII

KIRK ET Geoff filaient à travers le pré ; la vitesse et le sentiment d'union avec son cheval lui éclaircissaient les idées. Il s'empêchait de se souvenir combien les chevauchées matinales avec Eli lui manquaient. Il ne pouvait pas se le permettre. Il fallait qu'il mette de côté son chagrin s'il voulait pouvoir tenir la journée. Mais la nuit… oh, la nuit, c'était une autre histoire.

Geoff retint son cheval et bâilla. Il ne dormait pas très bien ces temps-ci. Chaque nuit, dès qu'il s'endormait, il rêvait d'Eli, puis se réveillait terriblement déçu. Deux nuits auparavant il avait rêvé qu'Eli était revenu. Les détails du rêve avaient été si nets, si réalistes, que quand il s'était réveillé, l'absence d'Eli l'avait frappé comme s'il le perdait de nouveau.

— Désolé mon gars. Je ne pense pas avoir été de très bonne compagnie ces derniers temps.

Le cheval hocha la tête de haut en bas comme pour indiquer qu'il était d'accord. Geoff lui tapota le cou gentiment.

— Pas besoin d'acquiescer, tu aurais pu me mentir, dit Geoff.

Kirk choisit cet instant-là pour tourner la tête vers lui et le contempler de ses immenses yeux marron.

— D'accord, d'accord, on rentre.

Geoff lui fit faire demi-tour et l'éperonna pour qu'il se mette au trot.

— Nom de Dieu, voilà que je converse avec un cheval.

Tout en trottant vers l'écurie, Geoff ricana.

Dans la cour, il mit pied à terre et mena le cheval par la bride jusqu'à sa stalle. Après l'avoir dessellé, il le mena au paddock. Dehors, il s'arrêta pour regarder le poulain qui courait et gambadait sous les yeux de sa mère. Princesse s'approcha de lui d'un pas lent. Il lui caressa le nez et lui donna quelques carottes.

Il se détourna en soupirant pour retourner à la maison, et vit la voiture de tante Mari garée devant. Il consulta sa montre par habitude. Il devait se passer quelque chose – il n'était pas encore huit heures. Tante Mari avait beau avoir grandi à la ferme, elle était rarement levée avant neuf heures le weekend.

La porte claqua derrière lui quand il pénétra dans la cuisine en demandant :

— Qu'est-ce qui t'amène par ici à cette heu – ?

Geoff s'interrompit, le souffle coupé en voyant les yeux bleus d'Eli. Sa tante sourit.

— J'ai récupéré un auto-stoppeur en me rendant en ville.

Geoff l'entendait bien parler, mais il n'avait d'yeux que pour Eli. Mari et Len se levèrent, et Geoff eut vaguement conscience qu'ils quittaient la pièce. Dans sa poitrine, son cœur bondit, mais il se retint.

— Tu es là pour une visite, ou bien pour de bon ?

La possibilité qu'Eli revienne pour de bon faisait nettement partie de la catégorie trop-beau-pour-être-vrai. Il pouvait lire de l'incertitude et de l'inquiétude dans le regard d'Eli.

— Si tu veux bien de moi. Je veux dire – j'aimerais rester, mais si tu ne veux pas de moi comme ça, je peux comprendre. Mais quoi qu'il en soit, j'ai besoin d'un travail.

— Si je veux bien de toi ?

Les pieds de Geoff avancèrent sans même qu'il leur en donne l'ordre

— *Si je veux bien de toi ?*

Puis il se trouvait juste là, tout près, attirant Eli dans ses bras pour le serrer fort.

— Je ne te laisserai plus jamais repartir.

La bouche de Geoff s'écrasa sur celle d'Eli, ses doigts glissèrent dans ses cheveux pour rapprocher son visage en un baiser plus pressant, ses bras l'enlaçant étroitement.

— Geoff, je…

Mari ne finit pas sa phrase, mais Geoff l'entendait à peine, de toute façon, et il n'interrompit pas leur baiser pour autant. Tout son être se pressait contre Eli, s'imprégnait de la sensation de son corps si proche, de la douceur de ces cheveux sous ses doigts. Le goût de ses lèvres, l'odeur de sa peau, ses gémissements discrets – tout se combinait pour emplir et bouleverser ses sens, et à cet instant il n'existait rien d'autre à ses yeux. La maison aurait pu prendre feu que Geoff l'aurait à peine remarqué. Eli était là, dans ses bras, il l'embrassait, il l'enlaçait, et c'était tout ce qui comptait.

Le claquement de la porte de derrière le ramena à l'instant présent, et il se dégagea de leur baiser, lentement, regardant Eli droit dans les yeux.

— Est-ce que tu es vraiment revenu ? Ce n'est pas une illusion ? Je ne suis pas en train d'imaginer tout ça ?

— Non, pas d'illusion. Et ce n'est pas ton imagination non plus.

Les yeux d'Eli se troublèrent.

— Je resterai aussi longtemps que tu voudras de moi.

Sa voix était encore un peu nerveuse. Geoff le serra bien fort, se réjouissant de le sentir entre ses bras.

Len entra dans la cuisine d'un pas rapide.

— Je sors pour mettre les gars au boulot sur les clôtures.

Geoff opina de la tête et le regarda par-dessus l'épaule d'Eli, qu'il n'était pas encore prêt à lâcher.

— Est-ce que tu va rester ? demanda Len.

— Oui.

— Très bien, dit Len avant de poser sa tasse dans l'évier. Ne le fais plus jamais souffrir comme ça.

— Je ferais tout ce qui est en mon pouvoir pour que ça n'arrive plus.

Len menaça Eli d'un regard noir, puis se permit un tout petit sourire en coin avant de quitter la cuisine en claquant la porte.

Geoff était partagé entre mener Eli à l'étage pour lui arracher ses vêtements, et découvrir ce qui s'était passé, pourquoi Eli était revenu. Le bruit des gars dans la cour l'aida à choisir, et il lâcha Eli pour le mener dans le salon.

— Je pensais ne jamais te revoir. Non pas que je me plaigne, mais que s'est-il passé ?

Geoff s'assit sur le canapé et fit asseoir Eli près de lui.

— Tout le temps où je n'étais pas là, j'étais misérable. Je pensais à toi dès que je n'étais pas occupé, alors j'ai travaillé le plus possible, dit Eli en s'appuyant contre Geoff, ayant lui aussi besoin de sentir sa présence. Quand je suis arrivé à la maison, tout le monde était très content, on m'a bien accueilli. Au début tout se passait bien. J'étais de retour parmi les miens, tout était familier… Mais tu n'étais pas là.

Eli s'arrêta pour s'essuyer les yeux.

— Je serais incapable de te dire combien de fois je me suis retourné pour te dire quelque chose avant de me rendre compte que tu n'étais pas là. J'ai même prononcé ton nom une ou deux fois ; heureusement que mon père ne m'a pas entendu.

Il fit une pause, puis inspira profondément.

— Papa était tellement heureux de mon retour. Il m'a pris au boulot avec lui, pour que je l'aide à l'atelier, et il a arrangé la date de mon baptême à l'église. Pour lui, j'étais de retour dans la famille et tout était parfait.

172

Geoff opina lentement du chef.

— Len m'a rapporté que ton oncle disait que tu allais devenir un membre adulte de la communauté. Quand il m'a dit ça, j'ai cessé d'espérer. Jusque-là j'avais continué à attendre, je pensais que tu changerais peut-être d'avis, que tu me reviendrais. Mais après ça j'ai cessé d'espérer.

— Je suis désolé.

Geoff secoua la tête en dénégation, incapable de former des mots… il laissa son baiser parler pour lui. Eli l'accueillit volontiers, laissant Geoff le presser contre les coussins du canapé. Geoff pouvait à peine penser. Eli était là, et c'était tout ce qui comptait. Les explications pouvaient bien attendre ; son corps et son esprit réclamaient Eli à grands cris. Il fallait qu'il le touche, qu'il le sente. Geoff se força à se lever et aida Eli à se mettre debout, puis il le mena à l'étage dans sa chambre en le traînant presque.

Il claqua la porte du pied, remarquant à peine le bruit tandis qu'il s'avançait vers Eli comme un chat sur sa proie. Geoff défit les boutons de sa chemise, l'ouvrit, la fit glisser de ses épaules jusqu'au sol. Il avançait sans quitter Eli des yeux. Eli recula jusqu'à ce que ses genoux rencontrent le bord du lit, et Geoff continua d'avancer. Il défit sa ceinture qui tomba avec un bruit sourd. Ses chaussures firent de même, rebondissant au sol en quittant ses pieds. Son pantalon s'ouvrit presque de lui-même, et il se débarrassa du jean d'un coup de pied, complétant la piste qu'il laissait derrière lui.

Eli n'avait pas bougé, suivant le moindre mouvement du regard, et Geoff aurait juré percevoir dans ses yeux la même passion qui l'animait. Atteignant enfin sa proie, Geoff saisit le chapeau qu'Eli tenait encore à la main et le lança au loin, puis attrapa Eli par la chemise pour l'attirer plus près. Leurs bouches s'écrasèrent l'une contre l'autre avec passion ; l'esprit de Geoff était consumé par le désir. Il tira sur le tissu et les boutons volèrent, arrachés de la chemise, avant de rebondir par terre en tintinnabulant. Le tissu se déchira quand Geoff déshabilla Eli, lui ôtant sa chemise pour que leurs poitrines puissent enfin se presser ensemble. C'est seulement à ce moment que son désir prédateur fit place à une passion enfiévrée.

Ses mains ne se lassaient pas du dos d'Eli, le caressant et le pelotant sans répit. Sa poitrine était soulevée de halètements. Les tétons d'Eli, pointés, rigides, lui frottaient le torse.

— Oh oui, grogna Geoff.

C'était exactement ce qu'il voulait.

— Enlève ton pantalon si tu ne veux pas que je le déchire, ordonna-t-il à Eli.

Geoff ne pouvait détacher ses yeux d'Eli pendant que ce dernier défaisait sa ceinture et faisait tomber son pantalon sur ses chevilles, et puis Geoff le plaqua sur le lit. Il retira les chaussures de son amant et tira sur son pantalon pour le lui enlever, avant de le jeter par-dessus son épaule. Il le dévora des yeux en avançant à quatre pattes sur le lit, en faisant glisser ses mains le long de ses jambes et de sa poitrine.

— J'ai rêvé que tu me revenais, toutes les nuits pendant deux semaines. Chaque matin en me réveillant je me demandais où tu étais, pourquoi tu n'étais pas dans mon lit.

Geoff s'arrêta à califourchon sur la taille d'Eli, le maintenant bien en place sur le matelas.

— Chaque matin j'étais heureux pendant quelques secondes, le temps que je me souvienne pourquoi tu n'étais pas là, poursuivit-il.

Geoff prit les poignets d'Eli dans ses mains et les plaça au-dessus de sa tête.

— Tu m'as manqué comme ma main ou mon pied me manquerait. Sans toi, je n'étais plus entier.

Il se pencha en avant pour embrasser l'homme allongé sous lui. Eli frémissait.

— Tu m'as manqué aussi, déclara Eli. À chaque fois que je sentais l'odeur du foin ou que je montais à cheval, je pensais à toi. Quand Len est entré dans la boulangerie, je me suis retenu de toutes mes forces pour ne pas courir vers lui. Quand il est parti, je me suis retenu de crier pour lui demander de m'emmener avec lui.

Les yeux d'Eli brillaient de larmes. L'ardeur de Geoff en fut calmée un instant, et il lâcha les poignets d'Eli pour le prendre dans ses bras et le serrer fort.

— Je ne te laisserai plus repartir comme ça. Je n'ai pas protesté cette fois-ci, mais la prochaine fois je me battrais comme un beau diable.

Geoff l'embrassa à nouveau. Ce fut un baiser moins brutal cette fois, moins possessif, plus aimant. Ses mains glissèrent le long de la poitrine d'Eli, appréciant la sensation de cette peau si douce et chaude ; elles se souvenaient du grain de sa peau, des contours de son torse.

Eli gémit doucement tout en l'embrassant lorsqu'une main caressa son ventre et s'insinua sous la ceinture de son slip. Sous le coton, les doigts de Geoff s'enroulèrent autour de sa verge drue et soyeuse.

— Geoff, Eli geignit, tout en donnant un coup de reins. Personne ne me touche comme tu sais le faire.

— J'espère bien.

Geoff fit monter et descendre sa main lentement, et sentit qu'Eli se raidissait plus encore sous cette caresse.

Eli sourit contre sa bouche.

— Tu sais très bien ce que je veux dire.

Geoff savait, en effet, mais il aimait néanmoins à l'entendre. Utilisant ses doigts, il fit glisser le tissu plus bas sur les hanches d'Eli, afin qu'il enlève son slip. Puis il ôta son propre caleçon et le lança au loin. Le corps d'Eli, son érection frottant contre la sienne, lui donnait la sensation de rentrer à la maison. Voilà ce qui lui avait tant manqué : cette proximité, cet amour. Maintenant qu'il avait un peu repris ses esprits, il sentait presque son cœur soupirer de soulagement.

Geoff fit courir ses lèvres sur Eli, retrouvant son odeur et son goût : la sensation de ses tétons si drus, son ventre plat, l'odeur enivrante à l'approche de son sexe. Il fit glisser sa langue le long de sa hampe et la fit tournoyer autour du gland ; la saveur intime d'Eli lui emplit la bouche. Il en voulait plus, encore, il n'en pouvait plus. Il ouvrit grand la bouche et engloutit Eli profondément en un seul geste.

— Geoff, mon Dieu !

Geoff sourit tout en bougeant la tête de haut en bas, ses lèvres glissant le long de la verge d'Eli ; il écoutait avec attention la musique délicieuse qui émanait de son amant. Cela le fascinait et l'excitait énormément qu'Eli produise ces sons en réponse au plaisir qu'il lui procurait. Personne n'avait jamais entendu ces bruits-là sortir de la gorge d'Eli – personne sauf Geoff. La mélodie se faisait plus pressante, et Geoff recula, laissant Eli reprendre son souffle.

— Pas encore, mon tigre. Je vais te faire attendre.

Ça lui valut un gémissement plaintif, et un instant plus tard Eli renversait leurs positions sur le lit : son tigre prenait ce qu'il voulait. Le poids d'Eli enfonçait maintenant Geoff dans le matelas, et ce n'était pas ce dont il avait envie, pas tout de suite.

— Relève-toi, mon tigre.

Eli bougea, et s'assit à califourchon sur les hanches de Geoff. Ce dernier glissa les mains sous les fesses d'Eli et le souleva puis le tira plus près, jusqu'à ce qu'il soit assis sur sa poitrine. Il l'encouragea à s'allonger en arrière et attira ses hanches vers lui. Geoff tendit le cou et donna un coup de langue à l'orifice d'Eli. La musique se remit en route sans plus attendre tandis qu'Eli remuait pour se rapprocher encore. Geoff y mit les doigts aussi, écartant la peau plissée tout en jouant de la langue.

— Oh, ça m'a tellement manqué. Tu m'as manqué tout le temps, gémit Eli.

— Je sais, mon tigre. On va rattraper le temps perdu.

Geoff contemplait avidement la peau plissée qui pulsait quand il soufflait dessus. Les plaintes érotiques d'Eli montaient de son corps alangui sur celui de Geoff. Il lui caressa le ventre d'une main tout essayant de le rendre fou de désir avec les doigts de l'autre.

— Geoff, j'ai envie de toi… Je n'en peux plus.

Ça se voyait ; au-dessus de lui, Eli vibrait d'impatience, son corps tremblant, et gémissait de plus belle.

— D'accord, mon tigre.

Geoff humidifia un de ses doigts et l'enfonça profondément. Le corps de son amant l'attirait avidement, le brûlant presque tellement il était chaud. Eli se trémoussait autour de cette intrusion, en demandant plus sans un mot, et Geoff lui offrit un second doigt qu'il aspira immédiatement, jouant des hanches avec plaisir.

— Geoff, j'ai besoin de toi, je te veux tellement. Je veux ton sexe.

— Dans une seconde, promis. Je veux juste vérifier que tu es bien prêt.

Mais Eli se retira lui-même des doigts de Geoff et s'assit. Il cracha dans sa main pour lubrifier l'érection luisante de Geoff puis se mit en position et descendit sur lui, l'engloutissant d'un seul mouvement.

— Oui ! s'écria Eli quand il fut enfin assis sur les hanches de son amant.

Geoff crut que sa tête allait exploser. Toutes ses terminaisons nerveuses étaient en pleine surcharge sensorielle. Putain, qu'est-ce que c'était sexy quand son tigre prenait ce qu'il voulait sans demander.

Geoff se mit en mouvement mais Eli l'arrêta d'un geste.

— C'est moi le tigre.

Il se souleva puis redescendit brutalement.

— Elijah–

Geoff ne respirait plus, le souffle coupé, et il s'était à peine remis qu'Eli recommença, lui coupant de nouveau le souffle.

— Mon tigre–

— Oui, exactement, dit Eli en se soulevant de nouveau. C'est moi le tigre, c'est moi qui commande, déclara-t-il, puis il redescendit d'un coup. Je t'aime, Geoff. Tu m'appartiens !

Cette fois, il serra Geoff de toutes ses forces avant de se mettre à le chevaucher comme s'ils étaient poursuivis par tous les chiens de l'enfer. Geoff essaya bien de parler, de gémir, mais il ne pouvait que s'accrocher et laisser Eli faire ce qu'il voulait. Il sentait la pression monter en lui. Il souleva la main pour masturber le sexe d'Eli.

— Jouis, mon tigre. Je veux te voir jouir sur ma queue.

Les yeux d'Eli se plissèrent et son rythme devint irrégulier. Il cria et éjacula sur le ventre de Geoff. La pression qui pulsait autour de lui, les muscles d'Eli qui le serraient, poussèrent Geoff à l'orgasme et il bascula dans l'extase, profondément enfoui dans son amant, des étincelles derrière ses paupières.

Lentement, Eli se souleva et se retira, les faisant geindre tous les deux quand Geoff glissa hors de lui. Après un nettoyage rapide ils s'allongèrent ensemble, enlacés, leur besoin le plus urgent maintenant satisfait.

— Je croyais que je t'avais perdu à jamais. Qu'est-ce qui t'a fait revenir? demanda Geoff.

Eli avait la tête sur son épaule et traçait des cercles du doigt sur sa poitrine.

— En fait, c'est ma mère.

Geoff tourna la tête pour le regarder dans les yeux. Il n'en croyait pas ses oreilles.

— Elle m'a pris à part hier et m'a dit qu'elle voyait bien que j'étais malheureux. Elle m'a demandé si j'avais rencontré quelqu'un au-dehors, et il n'y avait pas moyen que je lui mente… Alors j'ai dit que oui.

— *Alors pourquoi es-tu revenu ? lui avait demandé sa mère en faisant sa couture.*

Eli avait baissé la tête, incapable d'expliquer vraiment.

— *Le monde des Anglais est dur, cruel.*

Elle répondit sans interrompre son travail.

— *Je sais qu'il peut être cruel, mais tu as rencontré l'amour, et c'est quelque chose de trop précieux pour y tourner le dos, dit-elle avant de reposer sa couture. Tu es malheureux, et même si je ne veux pas que tu t'en ailles, je veux, comme toute mère, que mes enfants soient aussi heureux que possible.*

Elle regarda autour d'elle pour vérifier que personne d'autre ne l'écoutait.

— *Il faut que tu y retournes. Une fois que tu auras prononcé tes vœux et que tu seras baptisé, tu seras prisonnier pour le reste de ta vie.*

Eli tenta de protester, mais elle le fit taire.

— Mon frère aîné était comme toi, dit-elle, souriant à ce souvenir. Il est parti pour son année au-dehors, comme toi, puis il est revenu, cachant sa véritable nature. Il a rejoint la communauté, s'est fait baptiser, s'est marié. Il a passé le reste de sa vie misérable. Ton père pense que c'est parce que le démon l'habitait.

Elle secoua la tête lentement.

— Loin de moi l'idée de contredire ton père, mais je sais que c'était parce qu'il avait trouvé son bonheur au-dehors et qu'il lui a tourné le dos. Il a regretté sa décision jusqu'à sa mort.

Elle essuya une larme.

— Que dois-je faire ? lui demanda Eli.

— Sois honnête avec ton père, comme tu l'as toujours été. Dis-lui ce que tu ressens, et demain matin, tu partiras. Il sera sans doute en colère un moment, mais il s'en remettra.

Elle déglutit.

— Après demain, il sera trop tard.

Geoff se rapprocha, serrant son doux amant dans ses bras.

— Qu'est-ce qu'il a dit quand tu lui as parlé ?

— Pas grand-chose. Il a eu l'air déçu, mais il a aussi eu l'air de comprendre. Peut-être que Maman lui avait parlé avant. Je ne suis pas sûr. Il m'a dit qu'il voulait que je revienne leur rendre visite, donc je crois que tout ira bien.

— Je sais que tu ne pourras jamais leur parler de nous.

Geoff était triste de penser qu'Eli allait devoir cacher sa véritable personnalité à sa famille.

— Mais si quelqu'un le découvre ? demanda-t-il.

— On s'inquiétera de ça le moment venu, si ce moment arrive, dit calmement Eli. Maman m'a aidé à prendre conscience qu'il faut que je sois honnête avec eux, comme je le suis avec moi-même. Être honnête avec moi-même, ça veut dire être ici, avec toi. De toute façon, avec le temps qui passe, ma présence dans la communauté va s'estomper. Ils continueront à vivre sans moi.

Geoff tourna la tête pour l'embrasser tendrement.

— Non seulement tu es l'homme le plus gentil, doux et généreux que j'aie jamais connu, mais tu es aussi le plus courageux.

— Mais non, pas du tout.

— Bien sûr que si. Il faut beaucoup de courage pour tout abandonner au nom de l'amour.

Eli avait abandonné sa famille et la seule vie qu'il ait connu pour Geoff. Il espérait qu'il serait à la hauteur.

— Je n'ai rien abandonné, dit Eli en roulant sur le flanc. Bien au contraire : j'ai tout ce dont j'ai besoin, puisque je t'ai, toi.

Geoff lui fit face.

— Alors on a de la chance tous les deux, d'appartenir l'un à l'autre.

Il s'approcha de lui pour l'embrasser à nouveau et le pressa contre lui ; son corps réagit immédiatement à ce contact. Eli l'arrêta gentiment.

— Il faut que je me mette au boulot. Je ne veux pas décevoir le patron…

— Je le connais ; il peut être sacrément chiant parfois.

Eli se leva, ses pas étaient hésitants.

— Je le sais bien.

Geoff tenta de lui donner une tape sur les fesses mais Eli l'évita facilement et ramassa ses vêtements en riant. Il montra à Geoff sa chemise.

— Je pense que je ne vais pas pouvoir remettre ça.

— J'ai rangé tes vêtements dans la commode, dans ton ancienne chambre.

Geoff enfila son pantalon et boutonna sa chemise.

— Ancienne chambre. Tu ne veux pas de moi ici ? Mais je croyais quei–

— Eli, je te veux ici, avec moi, dans cette chambre. Quand je t'ai demandé si tu restais, je voulais dire ici, dans cette chambre, dans ce lit, pour toujours.

Eli lui sourit et lui bondit dans les bras.

— Oui ! Oui ! Oui !

Ils s'embrassèrent de nouveau, et malgré leurs efforts préalables pour l'éviter, leurs vêtements se retrouvèrent de retour par terre. Les corvées, le reste du monde pouvaient bien attendre – pour l'instant, ici, il n'y avait rien qu'eux deux.

ÉPILOGUE

GEOFF SE réveilla tôt, très tôt. Il avait du pain sur la planche et il ne voulait pas qu'Eli soit au courant. Il sortit du lit délicatement, alla doucement à la salle de bains où il avait caché ses vêtements. Il réussit, Dieu sait comment, à s'habiller dans le noir sans se casser la figure. Puis il rouvrit doucement la porte, traversa la chambre sur la pointe des pieds et s'éclipsa. Il descendit l'escalier précautionneusement et enfila son pantalon de neige, ses bottes, ses gants, son bonnet et son manteau. Emmitouflé comme un Inuit, il traversa le plus silencieusement possible la cour enneigée pour se rendre à l'écurie.

Geoff alla tout droit à la sellerie et retira une partie du cadeau de Noël d'Eli qu'il déposa près de la porte pour ne pas l'oublier en partant. Puis il passa de stalle en stalle, emplissant les mangeoires de foin, vérifiant le niveau des abreuvoirs. De chaque stalle, une longue tête royale le contemplait. Pendant des années, la partie écurie de la grange s'était trouvée plus grande que nécessaire : la ferme n'avait tout simplement pas besoin de vingt chevaux. Mais depuis qu'Eli s'était mis à enseigner l'équitation avec l'aide et la bénédiction de Len, Geoff et lui avaient décidé de peupler quatorze stalles avec des chevaux locataires, les montures de ses élèves. Ils n'avaient que brièvement fait de la publicité, mais le bouche à oreille avait très bien fonctionné dans le milieu équestre, et Eli avait réputation d'être un excellent professeur d'équitation. Après deux mois seulement, ses classes étaient déjà pleines et il avait une liste d'attente.

Petit à petit, Geoff se réchauffa en travaillant, et il finit par enlever son manteau. En une heure il avait abreuvé et nourri toutes les bêtes. Il visitait chaque stalle, donnant à chaque bête une carotte, vérifiant que tout allait bien. Ensuite il vérifia que les deux bouvillons avaient à boire et à manger, eux aussi. Joey s'acquittait fidèlement de sa tâche et ils grandissaient bien, mais Geoff avait tout spécialement demandé à Joey de ne pas venir aujourd'hui.

En dernier lieu, il s'arrêta à la stalle du poulain. Il était éblouissant, et il y en aurait bientôt deux autres : sa mère ainsi que Twilight étaient toutes les deux pleines de poulains de Kirk. Geoff espérait que l'un des

180

deux hériterait de la robe d'un noir profond de l'étalon. Il vérifia que toutes les portes des stalles étaient bien fermées avant de retourner à la maison, emportant sa surprise.

Traversant la cour enneigée, il s'arrêta au milieu et prit le temps de contempler les alentours. Ces derniers mois avaient été heureux et malheureux à la fois. La perte de son père l'avait bouleversé, mais sans elle il n'aurait jamais rencontré Eli. Quelle pensée douce et amère, vraiment. Le rachat des terres de Winters s'était déroulé sans heurt. Frank avait déjà planifié les cultures de l'année à venir pour toute la superficie, et ils avaient commencé à faire des projets pour les années suivantes. Il s'était même mis à bricoler de-ci de-là dans la grange, donnant un coup de main pour des réparations. Il existait aussi une possibilité de rachat de quelques champs à foin, mais ce serait pour plus tard. La ferme était prospère, et la plus grande partie de l'argent dépensé pour le rachat récent de terres avait déjà été remplacé. La vie était belle, indéniablement.

Geoff commençait à sentir le froid malgré toutes ses couches de vêtements, et il se remit en route vers la maison. Il ramassa une brassée de bois avant d'entrer par la porte de derrière.

La maison était encore silencieuse. Il déposa le bois près du fourneau et entreprit d'ôter ses vêtements d'extérieur. Du placard du fond de la buanderie, il retira le reste des cadeaux de Noël et les plaça sous le sapin. Avec un sourire de conspirateur il remonta ensuite à l'étage, se déshabilla et se remit au lit.

Eli s'enroula autour de lui mais se recula soudainement.

— Eh ben dis donc, où tu t'es fourré ? Je refuse de faire des câlins à un glaçon.

— Ce glaçon vient de nourrir et d'abreuver tous les chevaux pour que tu puisses rester au lit ce matin.

Eli l'embrassa précautionneusement.

— Merci, mais ne me touche pas avec tes membres tout froids.

Eli voulut mettre de la distance entre eux, tombant presque du matelas quand Geoff essaya de lui caresser les fesses.

— Arrête ça ! Tu es trop glacé.

Geoff se poussa.

— C'était pas vraiment froid… dit-il en attrapant et en attirant Eli contre lui. Ça c'est froid.

Eli frissonna et tenta de se dégager, mais Geoff le tenait fermement.

— Tu es bien chaud, c'est agréable.

Eli lui donna une tape.

— Et toi tu es méchant.

Mais il se laissa faire et se détendit petit à petit, se rapprochant encore à mesure que Geoff se réchauffait.

— Seulement, ne me touche pas avec tes pieds glacés.

— Je t'aime trop pour te faire ça.

Geoff lui-même avait l'impression que ses pieds étaient des glaçons.

— Joyeux Noël, mon tigre.

Il blottit son nez dans le cou d'Eli, et suça gentiment sa peau si chaude.

— Joyeux Noël, dit Eli en roulant sur le flanc pour se presser encore plus contre lui. Je t'aime.

Eli se mit à mordiller son oreille.

— Est-ce que c'est l'heure des cadeaux ?

Avant même que Geoff ne puisse réagir, Eli avait sauté du lit et il courait à la salle de bains en riant comme un gamin. Secouant la tête, Geoff se leva et enfila chaussettes et survêtement, puis il descendit au rez-de-chaussée.

Eli s'était quelque peu déchaîné avec les décorations de Noël. Il y avait des rameaux de pin suspendus partout. La maison toute entière sentait la forêt. Eli n'avait jamais eu de sapin de Noël auparavant, et Len l'avait emmené avec lui lorsqu'il était allé en choisir un à couper. Len rapporta qu'Eli avait insisté pour qu'il prenne celui-là, dont la cime touchait le plafond. Geoff brancha les décorations lumineuses et prit du recul. Sur l'instance d'Eli, ils n'avaient utilisé que des décorations faites maison, et ils avaient passé de nombreuses soirées à fabriquer des étoiles en papier, à peindre des objets en bois et à faire des guirlandes de pop-corn et de canneberges. Geoff se retourna pour regarder Eli descendre l'escalier.

— Je pensais que tu avais été un peu trop loin, mais c'est le plus bel arbre de Noël que j'ai jamais vu.

Il était époustouflant, couvert des décorations qu'ils avaient fabriquées ensemble.

Eli se laissa enlacer.

— Qui vient pour le repas ?

— Tante Mari, tante Vicki et sa famille, ainsi que Frank et Penny Winters.

— Je devrais plutôt poser la question la plus importante : qui s'occupe de cuisiner pour tout ce monde ? Ne prétends pas que c'est toi.

Geoff rit.

— Tante Mari et tante Vicki s'en chargent. Enfin, pour la majeure partie, sans compter toute la pâtisserie que tu nous as concocté ces derniers jours.

Eli avait embaumé la maison de l'odeur délicieuse des petits gâteaux en train de cuire, du pain frais, même des bonbons – assez de gâteries pour faire fondre le plus endurci des cyniques.

— Tu as vraiment rendu ce Noël spécial. Je sais que c'est dur pour toi d'être loin de ta famille…

— Ma famille, c'est toi. Et oui, ce Noël est vraiment très spécial, c'est vrai.

Ils s'embrassèrent tendrement dans la lumière tamisée des guirlandes clignotantes.

— Tu es si joli, si séduisant. Je t'aime tant, déclara Geoff en lui penchant doucement la tête en arrière et en l'embrassant encore.

Leurs corps se pressèrent l'un contre l'autre spontanément, comme une évidence. Geoff fut tenté – ne serait-il pas merveilleux de faire l'amour au pied de leur arbre de Noël ? Mais Len allait bientôt descendre de sa chambre.

— Est-ce que tu veux ton gros cadeau maintenant, ou bien plus tard ?

— Qu'est-ce que tu as manigancé ? demanda Eli, ce à quoi Geoff répondit par un sourire en coin et un haussement d'épaule. Je crois que je vais attendre.

Geoff mit une autre bûche dans le fourneau et passa à la cuisine pour mettre la cafetière en route et commencer à préparer le petit-déjeuner. Comme il l'avait prédit, Len fut attiré par l'odeur alléchante et arriva bientôt en bâillant.

— Qu'est-ce que vous avez donc, tous les deux, à vous lever avec les poules même un jour de congé ? dit-il dans un autre bâillement. Tu es pire que quand tu étais gamin.

— C'est Noël ! répondirent Geoff et Eli à l'unisson, et ils se mirent à rire.

Len se contenta de secouer la tête et d'aller à la cuisine se servir une tasse de café fumant. Il s'installa dans son fauteuil tandis que Geoff et Eli, près du sapin, distribuaient les cadeaux. Eli fut le premier, tendant à Geoff une boîte bien enveloppée. Geoff défit le papier et eut le souffle coupé. C'était un magnifique assortiment d'accessoires de bureau en bois, visiblement fabriqués par Eli lui-même.

— Merci, dit Geoff en serrant Eli dans ses bras.

— J'ai pensé que tu pourrais t'en servir quand tu fais la comptabilité.

Geoff tendit à Eli le paquet qu'il avait apporté de l'écurie un peu plus tôt.

— Ceci est pour toi, de la part de Papa et moi, dit Geoff en jetant un œil vers Len et sourit.

Eli ouvrit son cadeau et les regarda tous les deux, perplexe.

— Désolé, mais je ne comprends pas…

Geoff lui expliqua :

— C'est une plaque sur laquelle on inscrit un nom, comme celles qu'on met sur les stalles.

— Oui, je sais bien, mais pourquoi est-ce qu'il y a "Tigre" d'inscrit dessus ?

Geoff se pencha vers lui :

— Je sais bien que je t'appelle mon tigre, mais qu'y a-t-il d'autre à la ferme qui s'appelle ainsi ?

Eli ouvrit grand les yeux.

— Tu m'offres le poulain ?

Eli s'assit par terre, une larme roulant sur sa joue.

— Joyeux Noël.

Eli se releva d'un bond et serra brièvement Len dans ses bras avant de se précipiter dans ceux de Geoff pour le serrer fort.

— Merci.

— Mais de rien, mon chéri.

Len se leva pour finir de préparer le petit déjeuner. Geoff et Eli le rejoignirent quelques minutes plus tard.

APRÈS LES festivités, le grand repas de midi, et la foule familiale rassemblée sous leur toit, le calme de la fin d'après-midi était le bienvenu.

— Merci pour ce Noël fabuleux, dit Eli qui contemplait le sapin brillant de mille feux. Où Len a-t-il dit qu'il allait ?

— Chez Chris, pour quelques heures.

Eli se rapprocha.

— Ça te fait quoi, qu'il se soit mis à sortir avec quelqu'un ?

— Je suis très content pour lui. Il a traversé une période vraiment difficile avec le cancer de Papa, et s'il se sent prêt à faire de nouvelles rencontres, ça me réjouit. Et puis Chris est un type super, qui a l'air de vraiment l'apprécier. Pour tout te dire, je suis tellement amoureux que j'ai envie que le monde entier soit amoureux aussi.

Geoff avait embauché Chris à la fin de l'été. Len et lui s'étaient tout de suite bien entendus, mais ils ne sortaient ensemble que depuis un mois.

— Papa m'a dit qu'il veut y aller doucement.

Eli se blottit contre Geoff.

— C'est ce qu'il dit, mais je vois bien la manière dont son visage s'illumine quand ils sont ensemble.

Eli lui sourit. Oh, Geoff connaissait très bien cette réaction dont parlait Eli ; il avait vu le visage de son propre amant s'illuminer souvent ces derniers mois.

— Regarde, dit Geoff en pointant la fenêtre du doigt.

Il s'était mis à neiger doucement sur fond de crépuscule.

— C'est tellement beau... poursuivit-il.

Ils se tinrent enlacés, debout, à regarder la neige tomber. Bientôt ils s'embrassaient, lentement, intensément.

— J'ai un cadeau de plus à t'offrir, mais il est un peu différent cette fois-ci. C'est un projet sur lequel on pourrait travailler tous les deux.

Eli le dévisageait. Geoff poursuivit.

— Frank a une vieille carriole dans son garage. Il y a du boulot, et j'ai pensé qu'on pourrait s'y mettre ensemble. Il faudra aussi dresser un cheval pour la tirer... ça pourrait être fun.

Eli écarquillait les yeux.

— Elle est toute simple ?

Geoff fit non de la tête.

— Non, elle est décorée : noire, avec des volutes dorées et des coussins rouges. Il y a vraiment beaucoup à faire, mais je me disais qu'on pourrait l'emmener à la foire l'an prochain, si on a fini à temps.

— Tu es si bon avec moi, dit Eli en se rapprochant encore plus de lui, ce qui n'était pas une mince affaire. Oui, bien sûr, j'adorerais travailler sur ce projet avec toi. Quand est-ce que je peux la voir ? demanda-t-il, ses yeux brillants d'excitation.

— On ira la chercher demain, avec le camion.

Dehors la lumière du jour faiblissait, et la pièce s'assombrit, illuminée seulement par le sapin de Noël.

Eli mena Geoff au canapé, et lorsqu'il se fut assis, prit place à califourchon sur ses genoux. Il le pressa contre les coussins et s'empara de sa bouche pour un baiser passionné.

185

— Je t'aime.

Geoff laissa aller sa tête en arrière tandis qu'Eli saisissait l'ourlet de son sweat-shirt et tirait vers le haut pour le lui enlever.

— Je t'aime aussi, mon tigre. Plus que quiconque, plus que tout.

Il sentit qu'Eli frissonnait à ses mots. Il continua :

— Pendant les deux semaines où tu n'étais plus à mes côtés, je m'étais renfermé sur moi-même, j'avais bloqué toute émotion, toute pensée – je ne voulais que toi.

Eli se releva, ôta sa chemise et baissa son pantalon. Sans un mot, il donna à Geoff une tape sur la hanche, et Geoff se souleva pour qu'Eli puisse lui enlever son survêtement. Puis Eli revint s'asseoir sur ses cuisses, et Geoff put apprécier la sensation de sa verge dure et brûlante se frottant contre son ventre.

— Je ne veux plus jamais vivre sans toi, poursuivit-il pendant que les mains d'Eli parcouraient tendrement sa poitrine. J'ai besoin de toi comme j'ai besoin d'air.

Geoff caressa les épaules d'Eli et fit glisser ses mains le long de son dos avant de saisir ses fesses si fermes. Leur baisers se firent plus pressants, plus implorants. Leurs mains, affamées de contact, devinrent avides. Geoff attira Eli à lui, poitrine contre poitrine, peau contre peau. Eli geignit doucement quand Geoff insinua la main sous lui et effleura du bout des doigts son orifice.

— Geoff, oh, tes mains – j'en veux, plus.

Geoff approcha une main des lèvres d'Eli et lui glissa deux doigts dans la bouche. Eli les aspira profondément, suçant fort, faisant tournoyer sa langue autour. Puis Geoff retira ses doigts de la bouche de son amant pour les presser contre l'orifice de ce dernier, le titillant d'un mouvement circulaire. Eli gémit lorsque Geoff enfonça son doigt en lui lentement, d'abord une phalange, puis deux.

— Tu aimes ça mon tigre ?

Geoff, lui, adorait ça. À chaque mouvement de son doigt, Eli frétillait sur ses genoux, son corps brûlant et sa verge drue frottant contre la peau de Geoff.

— Oui, oh, vas-y.

Eli jeta sa tête en arrière et se cambra, se tenant aux épaules de Geoff. Ce dernier ajouta un doigt de plus et les écarta une fois à l'intérieur de son amant, effleurant délibérément la zone si sensible qui faisait vibrer et gémir Eli.

186

— C'est ça que tu veux ? demanda Geoff, ce à quoi Eli acquiesça alors que ses yeux se fermaient. Et ça, qu'est-ce que tu en dis ?

Geoff pivota la main, ses doigts tournant en profondeur, et Eli trembla entre ses bras, la peau parcourue de frissons.

— Geoff, j'ai besoin de toi, vite.

Eli entoura le cou de Geoff de ses bras, le pressant fort contre lui pendant que Geoff continuait de jouer de son corps comme d'un instrument de musique.

— Je sais, mon amour.

Doucement, Geoff retira ses doigts et se pencha pour saisir le flacon au sol. Une fois lubrifié, il s'enfonça lentement dans son amant. Le visage d'Eli s'illumina alors que Geoff se glissait en lui, les unissant l'un à l'autre.

— Tu es tellement beau comme ça. J'adore te sentir autour de moi, dit Geoff avant de donner un coup de reins profond.

Eli rejeta la tête en arrière avec un cri quand Geoff l'emplit ainsi, puis se retira pour recommencer plus profond encore. Geoff adopta un bon rythme ; Eli lui rendait coup de reins pour coup de reins, synchrone. Leurs bouches se trouvèrent, un baiser enflammant leur passion d'autant plus.

— Geoff… Je t'aime.

— Moi aussi, mon tigre, je t'aime.

Eli le prit par surprise en se soulevant haut pour retomber sur lui fort, profondément, avant de recommencer.

— Je ne vais pas tenir longtemps si tu continues comme ça, l'avertit Geoff.

Eli se contenta de sourire et continua de la même façon.

— Mon tigre, branle-toi, je veux que tu jouisses en même temps que moi.

La main d'Eli se mit en mouvement, glissant le long de son érection. Geoff le regardait avidement rouler des yeux sous l'effet du plaisir, son visage tout entier transformé par les sensations.

— C'est ça chéri, baise-moi, montre-moi comme c'est bon.

Eli ouvrit les yeux d'un seul coup, la tête en arrière, et gémit doucement. Geoff sentit contre son ventre la chaleur de son orgasme. Les contractions d'Eli et sa chair brûlante se combinèrent pour faire basculer Geoff ; sa jouissance déferla comme une vague et il se vida dans l'extase au plus profond de son amant.

Puis Eli l'enlaça tendrement, abreuvant sa bouche de doux baisers apaisants tandis qu'il se retrouvait ses esprits.

— Je t'aime, je t'aime tellement, murmurait Eli en l'embrassant, lui caressant la tête des deux mains, le rassurant pendant qu'il redescendait d'un des plus intenses orgasmes de sa vie.

Chaque fois qu'il faisait l'amour à Eli, il avait l'impression que c'était encore plus merveilleux que la fois précédente, et aujourd'hui ne dérogeait pas à la règle.

Eli se leva et alla chercher du papier absorbant à la cuisine, puis revint pour procéder à un essuyage minutieux. Geoff s'allongea sur le canapé et Eli vint se blottir contre lui. Geoff tira la couverture sur eux et entoura Eli de son bras, sa poitrine pressée contre le dos de son amant. Dehors, le jour continuait de s'estomper.

— Tu dis tout le temps que je suis joli. Est-ce que tu m'aimeras encore quand je serai vieux ?

Geoff caressa le ventre d'Eli.

— Elijah...

Geoff l'appelait rarement par son vrai prénom, et Eli se tourna pour le regarder droit dans les yeux.

— Je ne t'aime pas parce que je te trouve joli... Je te trouve joli parce que je t'aime.

Geoff lui donna un tendre baiser, et ils regardèrent ensemble la neige tomber alors que le jour laissait place à la nuit.

ANDREW GREY a grandi dans l'ouest du Michigan auprès d'un père qui aimait à raconter des histoires et d'une mère qui adorait les lire. Depuis, il a vécu un peu partout aux USA et a roulé sa boule dans le monde. Il a obtenu un Masters à l'University of Wisconsin-Milwaukee et travaille dans le département informatique d'une grande entreprise. Ses loisirs : collectionner les antiquités, jardiner, et laisser traîner ses assiettes sales n'importe où sauf dans l'évier (surtout lorsqu'il est en train d'écrire). Il pense qu'il a de la chance d'avoir une famille tolérante qui l'accepte tel qu'il est, des amis fantastiques, et le compagnon le plus solidaire et le plus aimant du monde. De nos jours, Andrew vit à Carlisle, en Pennsylvanie.

Son site internet : www.andrewgreybooks.com

ANDREW
GREY

AMOUR...

ET COURAGE

Amour…, numéro hors série

Au début des années 80, Len Parker perd son emploi pendant la récession et décide de reprendre ses études dans sa ville natale du Michigan, où il renoue des liens avec Ruby, sa meilleure amie durant ses années de lycée. Len est fou de joie en apprenant que Ruby convole en justes noces avec Cliff Laughton mais sera bientôt profondément bouleversé lorsqu'elle décèdera prématurément, laissant derrière elle son mari et son fils de deux ans.

Après s'être retrouvé une nouvelle fois sans emploi, Len est embauché dans la ferme cruellement négligée des Laughton. Cliff pleure toujours sa femme et a toutes les peines du monde à élever son fils et n'a que très peu d'enthousiasme et d'énergie à consacrer au travail de la terre. Len remettra rapidement la ferme sur pied, Cliff et son fils avec. En travaillant main dans la main, Len et Cliff se rapprocheront. Mais aimer un autre homme demande énormément de courage. Ensemble, ils devront remettre sur pied une ferme en déliquescence et faire face à une sécheresse menaçante, à des parents indiscrets et aux préjugés des fermiers de cette petite ville du centre des Etats-Unis, pour protéger ce qui pourrait bien être un amour éternel.

www.dreamspinner-fr.com

Amour…, numéro hors série

Joey Sutherland a trouvé un foyer chez Geoff Laughton et Eli, son partenaire. Il vit et travaille désormais à la ferme, devenue son refuge après un grave accident de moto. Le visage marqué de cicatrices, Joey a du mal à accepter le regard des autres. Quand la tante de Geoff, Mari, leur demande un service : héberger un jeune musicien de l'Orchestre National des Jeunes, Joey se charge à contrecœur d'aller récupérer le jeune homme. Il imagine déjà le dégoût qu'inspirera son visage couturé.

Tout au contraire, Robert Edward Jameson se montre ouvert et amical. Une fois à la ferme, il est prêt à toutes les expériences. De plus, il est aveugle, ce qui, bien entendu, aide beaucoup Joey à se détendre en sa présence.

Très vite, Joey et Robbie deviennent inséparables et ils tombent également amoureux l'un de l'autre. Malheureusement, l'été touche à sa fin et Robbie doit retourner chez lui, dans le Mississippi, où sa famille possède une plantation et du personnel chargé de veiller sur le jeune aveugle. Joey espère obtenir de Robbie qu'il échappe à son confortable cocon pour vivre avec lui, mais acceptera-t-il de repousser ses limites par amour ?

www.dreamspinner-fr.com

ANDREW GREY

Amour...
et Liberté

Amour…, numéro hors série

Renié par son père et chassé de chez lui, Stone Hillyard erre en plein hiver dans le Michigan quand il a la chance de trouver refuge dans la ferme équestre que dirigent Geoff Laughton et son partenaire Eli. Les deux hommes l'accueillent, lui offrent un toit et un emploi : s'occuper des chevaux et les aider dans leur programme d'équithérapie « Cheval… sans limite'.

Preston Harding est devenu infirme depuis un tragique accident de voiture provoqué par un ivrogne. Il a tout perdu : son amant, son indépendance, son avenir. Toujours en fauteuil roulant après des mois de rééducation acharnée, il devient désespéré. Son thérapeute lui recommande alors le programme de Geoff et Eli. Dès sa première leçon, Preston se montre si odieux et arrogant qu'il manque être expulsé. C'est Stone qui intervient en sa faveur, malgré les insultes reçues. Ce geste inattendu oblige Preston à faire un retour sur lui-même.

Stone et Preston se soutiendront mutuellement dans leur affrontement avec leurs familles respectives, malgré la désapprobation et les vieux secrets douloureux. Ils apprendront, parfois à leurs dépens, que l'amour peut représenter la liberté.

www.dreamspinner-fr.com

Une juste cause, numéro hors série

Jerry Lincoln est bien ennuyé : son entreprise d'expertise en informatique située à Sioux Falls procure plus de travail qu'un seul homme peut en gérer. Heureusement, cela signifie qu'il peut recruter quelqu'un pour l'aider. Il espère seulement qu'au final, son nouvel employé, John Black Raven, sera davantage pour lui une source d'aide que de distraction – sauf que les yeux profonds et les longs cheveux de John l'empêchent de se concentrer.

John est venu en ville pour faire des études et obtenir la chance de sa vie, ce qu'il n'aurait jamais eu à la réserve. Cependant, ce qui compte dorénavant le plus pour lui est de trouver un emploi et de le garder. Sa sœur est décédée six mois plus tôt et ses enfants sont désormais en famille d'accueil. Bien que la loi soit de son côté, John ne peut en obtenir la garde – il ne peut même pas voir son neveu et sa nièce.

Alors que Jerry et John se rapprochent, John comprend qu'il n'est pas obligé de lutter seul. Jerry l'aide à obtenir le droit de visite et lui apporte un soutien indispensable. Pourtant leurs victoires ne sont pas sans déboires. Les services de l'aide pour l'enfance sont impliqués dans des histoires d'argent, de politique et de tracasseries administratives, et les enfants amérindiens sont leur moyen de subsistance. Or, John et Jerry sont bien décidés à se battre pour la bonne cause et à en sortir victorieux – à plus d'un titre.

www.dreamspinner-fr.com

Par ANDREW GREY

Alchimie organique
Destinés l'un à l'autre
Une juste cause

AMOUR…
Amour… sans honte
Amour… et courage
Amour… sans limite
Amour… et liberté

LES ARÔMES DE L'AMOUR
La saveur de l'amour
Une portion d'amour

HISTOIRES DE CŒUR
Cœur de loup
Cœur à prendre
À cœur ouvert

PAR LE FEU
Le baptême du feu
Tout feu, tout flamme

Publié par DREAMSPINNER PRESS
www.dreamspinner-fr.com

Pour les meilleures
histoires d'amour
entre hommes, visitez

www.dreamspinner-fr.com

www.ingramcontent.com/pod-product-compliance
Lightning Source LLC
Chambersburg PA
CBHW022148240626
47153CB00007B/2567